ダイエット・クラブ⑥

カップケーキよ、永遠なれ

J・B・スタンリー　武藤崇恵 訳

Black Beans & Vice

by J. B. Stanley

コージーブックス

"Translated from"
BLACK BEANS & VICE : A Supper Club Mystery
by
J. B. Stanley

Published by Midnight Ink,
an imprint of Llewellyn Publications
Woodbury,MN 55125 USA
www.midnightinkbooks.com

Japanese translation published by
arrangement with
Midnight Ink, an imprint of Llewellyn Publications
through The English Agency (Japan) Ltd.

挿画／とくだみちよ

わたしは若いころに肉食と縁を切った。いつの日か、わたしに似たタイプの人間が、動物が殺されるさまを見て、人殺しを目撃したときとおなじように感じる時代が来るだろう。

レオナルド・ダ・ヴィンチ

だれよりも信頼しているエージェントであり、友人であり、ベジタリアンでもある、ブックエンド社のジェシカ・ファウストに本書を捧げます。

カップケーキよ、永遠なれ

主要登場人物

ジェイムズ・ヘンリー……………図書館長。〈デブ・ファイブ〉のメンバー
ジャクソン・ヘンリー……………ジェイムズの父
ミラ……………………………………ジャクソンの妻
エリオット…………………………ジェイムズの息子
ジェーン……………………………ジェイムズの元妻
ケネス・クーパー…………………ジェーンの元恋人
リンディ・ペレス…………………高校の美術教師。〈デブ・ファイブ〉のメンバー
ルーシー・ハノーヴァー…………保安官代理。〈デブ・ファイブ〉のメンバー
ベネット・マーシャル……………郵便配達員。〈デブ・ファイブ〉のメンバー
ジリアン・オマレー………………トリマー。〈デブ・ファイブ〉のメンバー
マーフィー・アリステア…………作家。元新聞記者。ジェイムズの元恋人
サリー………………………………保安官。ルーシーの恋人
ハーモニー・ヨーク………………睡眠療法士
スカイ………………………………ハーモニーの助手
レノン・スナイダー………………スカイの恋人
ティア・ロワイヤル………………動物愛護主義者
ネッド・ウッドマン………………町会議員
ロザリン・ローズ…………………ハーブ療法士

1章

真っ黒のジェリービーンズ

{ 糖分 14g }

図書館長ジェイムズ・ヘンリーは、光沢のある三つ折りのパンフレットをおそるおそる開いた。健康で幸せそうな人びとの写真が並んでいるだけなのに、いまにも燃えだすのではないかと怖がっているような顔だ。

「みんなで催眠術を受けるだって?」

ジェイムズは思わず大声をあげてしまった。

高校の美術教師リンディ・ペレスはすまし顔でうなずいた。

「催眠療法はダイエットにもすごく効果があるの。というか、あるそうなの。ネットで検索してみて。絶賛する声ばっかりだから」

ジェイムズはパンフレットを貸し出しカウンターにほうり投げ、ガラスの器に手を伸ばした。山盛りになったジェリービーンズのなかから黒を選んでふたつ口にほうりこみ、なにかを思いだしたような表情でゆっくりと嚙む。

「あのときもこんな感じだったよね」ジェイムズはジェリービーンズを呑みこむと、口を開いた。「ほら、リンディと初めて会ったとき。いきなりやってきて、掲示板にビラを貼りたいって――」

「ダイエット仲間を募るビラ！」リンディは茶色の瞳を輝かせて、言葉をひきとった。「そうそう、あのときもジェイムズはすごく不安そうだったわよね。それで、勇気をだして参加したご感想は？」

ジェイムズは思わず笑ってしまった。

「それはもちろん、参加して大正解だったよ。いまとなっては、みんながいない人生なんて想像もできないし。なんといっても自慢の親友たちだからね」ジェイムズはパンフレットを指さした。「だけど、ちょっと意外だな。ジリアンなら不思議はないけど。まさか常識的なリンディが、そんな怪しげなものを試してみようといいだすなんて」

リンディの瞳がきらりと光った。ブラジル人らしいかんしゃくを爆発させるつもりかと、ジェイムズは内心首をすくめた。めったにないことだが、そうなるととても手におえないのだ。

「たしかにわたしは現実的なタイプだけど、そうもいっていられないの。ここ三カ月で七キロも太っちゃったのよ。ミラの妹が殺されるまではまああの体重を保っていたんだけど、すべてパー！」リンディはパチンと両手を叩き、自分のこめかみを指さした。「完全にダイエット失敗。もうこんなことで悩むのは終わりにしたいのよ。食べたいものをがまんするのも、新しいダイエットを始めるのも、考えただけでうんざりしちゃう。ここの中身をどうにかしないかぎり、体型を変えるなんて無理なのよ」

「催眠療法を受ければ、がまんできるようになるってこと?」ジェイムズは半信半疑で尋ねた。

リンディはそのとおりと大きくうなずいた。

「ジェイムズがどうしてもがまんできないものってなに? ダイエット中に、一番食べたくなるもの」

「チートス」ジェイムズは即答した。「甘いものもいい勝負だけどね。これとかさ」と、もうひとつジェリービーンズをつまむ。

「そうなのよ!」リンディが大声をあげたので、何人かの来館者が眉をひそめてこちらを見た。「失礼」リンディはつぶやき、新刊の棚を眺めているひとたちに小さく手を振った。「わたしたち全員、甘いもの中毒なのよ。キャンディ、ケーキ、ソーダ、アイスクリーム、クッキー――」

ジェイムズは手をあげた。

「ストップ! そんなのを聞かされたら、バーコードリーダーがよだれでびしょびしょになっちゃうよ。たぶん防水じゃないだろうし」

リンディはパンフレットをつまみあげ、ジェイムズの目の前でぶんぶんと振りまわした。

「ほら、こうして話をしてるあいだだって、甘いものをがまんできないでしょ? ジェリービーンズはいくつ食べた?」

ジェイムズはばつが悪くて、ひょいと肩をすくめた。

「うーん、いくつだろう。まあ、舌が黒くなるくらいかな」

「ちゃんと考えて」リンディはごまかされなかった。

「五色入りの特大サイズを買ったけど、黒いのしか食べてないから……二十五個くらいだと思う」

「わかった。ちょっと数学の授業をしてあげる。わたしは美術教師だけど、簡単な足し算くらいはできるのよ。ジェイムズがこれからも黒い舌を続けるとしたら——」リンディは書架に戻す本が並べてあるカートに駆けより、本を何冊かつかむと、それをジェイムズのぽってりとふくらんだお腹に押しつけた。ジェイムズはおとなしく本を受けとった。「それの重さはどのくらいだと思う？　たぶん一キロか一キロ半くらいじゃない？」リンディは返事を待つのももどかしいといった顔だ。

ジェイムズは本を上下に動かし、重さを確かめた。

「そんなとこだろうね」

「それ、平均的なアメリカ人が一週間に食べる砂糖の量よ！　砂糖は免疫力を低下させ、虫歯の原因になり、そのうえデブのもとなの！」リンディは顔を赤らめて床を見つめ、小声でつぶやいた。「ルイスがプロポーズしないのもそのせいよね。最近、会うたびに大きくなってる感じだもの。ジムに通うのもサボってるし、まるでアメフト選手みたいになっちゃって。自制心や自尊心がないと思われてるんだわ。子どもができたりしたら、どこまで太るのかと怖くなったのかも。こんなみっともない姿をしてるんじゃ、心変わりされても不思議はないわよね」

「リンディ」ジェイムズは友人の肩をぎゅっと抱いた。悲しみに沈むリンディの顔は見たくない。「驚くほど気がきいて、優しくて、一緒にいて楽しくて、そのうえこんな美人なんだから、まともな男ならだれだってリンディと結婚したいと思うよ。それにルイスの気持ちは、ちょっと体重が増えたくらいで揺らぐような、そんな薄っぺらなものじゃないだろう？　そんな男だったら、そもそもリンディだって好きにはなっていないはずだ。最近、ふたりの将来について話はした？」

リンディはひとつため息をつき、うなずいた。

「学校が休みになったら、メキシコにいるお母さんを紹介したいって。もちろん、飛行機代もだしてくれるっていうんだけど」

「ほーら、やっぱり！」ジェイムズは思わず大声をだした。「母親に紹介されるなんて、話が半分決まったようなものじゃないか」

「お母さんに気に入られればね」リンディは鼻を鳴らした。「お母さんにとっての本命はべつにいるの。ほら、親友の娘と結婚してほしいって話、覚えてるでしょ。南部アメリカ人とブラジル人の血を引くわたしなんてよそ者もいいところで、二〇一〇年のミス・メキシコにかなうはずないじゃない」

ジェイムズはロビーまでリンディを送っていくことにした。

「リンディの魅力の前には、ルイスの母親だってイチコロだよ。心配いらないって」

「そうだといいんだけど。とにかくたったの二カ月しかないの。だから催眠療法なら、ぴかぴかのダイヤモンドに変身できるんじゃないかと思って。一度、詳しい説明を聞いてみない？　今週末はエリオットが遊びに来る予定？」

　息子の名前を耳にしただけで、ジェイムズは全身が喜びに包まれるのを感じた。エリオットのことを考えるたび、どんどん喜びが大きくなるような気がする。ほんの半年前には自分に息子がいることすら知らなかった。だが元妻のジェーンに四歳の息子がいると知らされてからは、はにかみ屋でかわいらしいエリオット・ヘンリーにすっかり夢中だった。空いている時間はほとんど息子と過ごしているが、エリオットが腕のなかに跳びこんでくるたび、幸せのあまり心臓が爆発しそうになる。

「春休みだから、テネシー州にいるジェーンの両親を訪ねているんだ。ぼくも誘われたんだけどね。ジェーンとまたつきあうようになったのは楽しいけど、かつては義理の両親だったひとたちと五日も一緒に過ごすのは、あまり気が進まないんで断わったんだ。だからおまじないを唱えてもらうのはいつでもかまわないよ」

　リンディは催眠療法のパンフレットでジェイムズをパチンと叩いた。

「そういうふざけた態度は感心しませんね」

「はい、ペレス先生」ジェイムズは高校生の甲高い声を真似した。「ちゃんとお行儀よくしています。でも催眠療法に失敗したとしても、鍼に挑戦するのは勘弁してください。人間針刺しになんてなりたくありませんから」

リンディはとことことカウンターに戻り、持てるだけのジェリービーンズを手にとった。きまり悪そうに笑っている。

「帰り道のおやつにちょっとだけね。そうそう、《すこやか村》にいるほかのメンバーのことは心配いらないわよ。マッサージ師や鍼灸師、ヨガの師匠に用はないから。興味があるのは、甘いもの好きをこれっきり忘れさせてくれる催眠療法だけ！」

町の南にできた六棟の治療院は、中庭をかこむようにして並んでいる小さなコテージそっくりだった。それを思いだして、ジェイムズはふと心配になった。

「ねえ」ドアに手を伸ばしたリンディにいった。「あんなところにジリアンを連れていったら、二度とでてこないかもしれないよ」

リンディはそれを聞いて笑った。

「ルーシーに頼んで手錠を持ってきてもらったほうがいいかもね。それより、手錠でベネットをジリアンに縛りつけておく必要がありそう。あの郵便屋さんをピンクと紫の治療院に近づけるには、そのくらいしないと無理よ！」

「催眠療法を受けるなんて、まちがいなくベネットはいやがるだろうな。それもディズニーランドから跳びだしてきたような治療院でさ」ジェイムズは精一杯まじめな顔をした。「手袋とサスペンダーをした特大サイズのネズミが登場したりしたら、その瞬間に帰るからね」

「特大サイズのものなんて」リンディは苦笑いした。「わたしたちしかいないわよ！」

その週、ジェイムズは地元のYMCAでベネットと待ちあわせをした。一緒にトレーニングするのはずいぶんと久しぶりだ。まず最初に、ふたりはウェイト・トレーニング・エリアの鏡に映る自分の姿をまじまじと眺めた。思わずしかめ面になりながら、突きでたお腹やたぷたぷの腕をチェックしていると、ほれぼれするような体型の青年ふたりが現われた。

ふたり組はジェイムズたちに明るく手を振り、ノートを広げて今日のトレーニング計画を話しあっている。真剣な表情であれこれ検討していたが、縄跳び三百回、バーベルをかついでのフロント・スクワット二十五回、ショルダー・プレス十五回を五セットやることに決めたようだ。自分たちの荷物をまとめ、縄跳びの縄を手にとると、ふたりは腕時計の時間を合わせた。

「準備はいい?」片方がきびきびと尋ねた。

「よし、始めよう」もう片方が答える。小さく鳴った腕時計のブザーがトレーニング開始の合図だったようで、二十代の青年ふたりは縄跳びを始めた。

見栄を張ろうと重そうなダンベルばかりまわりに並べていたジェイムズとベネットは、驚いてふたりに顔を向けた。あまりにすごい速さなので、青いビニールの縄がかすんで見えるほどだ。身体は動かさずに手首だけを目にもとまらぬスピードでまわし、両足の下を縄がヒュンヒュンと跳び去っていく。ふたりとも一定のリズムをくずさず、一度も跳びそこねることもなければ、縄に足をもつれさせることもなかった。まるで小型ヘリコプターが空中に浮かんでいるような音が聞こえる。

「なあ、ダンベル・カールで上腕二頭筋を鍛えるのはどうだ?」派手なふたり組から視線をはがし、ベネットが提案した。

「いいね。きついのをやろう」

ジェイムズはいつもよりも低い声で返事をし、ふたりは棚にある一番大きいダンベルを選んだ。だが肩までダンベルをあげたジェイムズは、うなり声をあげそうになって慌てて唇を嚙んだ。これほど筋力が落ちているとは思わなかった。

これがいまの精一杯かと、ジェイムズはがっくりした。

泣きそうになりながらなんとか二セット終え、今度は左手にダンベルを持ちかえた。ベネットは真剣な顔で、太ももの前に構えた二十キロの重さのバーベルを頭上まで持ちあげている。いつもなら正しいフォームかどうかチェックしながら、慎重にトレーニングするのだが、今日は青年たちの迫力に影響されたのか、ペースが速くなっているようだ。見ていて怖くなるほど背中を丸め、はらはらするような勢いで上げ下げしているうち、バーベルがぐらりと揺れた。プレートがドシンと片方の足を直撃し、ベネットはギャッと叫び声をあげた。

「あいたたたた!」

ベネットは片足でぴょんぴょん跳びまわっていたが、そのうち勢いあまってジェイムズにぶつかった。その衝撃でジェイムズは左手の重たいダンベルを落としそうになり、慌てて前に身を乗りだした。ダンベルを支えようととっさに右手も伸ばしたが、その拍子にありえない変な角度に身体をねじってしまい、背中にズキンと痛みが走った。

「うわわわ！」

ジェイムズは思わず奇声をあげ、じゅうたんの床に転がった。手で腰のあたりを探ってみると、驚くほど痛い。うんうんとうなっていると、となりにベネットが腰をおろした。右足のスニーカーと白い靴下を脱ぎ、おそるおそる指を一本ずつ曲げている。骨折していないかを確認しているようだ。

ようやく声がでるようになったジェイムズは、ベネットに顔を向けた。

「かなり痛い？」

ベネットはゆっくりと靴下をはいた。

「このあんよじゃ、家まで走るのはとうぶん無理だな」

ジェイムズはどっと歳をとったようなみじめな気分で鏡に目をやったが、青年たちは人間業とは思えない重さのバーベルを持ちあげるのに夢中で、ジェイムズたちのぶざまな失敗には気づかなかったようだ。

「今日のトレーニングはもう終わり」ベネットはタオルで顔を拭いた。「明日の配達はいつもの倍の時間がかかるだろうな。小包があるたび、玄関までよたよた歩いていかなくちゃいけないんだから」

「ぼくはノートルダムならぬ、シェナンドア郡図書館のせむし男だ」ジェイムズはしょんぼりと答えた。「リンディお勧めの催眠療法に挑戦してみるのもいいかもしれないな。やっぱりこのままじゃまずいよ」

ベネットはスニーカーのひもを結びながら、じっくりと考えていた。しかめ面から期待に満ちた笑顔へ、そしてまたしかめ面へと変化する表情に、内心の葛藤がそのまま表われている。

「頭の中身を自由に変えられるなんて、本気で信じてるのか？　ゾンビになるか、よくても赤信号でとまるたびに、オウムみたいにガーガー叫ぶようになるだけなんじゃないか？」ベネットはジェイムズに向かって指を振った。「おれは毎日何十回と赤信号を見るんだから、そんなのはごめんだな」

ジェイムズはベネットの背中をバシンと叩いた。背中をねじったことをうっかり忘れていたので、叩いたとたん痛みに跳びあがった。

「心配いらないって。オウムに変えられるわけじゃないから」

ベネットはそれを聞いてほっとため息をつき、立ちあがるジェイムズに手を貸した。ふたりがよろよろとロッカールームに向かいながら目をやると、青年たちはシャツを脱いで、また縄跳びを始めたところだった。

ベネットは青年の割れた腹筋、ふくらんだ両腕、カチンカチンの大胸筋に目がくぎづけになっている。

「よし、決心した。洗脳されてやろうじゃないか。あのふたりの半分でもかっこよくなれるなら、オウムみたいにガーガー叫ぶようになってもいいや」

ジェイムズは腰がズキンと痛み、慌てて壁に手をついた。

「笑わせないでくれよ！　腰が痛くて死にそうなんだから！」

翌日、〈デブ・ファイブ〉の五人は《すこやか村》の駐車場に集合した。ルーシー・ハノーヴァーは茶色とベージュの保安官代理の制服姿で、落ち着かない顔で両手を腰にあてている。その左には、トリミング・サロン〈セレブなワンちゃん〉とオーダーメイドのペット小屋を販売する〈ペット御殿〉のオーナーであるジリアン・オマレーが、期待に顔を輝かせて両手をこすりあわせていた。ジリアンが看板の文字を読んだ。

「ヘルシーな人生への道しるべだって」うっとりとしている。

リンディは案内図を指さした。

「ハーモニー・ヨークの治療院は四番ね。こっちだわ」リンディは丸石敷きの小径を進んだ。

「ハーモニー？」ベネットがいきなりまくしたてた。「それが本名？　わかった。どうせヒッピーみたいなタイプだろう」

ジリアンがベネットの腕をとり、にっこりと笑いかけた。

「すてきな名前だし、わたしたちの目的にまさにぴったりじゃない。心身のバランスをととのえて、内なる調和を目指すんでしょう？　ハーモニーという名前の女性と出会ったのは、ただの偶然なんかじゃない。運命のめぐりあわせなのよ！」

「ピンク色のヘルシーな治療院が？　で、黄色いレンガの道はどこだ？」ベネットが不安そうな顔でぼやいた。「空飛ぶ猿にさらわれるなんて想像したこともなかったけど、いま翼のあるチンパンジーが現われたら、喜んでここから連れだしてもらうね！」

ジリアンはベネットの腕を引き抜きそうな勢いで、紫色の治療院に向かって引っぱっていった。庭には香りのいい色とりどりの野生の花が咲きみだれている。

空色の入り口ドアの横に、〈心穏やかな日々〉と書かれた看板が金のチェーンでぶら下がっていた。リンディを先頭にして五人はなかに入り、きょろきょろと待合室を観察した。

「なにか変わったにおいがするわね」ルーシーが小声でいい、ジェイムズは奥で煙を立ちのぼらせている細長いお香を指さした。その向かいの壁には小さな滝があり、さわやかな水音を響かせている。そして灰色の岩そっくりのスピーカーからは、水音よりもいくらか大きめにインストルメンタル音楽が流れていた。

「これ、牧神パンの笛の音じゃない？」

ルーシーが笑ってくれないかと期待して、ジェイムズは小声でつぶやいた。ジェイムズにとってジェーンとエリオットが欠かせない存在となったのとは対照的に、ルーシーはどことなくよそよそしくなっていた。普通にふるまっているように見えるが、ふたりの仲が元に戻ることはないという現実にまだなじめずにいるようだ。

とはいえ、ルーシーにとって一番大切なのは仕事だし、三匹の巨大なジャーマン・シェパードだけは例外として、それ以外のだれにも頼りたくないと明言していた。ジェイムズは父親になったことで（いい意味で）人生が百八十度変わったと感じているが、ルーシーはそれほど重要なことだと理解できないでいるようだ。それはともかく、ジェイムズはいまの生活に百パーセント満足しているが、残念ながらルーシーはそうではないという事実がある。押しつぶされそうな孤独の重みも、受けいれてもらえない悲しさもよく知っているジェイムズとしては、会ったときは以前とおなじ笑顔で接しようと決めていた。

だがルーシーはそれを聞いてもにこりともせず、藤色の毛足の長いベルベットのソファをまわってコーヒーテーブルに近づいた。雑誌を一冊ずつじっくりと調べているが、どんな雑誌が置いてあるかに興味があるわけではない。ただ待っているのも不安なので、ハーモニー・ヨークがどんな人物なのかすこしでも情報を集めたいのだろう。ジェイムズもまさにおなじ気持ちで、受付に置いてある小さな金色のブッダをまじまじと見つめた。

ジェイムズがボディ+ソウル・マガジン誌を手にソファに腰をおろし、ほっそり体型になるための最適トレーニングの記事をぱらぱらとめくっていると、二十代なかばの女性が待合室に入ってきた。

「ナマステ！」

女性は両手の掌を合わせてお辞儀をした。つやのある茶色の髪がさらさらと揺れている。ジリアンはすぐにおなじあいさつを返したが、残る四人はあたふたと笑顔を浮かべるので精一杯だった。

「ハーモニーの助手のスカイです」若い女性が自己紹介した。

名前を聞いてベネットはぐるりと目をまわしたが、リンディがすばやくその前に立った。

「電話でお話しした方ね。パンフレットを送ってくれて、どうもありがとう。そのおかげでみんな決心できたのよ」

スカイは片手で待合室全体を示した。

「申し訳ないのですが、うちは集団療法をやっていないんです。みなさん、催眠療法を受けるためにいらしたんですか？」

「そうよ」リンディがきっぱりと答えた。「目的はおなじだし、第一回は無料だそうなので、ハーモニーの手間を省こうと一緒に来たの」にっこりと全員に笑いかける。「それにこういう悩みは、みんなで協力して解決したいと――」

そこでジリアンが口を挟んだ。

「全員が一丸となって、心躍る新たな旅に向かうことが大切なの。そのほうがいい結果につながるはずだし」

その説明を聞いて、スカイは問題ないと判断したようだ。

「では五名の患者さんがお待ちですと、ハーモニーに伝えてきますね」ひとりひとりとしっかり目を合わせた。「オーガニックのオレンジの薄切りを浮かべた、清らかなわき水を用意してあります。よろしければ、どうぞ。すぐに戻ります」

落ち着いた足どりで姿を消すスカイの後ろ姿を見送ると、ジェイムズはくるりとふりかえった。

「水はどこだろう？」気がつくと、驚くほどのどがカラカラだった。

ベネットもぺろりと唇をなめ、スカイの机にあるステンレスの水差しを指さした。

「いまなら、湖だって余裕で飲みほせそうだよ。これも暗示の効果かな？」

さわやかな柑橘系の香りがする冷たい水を飲み、五人はほっとひと息ついた。リサイクル・カップを置こうと思ったら、もうスカイが戻ってきた。

「ハーモニーは喜んでみなさんご一緒に説明するそうです。ただ診療室だとちょっと狭いので、こちらの待合室を使うことになりました」

スカイは小さく会釈し、ゆったりとした足どりで机に向かった。まるでバレリーナのようにピンと背筋を伸ばして腰をおろすと、穏やかに微笑みながら、キーボードの上を滑るように指を走らせている。まだ若いのに、控えめな自信に満ちあふれていた。まるで人生の重要な問題については、すべて答えを知っているみたいだった。

二十五歳のころの自分は、そんな気分からはほど遠かったとジェイムズは思いだしていた。だがハーモニー・ヨークの登場で、そんな物思いは吹き飛んでしまった。おそらく見た目や言動はジリアンそっくりで、腰まで伸ばした髪、流れるようなスカート、革のサンダルといった格好だろうと想像していた。だが、たしかにジリアンはもじゃもじゃの髪と似たような色合いの鮮やかなオレンジ色のサンドレス姿だが、対するハーモニーはシンプルなグレーのパンツスーツに空色のブラウスだった。銀色に輝く髪は清潔感のあるボブにしている。歳は五十代後半じゃないかという気がするが、肌がつやつやすべすべなので、年齢不詳という雰囲気だった。

「初めまして」

ハーモニーは患者志望の五人と握手をして、それぞれの名前を尋ねると、スカイの机のそばにあった肘掛けのない椅子を待合室の真ん中に引っぱっていった。腰をおろしてパンツのしわを伸ばし、ひとりひとりをじっくりと観察している。ジェイムズはじろじろ見られるのは得意じゃないのだが、ハーモニーの優しげであやすような眼差しはあまり気にならなかった。

「この治療院のことをご説明しましょう」ハーモニーは微笑んだ。「わたしが療法を担当するハーモニーです。そして予約、会計、みなさんが毎日聴くCDの制作はスカイが担当します。それでは催眠療法について簡単にご説明しますね。まず第一に、一番重要なことですからよく聞いてください。みなさんから聞いた話は絶対にほかに漏らしません。療法をおこなっているあいだ、わたしはいろいろな話をしますが、みなさんにもあれこれ質問します。そのとき返事をメモにとりますが、それは気にしないでください」

ベネットがひとつ咳払いをした。

「じゃあ、意識がなくなるわけじゃないんですか？　なにをやっているか、ちゃんと自分でわかってるということ？」

「もちろんです」ハーモニーは穏やかに答えた。「知らないうちに妙な命令に従っているような催眠は、おもしろおかしいショーにするためのものですからね。みなさんには真にリラックスした状態になってもらいます。そうすると、身体は休息しているのに心は驚くほど集中しているので、ものごとに敏感に反応するようになります。そこでわたしが何度もくり返してあることを働きかけると、みなさんの心がそれに反応するというわけです」

リンディが待ちきれないという顔で身を乗りだした。

「スカイには説明したんだけど、もう砂糖に振りまわされるのはうんざりなの。わたしたち全員、甘いものが食べたくてしょうがないんだけど、そんな気持ちを忘れることなんてできる?」

ハーモニーはそれを聞いて笑った。四十代から五十代の女優によくある、低くて美しい笑い声だった。

「甘いものを好きな気持ちを忘れたいと本当に希望しているならば、もちろんできますよ。つまり、そのあたりも催眠療法について誤解されていることのひとつなんです。本心から催眠療法を受けたいと望まないかぎり、催眠状態にはならないんです。自分を変えたいと思っていても、催眠療法のことを信じられないひともいます。その場合はうまく効果が現われないので、べつの療法を勧めています」

「食べ物以外では、みなさんどんな悩みを相談するものなんですか?」ルーシーが不信感のにじむ声で尋ねた。

ハーモニーはそれに気づいたとしても、顔にはださなかった。

「本当にいろいろですね。悪癖を終わらせたい患者さんが多いですが。タバコ、アルコール、ギャンブル、薬物などの依存症から、爪を嚙む癖まで。飛行機や閉所などの恐怖症を克服したい方もいます。そして、慢性的な痛みや鬱状態、破壊衝動から楽になりたいというケースもあります」

ハーモニーのひと言ひと言にうなずいていたジリアンが、満足そうにため息をついた。

「すばらしいわ！　それで、いつ始められるのかしら」

ハーモニーは立ちあがってスカイの机に向かい、ペンを立てたカップと書類を手に戻ってきた。

「なんでもそうですが、うちもまずは書類から始まります」それぞれに二枚ずつ書類を配った。「一枚目は同意書です。つまり催眠療法についてきちんと理解したかどうかの確認ですね。療法をおこなっているあいだでも、催眠状態を終わらせたいと感じた場合は、いつでも終わらせることができます。それを決めるのはみなさんです」ベネットが全員に聞こえるような安堵のため息をつき、ハーモニーは笑顔になった。「療法は三回おこない、毎晩、効果を高めるCDを聴きながら寝てもらいます。こちらの書類にはそうした説明が書いてあります」

ルーシーがサインをしようとした手をとめて確認した。

「健康保険は適用されるんですか？」

「残念ですが、適用されません」ハーモニーは本心から心外そうにかぶりを振った。「毎回、療法が終わったあとで会計していただきます。またキャンセルの場合は、二十四時間前までに連絡をくださるようにお願いしています。サインが終わった方は、スカイと相談して、お好きな日に予約を入れてください」

「こっちの書類はなんですか？　まさか宿題？」ベネットがふざけて、二枚目の書類を振りまわした。

それを聞いてハーモニーはまた笑顔になった。

「催眠療法の仕組みを説明した図です。短期記憶が保管されている意識ではなく、長期記憶が保管されている無意識に働きかけるわけです」

五人はまじまじとその図を見つめた。ジリアンはそれぞれ異なる意識を表わしている円を指でなぞっている。今日の予約を入れるつもりだろうかと、ジェイムズは興味津々でジリアンを観察した。

「つまり、甘いものを欲しているんじゃないと、記憶を書きかえるのね」

ハーモニーは優秀な教え子に向けるような満面の笑みで答えた。

「そのとおりです。短期記憶から期待どおりの反応を引きだすため、長期記憶を修正してやるんです。たとえば短期記憶がケーキを食べたいかどうかを考えると、脳は長期記憶に確認します。すると脳はこう答えるわけです。わたしはケーキを食べたくない。甘いものにはもう興味ないから、と」

ジリアンが椅子から跳びあがり、小切手帳と小型カレンダーを手にスカイの正面に立った。

「予約が空いてる日はある？　一日でも早く、自分の心のなかに旅をしたいわ！」

「月曜日の四時半はいかがでしょう」

「最高！」ジリアンは叫んだ。

ベネットはまたぐるりと目をまわした。

ジリアンは第一回の予約を済ませると、ソファに座っているベネットにスキップで近づき、無理やり立たせてスカイのほうへ押しやった。

「彼の予約は五時半にお願い。そうすれば、どたんばになって逃げだしたくなったとしても、追いかけられるものね」

ベネットが泣きそうな顔でジェイムズを見た。

「いいことを思いついた」ジェイムズはベネットに目配せした。「逃げだしたくなったら、アザのあるつま先を見れば気が変わるよ」

ベネットが仏頂面になった。トレーニング中のふたりの大失敗を思いだしたのだ。

「五時半に予約をお願いします」

これから電気椅子に座る覚悟を決めたような、この世の終わりという顔でベネットはいった。

2章

ソーセージとペパロニのピザ

{ 糖分 7g }

ヒッコリーヒル通りにある黄色い家の、広々としたキング・サイズのベッドで、ジェイムズは気分よくぱっちりと目を覚ました。うららかな陽射しが降りそそぎ、廊下からは淹れたてのコーヒーの香りが漂ってくる。今夜の夕食には、ハリソンバーグからジェーンとエリオットが来てくれる予定だった。

革のスリッパをつっかけ、《ぼくは図書館長・なんでも知っている（はず）》と書かれたマグにコーヒーをそそいだ。ぶらぶらとシェナンドア・スター・レジャー紙をとりに行き、土曜版をバスローブのポケットに突っこむと、フロント・ポーチの下の花壇を確認した。

昨夜の地元向けのガーデニング情報番組によると、クィンシーズ・ギャップ近辺に霜が降りることはもうないそうだ。春の種まきの季節の始まりですとアナウンサーは宣言した。

「いまきちんとがんばっておけば、夏は楽ができます」とガーデニングの達人はいっていた。

ジェイムズは専門家の助言に従うことにした。キッチンテーブルに座って新聞を広げ、チューリップやラッパ水仙、ツツジ、芝桜の安売り広告を探した。それからシャワーを浴び、色褪せたウィリアム＆メアリー大学のトレーナーに膝の抜けたジーンズという庭仕事用の格好に着替えると、白いおんぼろブロンコで北に向かった。

一番近くのホームセンター〈ロウズ〉まで倍の時間がかかるとわかっていたが、ジェイムズは二車線のハイウェイで行くことにした。くねくね道を走っていると、急勾配になればなるほど気分も浮きたってくるのだ。ジェイムズは、シェナンドア渓谷は世界で一番美しい場所だとかたく信じていた。そびえ立つブルーリッジ山脈や鬱蒼と生いしげる森を目にし、すがすがしい空気を吸うたび、全身に力が湧いてくる。四十キロほど走ったところで、展望台の駐車場に車を入れ、オハイオ州から遊びにきた家族連れのミニバンの横に駐めた。

鉄の手すりから身を乗りだすようにして、春のにおいがする空気を大きく吸いこんだ。木々のふくらんだつぼみや開いたばかりの新芽が、陽射しに照らされてまだら模様になっている。目に入るすべてのものが、四月の終わりならではの鮮やかな新緑に染まっていた。頭上を旋回するアカオノスリは風に乗り、いかにも狩人らしい雄叫びをあげた。

「この世の楽園ね」ミニバンから降りた母親がその景色に息を呑み、子どもたちに話しかけた。ジェイムズもまさにおなじ意見だった。車に戻り、息子エリオットと一緒のドライブをうっとりと想像しながら運転した。展望台で見かけた家族連れのように、すばらしい景色にあっと驚く顔を見たかった。ディズニーランドも楽しいだろうが、ふるさとを誇りに思う気持ちを育むのは大切なことだし、そのためにはドライブに連れだすのが一番だろう。

とはいえ、どこもかしこも虫だらけの森にテントを張り、そこで眠るのも気が進まない。自分で認めるのも癪だったが、中年に手が届こうという歳になったいま、寝袋で眠り、缶詰の食事をする、朝のシャワーすら許されないキャンプ生活にがまんできるとは思えなかった。

「まあ、ジェーンがなにかいい案を考えてくれるだろう」

ジェイムズはそうつぶやき、当然ジェーンも一緒にいるものと考えている自分に気づいた。ここ数カ月というもの、週末はもちろんのこと、平日も何度となく一緒に過ごしているが、ふたりきりで会ったことは一度もなかった。かならずエリオットが一緒だったし、父親とミラが同席することも多い。いつもは気の短い父親ジャクソンも、孫息子の前ではフライパンで溶けるバターのようだし、ミラもおそろしいほど大甘のおばあちゃんぶりを発揮している。手ぶらで遊びに来ることは絶対にないし、エリオットがミラの店〈クィンシーズのなんでも屋さん〉に行くと、巨大なケースのお菓子はどれでも食べ放題だ。エリオットはハグとキスをするだけで、ジェーンが一週間分と決めた量以上の甘いものを与えられてしまう。

最初はジェーンも笑って大目に見ていた。ジェイムズの家族がエリオットのことをどう受けとめるか心配だったので、大歓迎されたのがうれしかったのだろう。とはいえ、必要以上にエリオットを甘やかすこともなかった。ひと月黙ってがまんしてから、エリオットにあげるお菓子は二十個ではなく二個にして、特別な日以外はプレゼントも控えてほしいとミラに頼みこんだ。もちろんミラはそのとおりにすると約束したが、実はその後もこっそりとお菓子をあげているのをジェイムズは知っている。さいわい、エリオット本人はそうして甘やかされることよりも、祖父母と一緒に過ごす時間そのものを楽しんでいる様子だし、まだ小さいのに驚くほどわがままをいわない子なので、ミラが約束を破っていることはジェーンに知らせていない。

そして子育ての方針については、ジェイムズとジェーンのふたりで相談して決めるようになった。エリオットがきちんとした人間に育つようにと、何日もかけて基本的なしつけについて話しあったが、特に意見が食いちがうこともなくすらすらと決まった。そのときもジェーンの立派な母親ぶりには何度となく感心させられ、素直にそう伝えるとジェーンはうれしそうに頰を赤らめた。結婚していたころよりもふっくらとして、いまのほうがずっときれいだった。

ジェーンのことを考えるたび、ジェイムズは好きだという気持ちがどうにも抑えられなくなっていた。一緒に過ごすことが増えたせいで、つい昔デートしていたころの気分になり、そもそもプロポーズしようと決心した理由もはっきりと思いだした。ユーモアのセンスや頭の回転が速いところも好きだし、なにより本の話ができるのがうれしかった。ただ、最近はそれだけではなく、ジェーンに触れたいと感じるようになってしまっていた。顔を合わせるとキスをしたくなる。唇にも、首にも、肩の柔らかい肌にも。

そんな気持ちはふたりの人生を面倒にするだけだとわかっていながら、なんとかがまんするだけで精一杯だった。なにしろ、結婚していたころはやせっぽちで骨ばった印象だったのが、いまでは全身が柔らかな曲線を描く魅力的な大人の女性に変身しているのだ。レイヤーボブにしていたウェーブのかかった栗色の髪を、最近は肩に届くほど長く伸ばしている。ジェイムズは会うたびにその美しいつややかな髪をなでたい、その奥の柔らかそうな首筋に触れたいと思ってしまう。かつては夫婦だったのだから見慣れているはずのジェーンが、いまでは気になって仕方がないのだ。

「そこまで！」ジェイムズは声にだして自分を叱りつけた。「なにを植えるかだけを考えるんだ！」

だが色とりどりの花が並んでいる〈ロウズ〉の棚から棚へと移動しながら、気づくとジェーンの好きだった花を思いだそうとしていた。エリオットは黄色が好きなので、玄関までの小径にはずらりとラッパ水仙を植えることにした。ジェーンがよく藤色のニットのアンサンブルを着ているのを思いだし、喜んでくれるかもしれないと淡い藤色の芝桜を選んでみる。目立つ赤やオレンジの花も惹かれるが、庭にしょっちゅう出没する鹿があっという間に食べてしまうとわかっているので、チューリップの前は素通りした。昨夜の番組でも、ガーデニングの達人がスカンク、リス、ハツカネズミ、クマネズミ、ハタネズミもチューリップを狙っていると警告していた。ジェイムズの広い庭にはそうした動物たちが山ほど棲みついていそうだ。そこで陽当たりがあまりよくないポーチの下の花壇にはケマン草を植えることに決め、あれこれ山積みにしたカートを押してレジに向かった。

レジ係が商品を通して、レジに合計金額が表示された。それを見てジェイムズは倒れそうになった。

「クーポンは使った？」ジェイムズは震える声で尋ねた。

若い女性のレジ係は顔もあげなかった。

「はい。クレジットカードをご利用になるなら、カードを入れてください」

店をでてからじっくりとレシートを確認したが、たしかに割り引き価格になっていた。

「自分の城が欲しかった」ジェイムズは買ったものを車に積みこみながら、ぶつぶつとぼやいた。「きちんと自立して暮らしたかったし、プライバシーも必要だった。それにぼろぼろになったペーパーバックやコミックだけじゃなくて、自分のものといえるなにかが欲しかったんだ。だから家を買うにあたっていろいろ面倒や不満もあったけど、それもすべてがまんした。それなのに、あんまりじゃないか。花がこんなに高いなんて」

痛い出費のせいで上機嫌に水を差された気分で、お昼はどこかでハンバーガーやフライドポテトをぱくつくつもりだったが、まっすぐ帰宅することにした。

三人でディズニーランドに遊びに行きたければ、何年も貯金をしないととうてい無理だとむっつりと考えた。そもそも給料がそれほど高いわけではないのだ。残念ながら図書館長は高給ではないうえ、支払うべき請求書はいつだって山積みだ。

自宅に向かいながら、大学教授時代はずっと高給取りだったと思いかえしていた。その気になればいつでも英文学を教える生活に戻ることはできるが、それはとりもなおさず、ジェーンやエリオット、大切な友人たちや家族、なにより大好きな図書館から離れることになる。

「それはいやだな。ぼくが暮らしたいのはクィンシーズ・ギャップだ。なにか節約する方法を考えよう」

サラミとチーズを載せたサワードウ・ブレッドとグラニースミス種のリンゴ、それに山盛りのチートスをお腹に収めたおかげで、ようやく気分がうきうきしてきた。そこでごちそうを楽しんだあとは、花壇の枯れ葉を掃除し、買ってきた花を植え、広葉樹用の堆肥を撒いた。地元のカントリー音楽専門ラジオ局が流す曲を一緒に口ずさみながら、ジェイムズはおおいに庭仕事を楽しんだ。図書館での仕事が室内ばかりなのは気にならないが、いったん仕事を離れると、自慢の黄色い家を眺めながら庭を歩きまわり、週末に片づける用事を考えるのがなによりの楽しみだった。

「昔はチェーンソーで追いかけないと、まともに芝刈りをやろうとしなかったやつがな」庭仕事が楽しくて仕方ないと話すジェイムズに、ある晩父親が不機嫌そうにぼやいた。「それがどうだ？　いまじゃミスター芝刈りだとさ！」

「そんな意地悪いわないの」ミラがたしなめた。「うちの芝刈りのために、わざわざ月に二回も来てくれてるのに。こんなすばらしい息子がいることを、神様に感謝しなきゃ」

父親は鼻で笑ったのか、荒い鼻息なのか、よくわからない音を立てただけで、ジェイムズが腕を振るったポットローストをほおばった。

今夜はヘンリー家恒例ピザの夕べの予定なので、料理のことを心配する必要はない。午後いっぱい力仕事をしたせいで、腰と膝ががくがくしているジェイムズは、それを思いだしてほっとした。ナッシュヴィルから車を運転してくるジェーンも疲れきっているだろうから、気楽にピザをつまむだけの食事がちょうどいいだろう。ジェーンがやってくる前に、がんばって家のなかをきれいに片づけることにした。

クィンシーズ・ギャップには何カ月ものあいだ、配達もしてくれるピザ店は〈ジョンおじさんの店〉しかなかった。そこは味がいいのでジェイムズも気に入っていたが、〈クィンシーズのなんでも屋さん〉の二軒となりに〈ルイージ・ピザ〉ができると、ミラのご近所さんを応援しないといけないような気になった。そのうえルイージは六人もの子だくさんで、ことあるごとにそれを強調するのだ。レジの向こうに貼ってある、黒い目をしたかわいらしい六人の子どもたちの写真をつい思いうかべてしまうせいで、ピザはかならずこの店に注文するようになった。

「やあ！」注文の電話をかけると、ルイージの陽気な声が響いてきた。「教授のご注文はソーセージとペパロニのピザ二枚にシーザーサラダだね。あたり？」

ジェイムズは思わず笑ってしまった。ルイージは声を張りあげずに話すことができないのだ。どんな会話でもどなっているように聞こえる。あるときなど、ジェイムズの電話の声が小さすぎると文句をいったほどだ。

「そんなごしょごしょいわれても聞こえないよ、教授！」当然、それも大声だった。

「図書館から電話しているんだ。ここでは静かに話すのがあたりまえになっているから」ジェイムズは言い訳した。

「うちは六人も子どもがいるんだよ、教授！　静かなんてなんのこったいって感じだよ！」とどなるような声が返ってきたものだ。

「さすがだね、ルイージ。注文したいのはまさにそれだよ」ジェイムズもいまでは大声で返事するようになっている。「それを六時ごろに配達してもらえるかな」

「任せといて！」ルイージは陽気に答え、電話を切った。

シャワーを浴びて、ゆったりしたチノパンと長袖のポロシャツに着替えたところで、フロント・ポーチの階段を勢いよく駆けあがる足音が聞こえてきた。

「パパ！」エリオットはうれしそうに大声をあげた。そばかすだらけの鼻にしわを寄せている。

ジェイムズは膝をつき、両手を大きく広げた。エリオットは腕のなかに跳びこんできて、いつもよりも長くしがみついている。ジェイムズは少年らしいにおいを楽しんだ。青臭いような草、アイボリーの石けん、ジョンソンのベビーシャンプー、そして明るい未来の香り。

「ナッシュヴィルは楽しかった？」息子が身をくねらせているので、しぶしぶ手を離した。

エリオットは脇にどき、一人前の顔でたしなめた。

「まずはママにあいさつだよ」

ジェイムズが笑顔で腕を広げると、ジェーンはぎゅっとハグして、頬にキスをした。

「あなたが一緒じゃなくて残念だったわ」ジェーンの瞳は本心からの言葉だと告げていた。今日は例の藤色のアンサンブルを着ている。

「たった五日をこれほど長く感じたのは初めてだよ」

ジェイムズは答えたが、それ以上の会話はエリオットが許してくれなかった。祖父母の家の様子、一日動物園で遊んだこと、歴史あるカントリー音楽専門のラジオ番組〈グランド・

オール・オプリ〉の公開ライブに行ったこと（エリオットはカウボーイが歌を歌うところだと説明した）、フェイ・サンレイに会ったこと（だれなのかはわからない）、ふたりが乗った「すっごく、すっごく大きな」飛行機のパイロットにもらった翼模様のシールのことなどを、四歳の息子はすさまじい勢いでつぎつぎとまくしたてた。

「おじいちゃんとおばあちゃんのとこにはプールがあるんだよ！　それがお風呂みたいにあったかいの！　ぼくのお部屋もあって、いっぱい、いっぱいおもちゃがあるんだ！」

ジェイムズが一瞬複雑そうな表情を浮かべたことにジェーンは気づいたようだ。ジェイムズがおもちゃをふんだんに買いあたえるのが難しいことをジェーンも承知しているが、あまり気にしていない様子だった。またたく間に愛情深い父親へと変身したジェイムズならば、息子のために最善の道を選ぶと信じてくれているのだろう。

「一日に何回くらい、パパも一緒にいたらいいのにって叫んでたっけ？」ジェーンがエリオットの脇腹をつついた。

「百万回！」エリオットはくすくす笑った。

ジェイムズはジェーンに感謝の眼差しを向けた。ジェイムズの不安を吹き飛ばすため、そう尋ねてくれたのだろう。

「それにすごく華やかな花壇になったわね」ジェーンは自分のニットに触れた。「藤色の芝桜は春の花のなかで一番好きなの。夏になって、甘いアイスティー片手にフロント・ポーチでのんびりしたら、さぞかし気持ちがいいでしょうね」

ドアベルの音に、だれが来たのかとエリオットが跳びだしていった。ジャクソンとミラは何カ月も会っていないような声をだしている。ミラはエリオットを抱きしめて顔中にキスの雨を降らせているので、しまいには父親があきれて声をかけた。

「そのくらいで勘弁してやれ。坊主が息もできないじゃないか」父親はわざと怖い顔でいったが、孫息子を前にして目を輝かせていた。

ミラはジェーンにもにこやかにあいさつしたが、父親はよそよそしく声をかけただけだった。何年も前にジェイムズを傷つけたことを、まだ許せずにいるのだ。ジェーンと再会した直後も、エリオットの監護権についてきちんと弁護士に相談しろと、真剣な顔で忠告していた。

だがジェイムズはその忠告を忘れたふりをしている。ジェーンはエリオットに会いたいという誘いを一度も断わったことがないどころか、ハリソンバーグにあるジェイムズ・マディソン大学で教鞭を執っているのに、三人一緒に過ごすためにはるばる運転してきてくれるのはジェーンのほうだった。

男ふたりが親子水入らずでレゴの塔や要塞を作っていると、それを邪魔しないようにとひとりで答案の採点などをしている。そしてどちらかが料理して、できるだけ家族で食卓をかこむように心がけていた。その結果、平日の夜は子守歌を聞きながら眠るエリオットを乗せて暗いなかを運転することになり、帰宅したあとは自分の時間などほとんどないはずだ。だがそのことについて一度も不満を漏らしたことはなかった。かつてのジェーンはがまんするのが苦手でなににつけても自己中心的だったが、母親になったことで体つきがふっくらとしただけでなく、気持ちまで優しくなったようだ。

「すごく変わったよね」ジェイムズは本人にそういったことがある。

ジェーンはうなずき、ジェイムズの手に自分の手を重ねた。

「結婚していたころ、わたしはどうでもいいことばかり気にしてたの。どの車に乗るかとか、サイズ六の服が着られるかとか。すばらしいひとと結婚していたのに、そのことにも気づいていなかった。こんなありふれた生活、どこにでも転がってると思っていたのよ。わたしが馬鹿だったの、ジェイムズ。本当の幸せとはなんなのか、まったくわかっていなかったのね。こうしてあなたとエリオットと一緒に楽しく過ごすようになって、初めてその言葉の意味がよく理解できた」

どんどん人数が増えていく家族を見まわし、ジェイムズはあのときのジェーンの言葉を思いだしていた。ジェイムズにとってもいまはなんの不満もない最高の日々だが、そのせいで怖くなることもあった。何年も将来に不安を感じながら生きてきたのに、ある日突然、愛と希望に満ちたバラ色の日々に変わったのだ。このままなにひとつ変化してほしくないが、果たしてそんな奇跡は起きてくれるのだろうか。

ルイージの登場で、ジェイムズの物思いは中断された。

「こんちは！」ルイージのがっしりとした身体が戸口をふさいでいた。「こんなに大勢いるんじゃ、全然足りないいんじゃない？」

ジェイムズは代金を支払い、ピザとシーザーサラダを受けとった。

「足りなかったら、デザートを食べるから。ありがとう、ルイージ。いい夜を」

「でも、チーズケーキを注文してくれたこと、まだ一回もないよね！　うちには食べさせなきゃいけない子どもが六人もいるのに！」

「またね！」ジェイムズは大声で答え、バタンとドアを閉めた。大人たちは噴きだしそうになるのを必死でこらえている。

「なにがおかしいの？」エリオットが尋ねた。「ルイージさんはチーズケーキがきらいなの？」

ジェーンは息子の肩に手をまわし、バスルームのほうを向かせた。

「ルイージさんがいつも大きな声で話すから笑っていただけよ。さあ、お手々を洗ってらっしゃい」

エリオットがいわれたとおりに手を洗っているあいだ、ジェイムズは冷やしておいたグラスにキンキンに冷えたビールをそそいだ。ジェーンはディスカウント・ストア〈ターゲット〉で見つけ、ピザの夕べのために買っておいた赤と白のチェックのプラスティック皿にピザを載せ、ミラはサラダのためのナプキンとフォークをそれぞれの席に置いた。ふたりの女性がにぎやかにおしゃべりしながら食卓の準備を終えたころ、エリオットがテーブルに戻ってきた。彼の皿にはピザが、ナプキンに載せたカップには冷たい牛乳が用意してある。

大人たちはビールで乾杯し、ピザにかぶりついた。薄いカリカリの生地に、ジューシーなペパロニとソーセージ、それにとろりと溶けたチーズがたっぷり載っている。頬が落っこちそうだった。

「やっぱりピザの夕べは最高だね」

ジェイムズは口のなかのものを呑みこむと、高らかに宣言した。テーブルの向かいのエリオットもおなじ意見だろうと目をやると、なんとまだひと口も食べていなかった。それどころか、外科手術の真っ最中だ。チーズは動かさずに、つるつる滑るペパロニや茶色のソーセージをとりのけようとしている。

「どうした？」ジェイムズは尋ねた。「なんでちゃんと食べないんだ？」

エリオットは肩をすくめただけで、答えなかった。

ジェーンは眉をひそめ、食べていたピザを皿に戻した。

「パパがあなたに訊いているのよ。お返事は？」

エリオットの目から涙が溢れそうになった。がまんしようとしたが、こらえきれずにぽろぽろと頬をこぼれ落ちる。エリオットは唇をわななかせながら、なんとか声を絞りだした。

「お食事中にごめんなさいしてもいい？」その返事も待たず、椅子から転がりおちるようにして部屋から跳びだした。一同あっけにとられていると、部屋のドアをバタンと閉める音が聞こえた。

「いったいどうしたんだろうね」ミラが立ちあがろうとした。

「ぼくが行くよ」ジェイムズは安心させようと微笑んだ。「食事を続けてて。ピザが冷めちゃうから」

ジェイムズもいきなり泣きだしたエリオットに驚いたが、息子の悩みに耳を傾け、解決してあげられるかもしれないと思うと、内心わくわくしていた。ちゃんとノックはしたが、返事を待たずにドアを開ける。まだ四歳なのだから、プライバシーを必要とするには早すぎるだろう。

「どうしたんだ、エリオット?」

ベッドにうつぶせになっていたエリオットは、こちらに顔を向けて洟をすすりあげた。

「もうお肉を食べたくない。ねえ、これからもずっと食べなくちゃいけないの?」

まさかそんな言葉が返ってくるとは思わなかった。意外すぎる展開に、とっさにどう答えたものかわからなくなってしまった。

「うーん、どうだろうね。どうしてもう肉を食べたくないの? いままではちゃんと食べてたよね」

父親が自分の話にきちんと耳を傾けてくれるとわかって安心したのか、エリオットはベッドの上に起きあがった。

「フェイ・サンレイは絶対にお肉を食べないんだって。自分の食事のために動物が死ぬのがいやだから」エリオットの目からまた涙がこぼれ落ちそうになった。「ぼくがハンバーガーを食べるせいで、牛さんが死ぬのはいやなの」

ジェイムズはぽかんと口を開けた。そんな悩みを聞かされるとはまさに予想外だった。

『サルでもわかる親入門』を図書館で注文したほうがよさそうだ。内心ため息をつきながら、とりあえず時間を稼ぐことにした。

「フェイ・サンレイはどんなひとなのかを教えてくれる？　よく知らないんだ」

「テレビにでてるひと」ついさっきまで泣きべそをかいていたはずが、誇らしげに顔を輝かせている。「お歌も歌うし、ヨガもやってみせてくれるし、地球とか、いろんなもののために、どうすればいいのかも教えてくれるの」

「ナッシュヴィルでフェイ・サンレイのライブに行ったんだね」

エリオットはベッドの上で小さく跳びはねた。

「そう！　昨日の夜！　すっごくおもしろかった！」

「それはよかったね」ジェイムズはきょろきょろと部屋のなかを見まわした。「フェイ・サンレイの本か映画はある？　そのひとのことをもっとよく知りたいんだ」

「ママが映画のＤＶＤを買ってくれたけど、届くのはずっとあとだって」エリオットは大好きな歌手の話をしているうちに元気がでたようだ。「じゃあ、もう心配しないでいい？」

「ああ、なにも心配する必要はないよ。そろそろ食事に戻ろうか。グリルド・チーズのサンドウィッチを作ってあげるよ。このことはもうすこし時間をかけて相談しよう。まずはママに報告しないとね」

エリオットは不安そうに身体を揺らしながら、精一杯なにげないふうでいった。

「でも、ママは怒るかも。どうしてもいわなきゃいけない？」

ジェイムズはまじめな顔でうなずいた。

「ママに黙っていることはできない。ママとぼくはチームだってこと、覚えてるよね。どちらのおうちでもルールはおなじ」

エリオットは下唇を突きだした。幼児に人気のドラマかなにかで覚えた仕草だろう。

「みんなでおなじおうちに住みたい。そうすれば、ずっと一緒にいられるのに！」

この歳でそんなことまで考えているのかと驚かされた。だがジェイムズは、ドアに向かってエリオットの背中をそっと押した。

「未来がどうなるのかは、だれにもわからないんだよ。本当に残念だけど、そういうものなんだ」

3章

チョコレート・グレーズド・ドーナツ

{ 糖分 21g }

週明けの月曜日、ベジタリアンになりたいというエリオットにどう対処したものか、ジェイムズは頭を悩ませていた。九時十五分前に図書館の正面玄関の鍵を開け、物置からカートをだした。図書館友の会の会員から募った本を並べてあるカートで、ロビーに置いて販売するのだ。それから照明をつけ、二十台あるコンピューターの電源を入れる。コンピューターが立ちあがる音を聞きながら、ジェイムズはまっすぐ育児書の棚に向かった。もしかしたらあっさりと答えが見つかるかもしれないと、ぱらぱらとめくってみる。

子どもの食事という章を見つけたが、すこし読んだだけで不安になってしまった。なにしろどんなものを食べたいか、食事のたびに希望を尋ねるべきだというのだ。エリオットと食事するときはあらかじめ料理を作っておくことにしているので、なにを食べたいかと尋ねたことは一度もない。ジェイムズ自身が子どものころに食べていた料理を用意し、お皿にたっぷりと盛りつけるだけだ。

子どもにどのような食事をさせるべきか、大きな勘違いをしていたのかとおそろしくなってきた。親としては新米もいいところなので、自分が育ててもらったとおりにと心がけているだけだ。だがこの本によると、そういう時代遅れの子育てなどもってのほかのようだ。

「カラフルなお皿を使うと、子どもが本来備えている好奇心を刺激することができます。そして食べるのが楽しくなるような盛りつけも大切です。たとえば、野菜のピザならばブロッコリーとマッシュルームで顔を描いてみるとか、ツナとスプラウトのサンドウィッチならばクッキー型でハート形にしてみるなどの工夫が必要でしょう。また、ちがう料理がくっついているのをいやがることがあります。その場合は日本の仕切りがあるお弁当箱を利用したり、色のきれいな三つのボウルに分けて盛りつけるのもいいでしょう。それでもある料理を口にするのをいやがる場合、子どもの自主性を尊重して、無理強いするのはやめましょう。親子であっても、相手の意思や自主性を尊重するのは大事なことです」との精神科医の意見が書いてあった。

ジェイムズはつい苦笑いしてしまった。

「こんな文章をパパに読んできかせたら大変だ。目にするのもおそろしい苦情の手紙を送りつけるに決まっている。パパの意見では、親は愛情を持って厳しく接するべきだし、子どもはそれに素直に従うべきなんだから。エリオットの食事に日本のお弁当箱を勧められてるなんて知ったら、なにをいわれることやら！」

ついこのあいだも、親としての心構えを聞かされたばかりだった。

「おまえがエリオットのために決めたことがまちがっているはずはない。だから自信を持て。絶対に甘やかすなよ。父親が腰抜けだったら、あいつがまともな男になれるはずがない。決められたことを守らないときは、がつんとやってやれ。そうやって一人前の男になっていくんだ。その理由なんぞ、くどくど説明する必要はない。駄目といったら駄目でいいんだ。おまえはそれでいうことを聞いたし、子どもってもんはそうやって大きくなるんだからな」

ベジタリアンになりたいというエリオットの希望を聞かされたときは、父親はその場ではなんとか口をつぐんでいた。あきれたふうにかぶりを振り、いまのうちになんとかしろという顔でジェイムズを見ただけだ。

ジェーンも息子の言葉にはびっくりしたようだ。とりあえずその晩は眠りこんでしまったエリオットを車に乗せ、ジェーンはハリソンバーグの自宅に向かった。そのあと深夜まで電話で相談し、幼児がベジタリアンになった場合、栄養学的に問題はないのかどうかをきちんと調べようと意見が一致した。

ジェイムズは疲れきっていたが、電話を切ったあとも眠れなかったので、あきらめて催眠療法のパンフレットを広げた。何度もくり返し読んだおかげで、しまいには一字一句空でいえるようになってしまった。

「まあ、夕方に催眠療法を受ける準備ができたからいいか」ジェイムズはちがう育児書を広げながらつぶやいた。「エリオットにどう対処すればいいのか、参考になりそうな本はなさそうだけど」

そのとき左から咳払いが聞こえ、ジェイムズは慌ててそちらに顔を向けた。つねに元気いっぱいの双子の図書館員の片割れ、スコット・フィッツジェラルドが大まじめな顔で立っていた。

「おはようございます、教授」まだ来館者の姿は見えないが、スコットは仕事用の小声であいさつした。

書架の陰からフランシス・フィッツジェラルドも現われ、弟の横に並んだ。茶色のもじゃもじゃの髪をかきあげ、丁寧に会釈する。背が高くてひょろひょろのふたりは不安そうに目配せしたかと思うと、まるで鏡の前で練習してきたように、同時にべっこう眼鏡を押しあげた。いつもならおなじ動きに笑うところだったが、ふたりがやけに神妙な顔でもじもじしているので、なにか問題が起こったのだとピンときた。

「なにかあったようだね」ジェイムズは安心させようと笑いかけた。「でも、大丈夫。これまでだって難問をいくつも解決してきたんだ。みんなで知恵をだしあえば、なんとかなるさ」

ほっとしたように肩を落とし、スコットが封をした封筒を差しだした。

「ワックスマン夫人から、教授宛の手紙です」

ジェイムズは驚いて眉をあげた。中等学校時代の恩師絡みの問題だとは想像もしていなかった。ワックスマン夫人は図書館唯一のパートタイム職員で、勤務時間は平日の夜と土曜日だが、かつて担任していたクラスに負けず劣らずてきぱきと図書館を切りまわしている。実は数カ月前にも、ワックスマン夫人の動きが以前よりもゆっくりになって、疲れた顔をしているのが気になったばかりだ。考えてみれば父親と変わらない年齢なので、いまのままでは負担が重いのかもしれないと心配になって、勤務時間を短くしたほうがいいかと尋ねてみた。「ここは自分の家みたいなものよ」ワックスマン夫人は館内を手で示し、実感のこもった口調でいった。「それにこの仕事が大好きなの。勤務時間を短くするなんて考えたこともないわ」

ジェイムズにとってはその返事だけで充分だった。自分の限界は夫人が一番わかっているだろうし、仕事が楽しくて仕方ないという気持ちはジェイムズにもよく理解できる。なので、話はそれきりとなった。それを思いだしながら急いで封筒を開け、手紙に目を通して驚いた。夫人は自分の意志でやめるのではなく、そうせざるを得なくなってしまったのだった。

夫人の妹が最近夫を亡くしたが、病気をいくつも抱えているのでひとり暮らしは難しい。ずいぶんと悩んだが、フェニックスに暮らす妹と同居することを決心したと書いてあった。「そういう事情なので、辞職を決断したことを後悔もしていませんし、反対に安堵の思いもありません。規定どおり勤務は二週間後までとしてください」夫人の几帳面な筆跡で記されていた。「シェナンドア郡図書館の一員として勤務したことは、わたしの誇りであり、喜びでもありました。スコット、フランシス、そしてジェイムズ・ヘンリーのおかげで、かけがえのない日々を過ごすことができました。図書館など退屈だと思いこんでいるひとたちは、かわいそうにこの図書館での仕事がどれほど楽しいかを知ることはできないのですね。教師を引退したあとも充実した日々を過ごせたのはみんなのおかげです。かつての優秀な教え子が立派な父親となり、地域のリーダーとして尽力する姿を目にできたことは望外の喜びでした。今後の活躍も期待しています」

ワックスマン夫人のサインがぼやけて見えなくなった。ジェイムズは慌てて洟をすすり、なんとか気持ちを落ち着かせようと大きく息を吸った。まだ双子と目を合わせたくなかったので、時間稼ぎに手紙を小さく折りたたむ。

「ちびっ子ガールスカウトたちが、毎月の集会の終わりに歌うのはなんていうんだっけ」ジェイムズは双子に尋ねた。「ほら、友情がテーマの歌」

双子の反応はまさに同時だった。照れる様子もなく、声をそろえてみごとな低音で歌いだした。

「新しいお友だちをたくさん作ろう。でもいままでのお友だちも大切にしよう。新しいお友だちは銀色の輝き、いままでのお友だちは金色の輝き」

ジェイムズはうなずいた。

「そう、そのとおりだよね。長いつきあいの友人も大事にしながら、新しい友人を増やすチャンスだと考えよう。まずは急いで館員募集の広告をださないと。たった二週間で、ぼくたちの高い要求に応えられる優秀な人材を見つけないといけないんだ」そう明るく励ましても双子はしょんぼりしたままだった。「ぼくだって変化なんてだいきらいだよ。それはふたりともよく知っているだろう？　でも、ぼくの人生で一番驚いたのは息子がいると知らされたことだけど、あんなに天にも昇る気持ちになったのは初めてだった。考えてごらんよ。新しい館員はSFとゲームが大好きな、若い女の子の可能性だってあるんだ。そう考えたら、楽しみになってこないか」

ミラの店の共同経営者ウィロー・シングレタリーとデートしているフランシスは肩をすくめただけだったが、スコットはそれを聞いて顔を輝かせた。

「たしかに、そう考えるとちょっと楽しみになってきましたよ、教授！　すごく気が合う同僚が見つかるかもしれませんよね。いまおっしゃっていた条件を求人広告に載せるんですか？」

ジェイムズはスコットを育児書でコツンとこづき、それを合図に三人はそれぞれの仕事にとりかかった。

休憩室のコーヒーメーカーをセットして、淹れたてのコーヒーをマグにそそぐと、ジェイムズはオフィスにこもって求人広告の文面を考えた。

「パートタイム館員募集」だれもいないオフィスで声にだしてみる。鉛筆を削り、じっくりと考えた。「勤務時間は平日の午後五時から八時半までと土曜日の午前九時から午後六時まで。高卒以上。サービス業やコンピューターの経験者歓迎」ちびた消しゴムを唇にあて、どう続けたものかと頭をひねる。「できれば本が大好きで、どんなに癪に障る来館者でもにこやかにあしらえて、不安そうなちびっ子やひねくれたティーンエイジャーの扱いだってお手のものだとうれしいんだよな。それだけじゃなく、宝石つきの王冠みたいに本を大事にしてくれて、お給料は本当に雀の涙しかないけど、予算はすべて図書館のために使うのに大賛成してくれること。大昔から図書館員はそういうものだったからね。やれやれ、必要な条件と思うものを挙げていったら、目の玉が飛びでそうな広告掲載料になっちゃうよ！」ジェイムズは鉛筆をほうり投げてため息をついた。

受話器をとりあげ、シェナンドア・スター・レジャー紙の代表番号を押した。

「求人広告を載せたいんです」電話にでた女性に用件を伝えた。聞かれるままに広告文を伝え、興味のある方はぜひ面接に来てほしいとつけ加えた。

「それより、びっくり大ニュースはもう知ってますか、ヘンリー教授？」広告の打ち合わせが終わると、若い女性は息せき切って尋ねた。

「そんな大ニュースはなにも聞いてないな」ジェイムズはほがらかに答えた。

「教授の有名な元恋人が帰ってくるそうですよ！」

ジェイムズの眉間にしわが寄った。

「どういうこと？　もうつぎの本が発売になるとか？」マーフィー・アリステアのミステリ・デビュー作『ベーカリーの死体』が発売になったときには、父親と同居していた自宅に案内はがきが届いたのを覚えている。最近、あれに似たはがきを図書館で受けとったかどうか、ジェイムズは必死で思いだそうとした。

「まさか、まだまだ先ですよ。二巻目はクリスマスの前の週に発売の予定ですから。でも教授になら、どんな内容かも教えてくれるんじゃないですか」

からかわれているとわかっていたが、ジェイムズはがまんできずに尋ねてしまった。

「それならどうして帰ってくるのかな。本の宣伝ツアーで全国をまわっている以外は、ニューヨークで暮らしてるんだと思っていたよ」

「これからはちがうんです！　クィンシーズ・ギャップに帰ってくるんですって！」若い女性はうれしそうに叫んでいる。「ここだけの話、スター紙を買いとってオーナーになったんです。で、メイン・ストリートをちょっと入ったところにある古い大きなお屋敷で、三冊目の執筆にとりかかるそうですよ。すっごいセレブになりましたよね。昔働いていた新聞社のオーナーになるなんて、信じられない！」

ジェイムズはその知らせに文字どおり打ちのめされた。元恋人のマーフィーがこの町で起こった殺人事件をモデルにした小説を書き、〈デブ・ファイブ〉のメンバーがヘマばかりしている太っちょ素人探偵として登場するだけで泣きたい気分なのだ。しかもジェイムズにふられた腹いせのつもりなのか、あるいはただおもしろおかしくしたかっただけなのかはわからないが、ジェイムズは救いようのない意気地なしとして描かれているらしい。自分ではとても読む気になれないが、友人や図書館の利用者から、もうたくさんというほど散々聞かされてきた。

「もしもし、教授？」うんざりという気分でそれを思いだしていたジェイムズの耳に、若い女性の声が飛びこんできた。「聞こえていますか？」

「できるだけ早く求人広告を載せてください」地元紙の新聞記者から人気小説家に転身した元恋人が、また新たな揉めごとを起こしそうな予感がしたことなど忘れたような声で返事をした。「よろしくお願いします」

ジェイムズは受話器を置いて、窓に近づいた。歩道沿いの鮮やかな緑の新芽を眺めているうち、つい駐車場を見まわしてしまった。駐まっている車にマーフィーが乗っていて、今度は太っちょ素人探偵のどんなずっこけぶりを描いてやろうかと待ちかまえているような気がする。

「どうして戻ってくることにしたんだろう」視界の隅に見えるハナミズキの花に話しかけた。「小説のせいで町の住民の半数を怒らせたのに」とはいえ、感謝している住民が多いのも事実だった。マーフィーの小説のおかげで、季節に関係なく観光客が町に押しよせてくるようになったのだ。実際に観光客の数はほぼ倍増し、商店主などはほくほく顔だ。ミラの店でも、『ベーカリーの死体』の実在の登場人物について、質問攻めにされることが何度もあったそうだ。もちろん、ミラは事件が起こったころは町にいなかったと答え、マーフィーが描いたとおりだと暗に認めるようなことはしなかったそうだが。

ジェイムズはいらいらした気分のまま窓に背を向け、両手の拳を握りしめて貸し出しカウンターに向かった。このままでは最悪の午前中になりそうな予感がする。ベジタリアンになりたいというエリオットにどう対処したものかと悩んでいたはずが、予想もしなかったワックスマン夫人の辞職を知らされ、そのうえ面倒の種となるにちがいない元恋人が町に戻ってくるという。

「大丈夫ですか、教授」フランシスが書架に戻す本のカートを押して通りかかった。

それに答えるようにお腹がぐうぐうと鳴った。ジェイムズは時間なんかどうでもいいという気分だったが、腕時計に目をやった。

「貸し出しカウンターを頼んでもいいかな、フランシス。すぐに戻るから」

「了解です！」フランシスは敬礼し、貸し出し手続きのために並んでいる来館者たちにぶつからないように気をつけて、勢いよくカートを転がした。それを見て相談カウンターにいたスコットがすかさず跳びだし、カートを引きうけた。背後のフランシスに向かって親指を立て、スコットはすまし顔で児童書コーナーにカートを押していった。

ジェイムズが午前中に図書館を離れるなど前代未聞のことだった。ランチならば、たまに〈デブ・ファイブ〉のだれかと〈ドリーズ〉で一緒にすることもあれば、愛車ブロンコの車内でサンドウィッチをぱくつきながらいくつか用事を済ませることもある。だが、ジェイムズたち三人は、いつも午前中に一度交替で休憩をとることにしているのだ。今朝のように十時近くになるとジェイムズがコーヒーを淹れ、マグを片手にオフィスでメールをチェックしたり、書類仕事を片づけたりする。予算の残高を確認したり、出入りの業者に備品を注文したり、やらなければいけないことはたくさんあった。そしてジェイムズが貸し出しカウンターに戻ってくると、今度はスコットが休憩室に駆けこむ。ミルク・コーヒーかマウンテンデューをお供にトゥインキーをほおばりながら、手早くハードカバーを何冊か修理するのだ。

そのつぎはフランシスの番だった。

そんなふうにして三人は午前中の仕事を楽しくこなしていた。仕事をしながらの休憩なので気がとがめることもない。それぞれが休憩室にいる時間を気にすることもなければ、ぬけがけしようと考える者もいなかった。

　だが図書館長ジェイムズ・ヘンリーは、コーヒーを淹れたばかりだというのに図書館から逃げだしてしまった。うまくいっていた習慣にケチをつけることになるのも承知のうえで、愛車に跳びのって北西にある一番近くのコンビニ〈ワワ〉に向かう。まずは発泡スチロールのカップにフレンチバニラ・コーヒーをなみなみとそそぎ、それから〈クリスピー・クリーム〉に並んでいるドーナツを六個選んだ。

「これはできたてのドーナツ？」ジェイムズは店員に尋ねた。

「もちろん。朝の五時半に届きました。まだできたてホカホカだったので、ガラスが湯気で曇っちゃいましたよ」

　ジェイムズは袋を受けとり、チョコレート、シナモン、粉砂糖、ドーナツ生地、そしてつやつやのフロスティングの香りをうっとりと楽しんだ。

「まさにその返事を聞きたかったんだ」

　ジェイムズは車に戻ると、袋を開けて一番上にあるドーナツをとりだした。ドーナツは六種類あるが、どれでも大歓迎だった。巨大な獲物を丸呑みしようとしているニシキヘビのように大きく口を開け、チョコレートのフロスティングとケーキのようにしっとりとした生地をほおばる。歯からなにから、それこそ口のなかすべてがうっとりとする甘さに包まれ、ジェイムズはまさに魂を吸いとられたような気分だった。天国に昇ったのかと勘違いしそうだ。

それだけで自分でも驚くほど元気がでた。

ジェイムズはたった四十五秒でドーナツをぺろりと一個たいらげてしまった。指をなめなめ、コーヒーをごくりと飲むと、背中を伸ばして満足のため息をついた。

「甘いものが必要だったのか」先ほどまでの不安や悩みはきれいさっぱり消えていた。ジェイムズはエンジンをかけ、ふと気づくと、なんとかなるという楽天的な気持ちになっている。

〈ワワ〉の駐車場をでてクインシーズ・ギャップに向かった。しょっちゅう仕事を抜けだしてドーナツを買いに行っているような顔で、颯爽とロビーを通りぬける。白と緑の〈クリスピー・クリーム〉の袋を高く掲げると、年配の来館者の相談に乗っているフランシスの目がきらりと輝いた。

休憩室の丸テーブルの真ん中にドーナツの袋を置き、あとでおやつに食べようとブルーベリー味のケーキ・ドーナツをひとつデスクパッドに載せた。貸し出しカウンターに行列している来館者の相手をしながら、肩越しにちらりと休憩室をふりむくと、双子がサメのようにドーナツの袋に群がり、どれを最初に食べようかと楽しそうに揉めていた。

「半分ずつ分けないか」スコットが提案した。「そうすれば、全部を味見できるよ」

「賛成！」フランシスがうれしそうにうなずいた。「なあ、これは毎週のお約束になるのかな。月曜日は甘いもの攻めって」

口いっぱいにドーナツをほおばっていたせいで、スコットは返事するのに時間がかかったようだ。

「そう甘くはないよ。教授が今日の仕事のあと、催眠療法を受ける予定なのを忘れてるだろ。ふらりと休憩室に来たら、ミラのケーキやワックスマン夫人のパイ、グッドビー夫人のブラウニーを見つけるのは今日で最後かもしれない」

フランシスはそれを聞いてうめき声をあげた。

「それって、あまりにも悲惨だよな」とため息をつく。「まあ、今夜はウィローお手製のチョコレートがあるからいいけどさ」

「ウィローのチョコレートがあったか！」双子はハイ・ファイブをした。ジェイムズはそれを見ながら、図書館友の会のキャンバス地のトートバッグに、ハリー・ポッター・シリーズの最新刊二冊を入れた。

「きっとおもしろいはずですよ、ギブさん」

「それはまちがいないわ」年配のギブ夫人は声をあげて笑った。「イギリスに行ったときに、映画でハリー・ポッター役を演じている俳優の舞台を観たの」内緒話でもするように声を落とし、ポンポンとバッグを叩いた。「驚いちゃった！　舞台ですっぽんぽんになるのよ！きゅっと引きしまったかわいいお尻だったけど。見慣れたホグワーツのローブ姿を思いうかべるのが難しくなっちゃったけど、なんとか努力してみるつもり」

ジェイムズは噴きだしそうになるのをなんとかこらえた。集まったリクエストを整理して手配していると、休憩室からスコットが現われた。上唇はフロスティングのせいでチョコレート色だし、紺色のポロシャツには白い砂糖が点々と飛びちっている。

「これなしで生きていくなんて、絶対に信じられませんよ、教授。その、甘いもののことですけど。美味しいものというのは、砂糖か塩をたっぷり使ってると決まってるんです。教授が甘いものをがまんするなんて、ぼくとフランシスが催眠療法でゲームをきらいになろうとするようなものですよ」

ジェイムズは自分のぽっこりと突きでたお腹を指さした。

「ゲームは健康に悪い影響があるわけじゃないからね。座りっぱなしなのはよくないだろうけど、ふたりは運動もちゃんとしているし。ぼくが甘いものをがまんするのは、長生きして、一日でも長く息子と一緒に過ごしたいからなんだ」

スコットはうなずいた。

「その気持ちはよくわかります。ぼくたちふたりとも、催眠療法に挑戦するなんて、さすが教授だと話していたんですよ」そこで言葉を切り、ポロシャツについた砂糖を払いおとした。「でも、そんな話を聞くと考えちゃいますね。ぼくの毎日もそれほど充実しているわけじゃありませんから。フランシスはウィローと過ごすことが増えているし、ふたりともすごく楽しそうです。あのふたりは本気でつきあうことになりそうな気がするんですよ。それに比べて、いったいぼくはなにをやっているんだろうと思って。実際に会うこともないオンラインの友だちと、延々とゲームをするだけですからね」

「趣味なんだから、それでいいじゃないか」ジェイムズは優しく答えたが、スコットの表情は晴れなかった。

「でも、人生で大事なのはひととのつきあいだと思うんです。実は、毎晩一緒にゲームしてる友だちがいるんですよ。ハンドル・ネームがシェナンドア写真館なので、このあたりに住んでいるんだと思うんですけどね。この一年、しょっちゅうインスタント・メッセージを送りあっているのに、本当の名前も知らないんです」

「尋ねてみれば？」

スコットはかぶりを振った。

「オンライン・ゲームではそれはルール違反なんです。全員、たくましい原始人か頭の切れる魔法使いのはずなんですから。ぼくも図書館員だなんて教えたことはありません。ゲーム上のキャラクターになりきっているんです。ゲームをしてるときは勇者フィッツなんですよ！」スコットは右手の見えない剣を振りまわした。

「失礼、勇者フィッツくん」USBメモリを手にした中年男性が口を挟んだ。「ちょっと助けてもらえるかな。ファイルを開きたいんだが、何度やってもうまくいかないんだ」

スコットは笑顔になり、改めて右手で男性をコンピューターに案内した。

「こちらにどうぞ。反抗的なワードのドキュメントだろうが、腹立たしいPDFファイルだろうが、勇者フィッツの目にもとまらぬ指使いの前には、おとなしくいうことをききますよ！」

〈クリスピー・クリーム〉のチョコレート・グレーズドと、芝居じみたスコットのおかげで、気がつくとジェイムズの憂鬱な気分はスコットのポロシャツの粉砂糖のように跡形もなく消えさっていた。

ジェイムズは午後五時半過ぎに、〈心穏やかな日々〉の空色のドアを叩いた。不安で心臓がドキドキしていて、横のテーブルにたくさん置いてある雑誌を読む余裕もない。ソファに座って、ドアのそばの棚に飾ってあるクロッカスの鉢を見つめていた。

しばらくするとスカイが現われた。片手にCDを持っている。

「こんにちは、ヘンリーさん。催眠療法の前に支払いを済ませておきますか？」

「そうします」ジェイムズは財布をとりだし、スカイにクレジットカードを渡した。「いまは、友人のベネットが療法を受けているんですか？」

「いいえ、予約を変更して、ペレスさんと入れ替わったんです。ちょうど終わったところですよ。わたしもペレスさんが夜に聴くCDのラベルを貼るために戻ってきたんです。つぎはヘンリーさんの番ですね」スカイは励ますように微笑んだ。

「ここで仕事をしていると、いろいろとおもしろいことを耳にするんでしょうね」クレジットカードを機械に通しているスカイに話しかけた。

スカイは勢いよく椅子をまわして振りかえった。その目は怒りに燃えている。

「催眠療法の最中の話を聞いたりすることはありません、ヘンリーさん！　ハーモニー以外の者が知ることは絶対にないんです！」

「わかっています！　そんなつもりでいったわけじゃ……」自分でもうまく説明できない気

がして、ジェイムズは言葉を濁した。そのとき廊下の先で「お世話さま」とあいさつするリンディの声が聞こえてきて、内心ほっとした。待合室に戻ってきたリンディは落ち着いた顔をしているが、いくらか疲れているようにも見える。

「どうだった？」ジェイムズはがまんできずに小声で尋ねた。

「不思議な気分」リンディは穏やかに答えた。「のんびりとお昼寝をしていただけのような気がするのに、ハーモニーの言葉はすべて覚えているの」ジェイムズの腕に手を置いた。「心配しなくて大丈夫よ」

リンディはスカイからCDを受けとった。早口でしゃべることができないのか、ゆっくりと眠そうな声で話している。

ジェイムズはもっと詳しい話を聞きたかったが、ハーモニーがこちらに向かって優雅に歩いてくるのが見えた。笑顔でジェイムズにあいさつし、ついて来るようにいう。ジェイムズは不安な気持ちでリンディに手を振り、廊下の先にある薄暗い診療室に足を踏みいれた。目が慣れてくると、大きな藍色のソファとベージュのリクライニングチェアがあるのが見えた。ソファの上の壁には美しい庭を描いた三枚組の水彩画が飾ってあり、小さなランプが置いてある。バター色のクロスをかけたサイドテーブルがいくつかあり、大きなはめごろし窓には濃紺のカーテンがかかっていた。

おそらくソファが自分の席だろうと予想して腰かけようとしたら、ハーモニーが手でリクライニングチェアを示した。

「こちらの椅子のほうが、みなさんリラックスできるそうですよ」

ジェイムズはリクライニングチェアに腰をおろし、なんとか気持ちを落ち着けようとした。背もたれを倒し、音をたてないように足置きもだす。ハーモニーがそばの棚から綿の膝掛けをとり、ジェイムズに手渡した。

「この部屋は室温を低くしてあります。ですから、これをかけたほうが、身体は休息の時間だと感じるかもしれません」

ジェイムズはラベンダーと洗剤の香りがする膝掛けを広げ、ごそごそと柔らかい椅子に身体を沈めた。ハーモニーがCDプレイヤーのスイッチを入れると、楽器とウィンドチャイムの音が聞こえてきた。メロディがないので音楽とは呼ばないのかもしれないが、聴いていると気持ちが落ち着いてきた。フルートや流れる水音、そしてたまに小鳥のさえずりや金属製の小さな銅鑼の音も混じっていた。耳を傾けていると、だれもいない日本庭園でひとり静謐さを楽しんでいるような気分になる。

「では、大きく息をしてください。鼻から息を吸って、口から吐きます。ひとつ。そう、その調子です。ふたつ。はい、みーっつ」ハーモニーは相手が驚くほどの偉業をなしとげたと勘違いしそうな笑顔を浮かべた。「では今度は目を閉じてみましょう」

ジェイムズはいそいそといわれたとおりにまぶたを閉じた。一時間このリクライニングチェアに横になって、静かな音楽とハーモニーの美しい声を聞いていられるなんて、これ以上幸せなことはないという気がする。

「身体が重くなります」ハーモニーは穏やかに続けた。「筋肉からも力が抜けていきます。もう身体を動かす必要はありません。プールサイドかビーチのデッキチェアに横になっていると想像してください。気持ちのいいそよ風が頬をなで、暖かくてのんびりした気分です」

ジェイムズはぬくぬくと膝掛けにくるまり、背中をさらに深く沈めた。

「頭の上から暖かい風が吹いてきたと想像してください。顔、首、肩と順番に暖かくなっていき、今日ここに来るまで感じていた不安や緊張もすべて忘れてしまいました」

その瞬間、エリオットのこと、ワックスマン夫人のかわりを見つけないといけないこと、マーフィーが町に戻ってくることが頭から消え去り、目に痛いほどの白い砂浜とヤシの木の向こうに見えるきらめく海だけが脳裏に浮かんだ。

「暖かい風は腕に届き、指先までぽかぽかしています。胸、お腹、そして背中、お尻、脚まで風が吹いてきました。暖かい風を感じると、ますますのんびりした気分になりますが、わたしの声だけはよく聞こえます」ハーモニーは大きく息を吸った。「さあ、足首やつま先まで風が吹いてきました。まだ不安や雑念が残っていたとしても、つま先から流れでてしまいます。力が抜けていきます。身体は重く感じますが、意識は明瞭で、かなり集中していきます」

そのとおりだった。ジェイムズはこれほど意識を集中したことはないと感じた。いまならば、数学の難問でもたちどころに解答がわかり、図書館の予算の残高など電卓なしで計算できそうな気がする。大学で教えていたころに学生たちに暗記させていたシェイクスピアのセリフだって、完璧に暗唱できそうだ。

「目の前に見えるプールを眺めてみましょう」ハーモニーは心地よい声で続けた。「手前に降りる階段があります。ほどよい温度の水は気持ちよさそうで、水面に浮かぶデッキチェアがジェイムズを待っています。この心温まる情景を思いうかべてみましょう。頭に浮かんだらうなずいてください」

ジェイムズはうなずいた。

「では、わたしが十から逆に数えるのに合わせ、ゆっくりと一段ずつ階段を降りていきましょう。一段降りるごとに、身体の力が抜けていきます。十……九……八……七……六……五……四……三……二……一。さあ、水面に浮かぶデッキチェアに横になっています」

プールの側壁にあたってぴちゃぴちゃいう水の音が聞こえた。穏やかな陽射しが降りそそぎ、ほてった肌をそよ風がなでる。まさにこの世の楽園だ。

「ジェイムズ」プールの向こうからハーモニーの声が聞こえる。「甘いものを食べたいという気持ちを忘れましょう。自分の脳の司令室を具体的に思いうかべます。その司令室のなかに入るため、階段を登りましょう」

ジェイムズはしぶしぶプールの情景は忘れ、目の前に見える木の階段に意識を集中した。

「さあ、階段を登りますよ。司令室のなかは明るくて、まぶしいくらいです。さまざまな色のライトやスイッチが並んでいます。脳の司令室をじっくりと観察してみましょう」

ハーモニーの言葉どおりだった。いろいろなボタン、レバー、スイッチが見えた。天井にはずらりと裸電球が並んでいるし、機械のブーンという音も聞こえる。機械はとぎれることなく動いているようだが、室内はきちんと片づいていた。

「一番近くにあるスイッチを見てください」ハーモニーが有無をいわさぬ口調で命令した。「両手をそのスイッチの上に置きます。それは甘いものを食べたいと脳に命令する機械です。これからその機械のスイッチを切ります。そうすれば、もう甘いものを食べたくないと脳に伝えることができます。甘いものを求める気持ちは今日を最後に忘れましょう。さあ、スイッチを切りますよ、ジェイムズ」

両手を前に伸ばし、金属製のスイッチを力いっぱい下に押した。ハーモニーの言葉を自分の脳に向かってささやく。本気でこの命令に従えと自分にいいきかせていることに気づき、ジェイムズは誇らしさが胸にこみあげた。

そのあと、ハーモニーはプールに戻るよう指示した。そしてジェイムズはもう甘いものを欲しくない、砂糖を求める気持ちは忘れた、食べたいと思うことは二度とないと何度もくり返した。気持ちのいいプールに別れを告げて階段を登ったあとで、目を開けるようといわれた。

「驚きました！」ジェイムズの声はかすれていた。「すべて目の前に見えましたよ！　プール、水面に浮かぶデッキチェア、司令室。それにしても、あっという間に終わるんですね。こんな短時間で効果があるものなんですか？」

ハーモニーはそれを聞いて笑い声をあげた。

「本当にリラックスした状態のとき、ひとは時間の感覚を失うことが多いようです。どのくらい時間がたったと思いますか？」

ジェイムズはゆっくりと身体を起こし、肩をすくめた。

「二十分くらい？」

「五十分ですよ」ハーモニーは笑顔で答えた。

「えっ、信じられない！」ジェイムズはぽかんと口を開けた。「それで、このあとはどうすればいいんですか？」

「お渡しするCDを毎晩聴いてください」しっかりとジェイムズを見つめた。「最大限の効果を得るために必要なことなんです。まだ一回しか療法をおこなっていませんから、かならず毎晩聴いてくださいね。来週の月曜日に、どんな調子かうかがいましょう」

スカイからCDを受けとり、ジェイムズはゆっくりとブロンコに戻って家に向かった。サヤインゲンと玄米を添えた鶏胸肉のローストというヘルシーな夕食にする。ダイエット・ドクターペッパーに入れる氷をとろうと冷凍庫を開けたとき、キャラメル・クランチ味のアイスクリームが目に入った。〇・五リットルパックに手を伸ばしたくなるのを待つ。

「すごい！　本当に甘いものなんてどうでもいい気分だ！」

ジェイムズは思わず大声をあげた。エリオットのために用意してある小袋のオレオ、チョコチップ、ピーカンナッツの砂糖がけ、そしてどうしても甘いものが欲しくなったときのために冷凍庫の奥に隠してある、一番お気に入りのチョコ・バー、チャールストン・チューを引っぱりだした。大好きだったお菓子をじっと見つめる。しばらくそのまま待っていたが、なにも変わらなかった。食べたいという気持ちにならないのだ。

ジェイムズは思わずかぶりを振り、お菓子を見つめながら今夜二回目になるセリフを叫んだ。

「信じられない！」

4章

ひよこ豆バーガー

{ 糖分 11g }

その週はあっという間に過ぎていった。高校三年生の宿題の調べものを手伝い、驚くほどたくさん集まったパートタイム館員の応募に対処しているうち、気づいたらもうすぐ週末だった。

木曜日、新たに届いた履歴書に目を通すためにオフィスに向かおうとしたとき、長く伸ばした髪をひとつにまとめた年配の女性が貸し出しカウンターにやってきた。淡い金色の髪には銀が混じっていて、右腕に丸めたポスターを抱えている。

「これをいますぐロビーに貼ってもらうのは難しいかしら」気さくだが、意志の強さを感じさせる声だった。「今週末に《すこやか村》で《採れたてを食べよう》フェスティバルが開かれるの。いまさらポスターを貼ったところであまり意味はないだろうけど、宣伝にかけられる予算なんてほとんどないから、口コミに期待しようと思って」

ジェイムズは手を差しだした。

「拝見してもいいですか」

女性は貸し出しカウンターにポスターを丁寧に広げた。中央には果物や野菜、パンで山盛りのピクニック・バスケットが、四隅には農家のおじさんの毎日が描いてある。畑を耕しているところ、露天市場で農産物を売っているところ、幼い少年に丸々とした桃を渡しているところ、そしてバスケットをかこんで家族で食事しているところ。農家のおじさんはサンタクロースにそっくりだった。おなじみの赤い服ではなく、デニム地のオーバーオールに麦わら帽子姿だが、優しそうな顔と笑っているような目はまさにサンタクロースそのものだ。そしてフェスティバルの日時と場所、スローガン《地元の農家を応援しよう！　採れたてを食べよう！》がでかでかと書いてあった。

そのイラストを目にしただけで、ジェイムズは気分がうきうきしてきた。シェナンドア渓谷で生まれ育ったジェイムズにとって、昔から農家は身近な存在だった。そして図書館長として町に戻ってきてからも大勢と知りあったが、みんな驚くほど働き者で、自分の仕事を愛している人びとばかりだった。

「お安いご用です。〈クインシーズのなんでも屋さん〉や〈セレブなワンちゃん〉でも、目立つところに貼ってもらえると思いますよ。どちらの店も店主が地元の農家を応援していますから。ぼくもこういう企画は大賛成です」ジェイムズは思わずそんなことまで口にしていた。

「うれしい！」女性は笑顔になった。「遅ればせながら、ロザリン・ローズよ。《すこやか村》でハーブ療法の治療院を開いているの」名刺を差しだした。名前の下にホリスティック医学《自然に癒してもらおう》と書いてあり、その下には電話番号と所在地、診療時間が列記してある。ロザリンの〈癒しの家〉はハーモニーの治療院の先にあった。

ジェイムズは偏見がないとアピールしたくなって、月曜日におなじ並びの〈心穏やかな日々〉で催眠療法を受ける予定だと伝えた。

「それは本当にラッキーよ！」ロザリンは本心からうれしそうに答えた。「ハーモニーのおかげで問題が解決できたという話は、それこそ耳にたこができるくらい聞いているもの。それにすてきな女性で、このフェスティバルの準備も彼女がいなかったらどうなっていたことか」くすっと笑う。「わたしたちのような変わり者は、たいてい実務的なことは苦手なのよね。母なる地球で採れるハーブのことなら、成分でも効能でも任せとけなんだけど、自分の小切手帳がどこにあるかは覚えていられないの」

ふたりはロビーに向かい、ポスターを貼りながらおしゃべりを続けた。

「会場でお昼を食べられると書いてありますね。実はうちの息子が最近ベジタリアンになったんです。屋台の果物や野菜だけじゃなく、なにか息子が食べられるようなものはありますか？」

ロザリンは顔を輝かせてうなずいた。

「もちろん！　ほっぺたの落ちそうな料理がよりどりみどりよ。なにを隠そう、わたしもこの十五年間厳格なベジタリアン生活を続けているんだけど、土曜にはごちそうが食べられると楽しみにしているの。家族全員が美味しいお昼を楽しめることは保証するわ。お腹をすかせてきて」

ロザリンが帰っていったあとで、ポスター見たさに双子がロビーにやってきた。ひょろひょろと背が高いだけのやせっぽちのくせに、おなじ人間とは思えない量をぺろりとたいらげる双子は、美味しいという単語を耳にしただけで薄茶色の瞳を輝かせるのだ。

「《採れたてを食べよう》フェスティバルだって！　楽しそう！」フランシスが大声をあげ、スコットの後ろからポスターをのぞきこんだ。「どんな料理なんだろう？　ギリシャ？　イタリア？　レバノン？　それともバーベキューかな？」

「この地域で採れたものってことだろ」スコットが答えた。「どういう意味だと思う？」

ふたりはいまにもよだれを垂らしそうな顔になり、声をそろえて叫んだ。

「パイだ！」

掲示板の前を離れるスコットを肘でつつき、フランシスはうっとりとポスターを見つめた。

「リンゴのブラウン・ベティ、桃のクリスプ、洋梨のクランブル」

「ブルーベリーとクリームチーズ、レモン・メレンゲ、チョコレートとピーナッツバター！」スコットも思いつくかぎりのパイの名前を挙げ、くるりとふりかえった。「うわっ、教授！　すみません！　いやがらせをするつもりはなかったんですが」

ジェイムズは笑顔で肩をすくめた。

「信じられないかもしれないけど、それを聞いてもネクタイによだれを垂らしてはいないよ。三日続けて催眠療法のCDを聴いたおかげで、本当に甘いものに興味がなくなったみたいなんだ」

「それを聞いて安心しました」とフランシス。「それは去年のボスの日にプレゼントしたネクタイで、ドライ・クリーニングしかできませんからね」

ジェイムズはうつむき、ネクタイの端をつまんで振ってみせた。

「もちろん覚えているさ。ぼくの一番のお気に入りだからね。図書館長になってからというもの、いつか《黙ってろといわせるな》と書かれたネクタイをしたいと思っていたんだけど、みんなのおかげで夢がかなったんだ」

スコットが兄の脇腹をつついた。

「ぼくは《図書館長飲んだくれ選手権》というネクタイにしたかったんですが、フランシスはそれじゃワックスマン夫人に怒られるだろうって」

「たしかにワックスマン夫人が認めてくれるはずはない」ジェイムズは笑ってうなずき、低くため息をついた。「オフィスに戻って、履歴書に目を通そうかな。これまでのところは、ワックスマン夫人のかわりどころか、足もとにも及ばない面々しかいないんだけどね」

ジェイムズは一枚一枚履歴書を読んでいった。楽な夏のバイトを探している大学生、パートタイム館員という身分は保証してほしいが、そんな長時間の勤務はしたくないお年寄り、生後三カ月の赤ん坊を連れていけるというのが唯一の条件の若い母親。ジェイムズは大きなため息をついた。

履歴書の山が残り少なくなったころ、ようやく期待の持てそうな応募者が見つかった。ヴァージニア大学大学院の男子学生で、平日の昼間は毎日講義が詰まっているため、夜と週末にできる仕事を探していた。英文学専攻ならば読書好きなのはまちがいないし、将来は公務員になることも考えているそうだ。ジェイムズはほっとして、面接の日取りを決めようと電話に手を伸ばしたところで、希望する時給が目に入った。

その学生は最低でも時給二十五ドルもらわないと生活できないと書いていた。

ジェイムズは慌てて受話器を戻した。

「いったいどんな暮らしをしてるんだ？　執事とシェフのいるお屋敷住まいか？　図々しいにもほどがある！」

これから本格的に悪口をまくしたててやろうと思っていたら、電話が鳴った。ジェーンからだった。エリオットのかかりつけの小児科医に相談したところ、きちんとバランスを考えた食事ならば、ベジタリアンになっても必要な栄養素は摂取できるそうだ。

「ポテトチップスや果汁のグミばっかり食べているんじゃなくて、タンパク質とビタミンをたっぷりとれば問題ないそうよ」ジェーンは憂鬱そうな声で説明した。「でもお医者さまがいうには、おそらくは一時的なものだろうって。子どもが動物の肉を食べることに罪悪感を覚えるのは、わりとよくあることみたいね」

「そうなんだ。それで、ぼくたちはどうする？　ベジタリアンになりたいという気持ちを尊重するか、それとも罪悪感を覚える必要はないといいきかせるか」

「本人の意志を尊重するべきだと思うんだけど、まずは今週末にゆっくりと時間をかけて、畜産について教えたいの。家畜を育てることも、その肉を食べることも、けっして悪いことではないと理解してほしいのよ」

　それを聞いて、ジェイムズはあることを思いついた。

「農家のひとと直接話をさせてみないか。今週末にこっちで《採れたてを食べよう》フェスティバルがあるんだ。地元の農家がたくさん屋台をだすそうだよ。家畜についての説明が終わったら、それに行ってみないか」

「それはいいわね。でも、あの子には真実を伝えるべきだと思うの。食用のために飼育される動物は、まともな扱いを受け、苦痛を与えない方法で殺されるとはかぎらないでしょう。まだ四歳だけど、うそを教えるわけにはいかないわ」

　ジェイムズとしては、いまその話題についてはそれ以上深入りしたくなかった。

「真っ赤なうそをつくのはいやだけど、食肉処理場でなにがおこなわれているか、詳しく説明するのも気が進まないな。それより、そのフェイ・サンレイという人物から、実際にどんな話を聞かされたのかが重要だと思うんだ。ナッシュヴィルのステージ映像がないか、ネットで調べてみるよ。すべての始まりはそこなんだから、彼女のどんな言葉がそこまでエリオットを動揺させたのか、まずはそれを知りたいんだ」

「うちの両親が覚えていたらよかったんだけど。ちょうど化粧室に行っていたので、わたしはまったく見ていないのよ！　このあいだエリオットの言葉を聞いて、頭がおかしくなりそうだった。仲のいい同僚に家族療法を受けたほうがいいと脅かされて、子育て関連サイトを山ほど教えられたせいもあるんだけど」ジェーンはそこで言葉を切った。「これまで現実主義者だったことを呪いたくなったわ。不安でたまらないの、ジェイムズ。きちんとした対応をしてあげないと、あの子の心に一生消えない傷が残ってしまうかも」

ジェーンの気持ちは痛いほどに理解できるが、ふたりとも大騒ぎしすぎなのではないかという気もする。

「ジェーン、非のうちどころがない両親になることなんて不可能なんだ。それだけは忘れちゃいけないよ。エリオットが必要としているのも完璧な対応じゃない。愛情を持って、歩むべき道を指し示してあげることだ。そう、まさにジェーンがこれまでやってきたことだよ。それにいくつか育児書を読んでみたけど、それがすべて正しいんだったら大変だ。ぼくたち三人は、エリオットに自分の子どもができるまで家族療法を受けつづけないといけないからね！ そこまで深刻に思いなやむ必要はないと思う。自分が正しいと信じることをすればいいんだ——大丈夫。ぼくたちなら、あの子にとって最適の道を見つけることができるはずだ」

「ジェイムズに話しておかないといけないことがあるの」ジェーンは気が進まなそうな声だった。「最近エリオットは動物の死骸の悪夢に苦しめられているのよ。ナッシュヴィルに行く直前に、信じられないくらい残酷ないたずらをされて。わたしが思っていたよりも、エリオットにとっては怖い体験だったみたい」

ジェイムズは履歴書の束を押しやり、椅子のなかで座りなおした。

「どんないたずら？」

しばらく沈黙が続いたが、ジェーンはあきらめたように口を開いた。

「郵便受けにコマッグミの死骸を入れられたの。逆恨みした学生のしわざだと思うけど。中間試験の最中がどんなだかは覚えているでしょう？　栄養ドリンクをがぶがぶ飲んで、毎晩徹夜で試験勉強しているせいで、学生は理性なんて吹き飛んでいるのよ。一年生にシェイビングクリームで車を真っ白にされたことがなかった？」

「チートス教授の馬鹿野郎！」と書かれたフロントガラスがまざまざと脳裏に浮かび、ジェイムズは言葉にならない声をあげた。

「間の悪いことに、『お庭で遊ぼう』が届くのを楽しみに待っていたものだから、エリオットが郵便受けを開けちゃったのよ。死骸は奥にあって見えなかったんだけど、雑誌や山のように届くDMを引っぱりだしたら、ボトッと胸に落ちてきちゃったみたい。あんな叫び声は初めて聞いたわ」

ジェイムズはおろおろとかぶりを振った。

「かわいそうに。そんな目に遭ったら、大人でもぎょっとするよ」

「そうなの。フェイ・サンレイからどんな話を聞いたのかはわからないけど、それ以来、肉を食べたりしたら、その動物に追いかけられると思いこんじゃったみたい」電話の向こうからうなり声が聞こえる。「フェイ・サンレイの楽屋に忍びこんで、ギターの弦で絞め殺してやりたい。子ども向けの歌手だったら、個人的な信条をライブに持ちこまないでほしいわ。どれだけご立派な主義でも！」

その後、週末はエリオットにどんな食事をさせるかを相談し、ふたりは電話を終えた。ジェイムズは履歴書の束をフォルダーにしまって引き出しにほうりこみ、大きくため息をついた。

なにかを変えるのは大変だ。

その晩、ジェイムズまでが鳥のおそろしい夢を見てしまった。エリオットが郵便受けから引っぱりだしたのは、オレンジ色のコマツグミのかたくなった死骸だったが、ジェイムズの夢に現われたのは、獰猛な目と鋭くとがったくちばしを持つ真っ黒なカラスだった。前庭の隅にある葉の落ちた木に群がっていたカラスたちが、いきなり黒っぽい雲のようにかたまって、集団で襲いかかってきたのだ。紫色に染まった宵闇のなか、ギャアギャアとがなりたてながら向かってくるカラスの群れ。夢のなかのジェイムズは急いで家に逃げこみ、バタンとドアを閉めた。そのまま寝室に駆けこみ、カラスに見つかる前にカーテンを引こうと手を伸ばした瞬間、何十羽ものくちばしの攻撃に耐えられずに窓ガラスが粉々に割れ、ジェイムズは悲鳴をあげた。

ジェイムズは自分の声に驚いて跳びおきた。心臓がどきどきしている。不安になって思わず窓に目をやったが、窓を叩いているのはただの雨だった。殺人カラスの集団ではないとわかり、安堵のため息をついた。

春の嵐は金曜いっぱい頑固に居座ったが、土曜の朝にはうららかな陽射しがシェナンドア渓谷を照らした。先週庭に植えた花々はつぼみがふくらみ、蜜蜂やオオカバマダラ蝶、ハチドリが集まってきた。ジェイムズが玄関までの小径や青々とした芝生に散った葉を掃除していると、ハナミズキにたくさんある巣からリスたちがひょこひょこと顔をだし、にぎやかに話しかけてきた。

庭仕事を終えるとシャワーを浴び、アイスティーの大きなグラスを手にパソコンに向かった。ユーチューブのホームページを開くと、《この地球が大好き》という題がついたフェイ・サンレイの動画が見つかった。金髪を三つ編みにした、鮮やかな青い瞳が印象的な娘で、年齢は二十代後半のようだが歌声は少女のように高かった。ひまわり柄の紺色のワンピースに緑のオーバーシューズという衣装で、リサイクルや水質保全について歌っている。後ろのバックコーラスは花のマペットで、全員が愛らしい笑顔だった。

「特に問題はなさそうだな。かわいらしいし、優しい感じだ。男の子ならだれだって夢中になるだろう」さらに表示画面の下に進んだ。「よし、ナッシュヴィルのライブがあった」

いくつかの動画を観てみたが、特に物騒な歌詞もなければ、一緒にステージに立っている露のしずくのマペットと、眉をひそめるようなおしゃべりをすることもなかった。

最後に《動物はお友だち（ナッシュヴィル版）》という題の動画を開いた。フェイ・サンレイがいろいろな家畜のマペットと一緒に歌っている。どうやら人気のある歌のようで、マイクを観客席に向けると、子どもたちはその動物の鳴き声を絶叫している。やがてちがうコーラスの声が聞こえてきて、さっきの動画でも見かけた花のマペットがステージに現われた。

「どうやらこれでステージは終わりらしいな」ジェイムズはもどかしさにマウスをトントン

と叩いた。ジェイムズ自身は〈セサミ・ストリート〉や〈ミスター・ロジャース・ネイバーフッド〉が大好きだったし、最近の妙なコミックが好きなエリオットにも〈キャプテン・カンガルー〉の再放送や〈マペット・ショー〉を観てもらいたいと思っている。どうやらフェイ・サンレイのライブは、〈スポンジボブ〉や〈バックヤーディガンズ〉など最近のテレビ番組に比べると、懐かしい子ども時代の番組に近いような印象だ。

動画では照明が点滅し、ステージに虹色の紙吹雪が降りそそいでいた。動物と花のマペットはお辞儀をして、拍手喝采のなかをステージから姿を消した。だが牛、豚、鶏のマペットだけが残っている。フェイ・サンレイはスツールにそっとギターを置き、牛と豚に腕をまわした。鶏はフェイ・サンレイの足もとにすり寄り、うっとりと見上げている。

「みんな、忘れないで」フェイ・サンレイは顔につけたマイクに向かって歌うように話しかけた。「動物はお友だちだから、守ってあげないといけないの。わたしが肉を食べないのは、お友だちを口に入れるわけにいかないから！　だからベ・ジ・タ・リ・ア・ンなの！」フェイ・サンレイはそう歌いながら牛の腕をぎゅっと握った。牛はお返しにおおげさに抱きしめ、豚はうんうんとうなずいている。「おやすみなさい！　今日は来てくれてありがとう。地球に優しくすることを忘れないでね！　わたしたちの地球はたったひとつしかないの！」

動画が終わり、ジェイムズはうんざりしてかぶりを振った。

「ぼくだって友だちを食べたりはしないよ！　大勢の子どもたちに向かっていうセリフじゃないだろう。エリオットがベジタリアンになりたいなんていいだしたわけがわかったよ。夢中になっているようだから、おなじことをしたいんだろう」

ジェイムズとしても環境保護を訴えるフェイ・サンレイに共感する部分は多い。とはいえ、三歳から六歳の子どもに「環境に優しいかどうかを基準に判断する」ことなど理解できるはずがない。この美人歌手がなにをやろうが興味はないが、ナッシュヴィルのエンディングのせいで我が家がこんな騒ぎになっているのは事実なので、苦情の手紙を送ってやりたくなった。

手紙になにを書こうかと考えていると、ジェーンとエリオットがやってきた。

「朝はチョコチップ・パンケーキを食べたんだ！　大好きなサービスエリアで！」エリオットは叫びながら、父親の腕のなかに跳びこんだ。「お口はイチゴで、お目々はバナナ。お鼻はなんだと思う？」

ジェイムズは顔をしかめ、真剣に考えるふりをした。

「ブドウ？」

「はずれ！」大人から一本とったうれしさで顔を輝かせている。「サクランボだよ！　ほら、ジュースのシャーリー・テンプルに入ってるのとおなじやつ」

「ママは甘やかしすぎだな」エリオットの頭越しにジェーンにウィンクする。「フェスティバルでちゃんとお昼を食べられるかな？」

エリオットはうなずいた。

「綿菓子はある？」

ジェーンがエリオットの髪をくしゃっと乱した。

「あなたは駄目よ。朝ごはんでたっぷり甘いものを食べたでしょ。身体によくて美味しい食事にしましょうね」ジェーンはジェイムズの腕をとった。「わたしはオートミールしか食べてないの。だからこのままダウンタウンに向かわない？　しばらくぶらぶらしてから、お昼にしましょう。いまなら馬――」ジェーンはぎりぎり言葉を呑みこんだ。「――くらい大きなサンドウィッチでも余裕で食べられそう」

三人はブロンコで町に向かった。ジェイムズはパートタイム館員にめぼしい応募がないとこぼし、ジェーンは年度末が近くなって、学生たちが単位をもらえるかどうかを気にしてそわそわと落ち着かないと話した。ふたりは子どものころに家族の重みや仕事の意味をどう考えていたか、あれこれ思い出しては懐かしく語りあった。いっぽうのエリオットは、赤い車がいくつ見つかるかをひとりで数えてご満悦だ。

そのうち《すこやか村》のピンクと紫の建物が見えてきた。《採れたてを食べよう》フェスティバルはすでに押しあいへしあいの大混雑だった。

「近くには駐車できそうもないね」ジェーンに説明した。「〈ABCストア〉の裏なら駐められると思うんだ。ちょっと寄ってパパのためにカティサークを買えば、ダニーは目をつぶってくれるだろうし」

そう考えたのはジェイムズひとりではなかったようで、車を駐められそうな場所はピックアップ・トラックかハイブリッドのセダンに占領されていた。なんとか場所を見つけ、酒屋に寄って買い物しながら店主ダニー・リアリーとおしゃべりした。エリオットを肩車して息子の重さをしみじみ味わっていると、ジェーンが携帯のカメラでふたりの写真を撮り、そのあと急ぎ足で道を渡った。

《すこやか村》の中庭には大きなテントが立っていて、駐車場まで美味しそうなにおいが漂っていた。駐車場にはテーブルを並べ、健康関連の宣伝パンフレットを配ったり、エコバッグやビーズのアクセサリー、ヨガ用グッズ、インストルメンタル音楽のCDなどを販売している。〈心穏やかな日々〉のテーブルからスカイが手を振っていたが、すぐに足をとめた相手にパンフレットを渡す仕事に戻った。

テントのなかはひんやりと涼しかった。ジェーンとジェイムズはそれぞれの屋台のメニューをじっくりと見てまわり、なにを食べるかを相談した。

「ここの料理はすべてベジタリアン向けよ」ジェーンがエリオットに説明した。「ひよこ豆バーガーにして、デザートは桃というのはどう？」

エリオットはすこし唇をとがらせた。

「お豆バーガー？　あんまり美味しくなさそう」

ジェイムズ自身もまさにおなじ意見だったが、肉を食べないからといってフライドポテトやパスタ、ピザだけを食べていればいいわけではないと、きちんと理解させる必要がある。

「ベジタリアンというのは、野菜と果物をたくさん食べないといけないんだよ」

「わかった」エリオットはまじめな顔で答えた。「パパもお豆バーガーにする？」

ジュージュー音を立てているパティに顔を近づけてみると、美味しそうなにおいがした。

「うん、パパもそうしよう。ひよこ豆バーガーを三個ください」

「チーズはどうします？」と屋台のスタッフ。

「載せてください」ジェイムズは答えた。ジェーンとエリオットはとなりの屋台で、近所で採れた果物を使ったスムージーを注文している。

空いているピクニック・テーブルを見つけ、三人は腰をおろした。ジェイムズはカウンターとのあいだを行ったり来たりして、小袋入りの塩、ケチャップ、マスタード、ピクルスのみじん切りをとってきた。最後に三人分の紙ナプキンとストローを手に戻ると、ひよこ豆バーガーに大きくかぶりついた。となりのエリオットは、父親がしかめっ面をするものと決めつけているような表情でじっと見つめている。ところがひよこ豆バーガーの味には驚かされた。

「美味しい！」ジェイムズは思わず叫んだ。「ほら、食べてごらん。絶対に気に入るから」

エリオットは信じられないという顔で小さくかじった。そのままもぐもぐと嚙んでいたが、親指と人さし指を口のなかに突っこみ、なにかを引っぱりだした。

「これ、なあに？」

「食べているものを口からだしちゃいけません」ジェーンはまずきちんと叱り、そのあとでエリオットの皿をのぞきこんだ。「トマトよ」

「トマトか」エリオットはバーガーの中身を調べた。「トウモロコシも入ってるんだ」とつぶやき、もうひと袋ケチャップをかけた。「マクドナルドのハンバーガーとはちがうけど、思ってたより美味しいね」

三人はお昼を食べおえ、ますますごった返す会場を眺めていた。ジェイムズは人混みのなかを歩くロザリン・ローズを見つけた。長い髪はぼさぼさで、ぐったりと疲れきっている様子だ。顔には汗を浮かべ、おどおどとあたりを見まわしている。

「あの女性だよ。フェスティバルのポスターを貼りたいと図書館にやってきたのは」ジェーンに説明した。

ジェーンはジェイムズの視線を追った。

「なんだか怯えているように見えるわね」

ロザリンがなにに怯えているのかはすぐにわかった。いささか飲みすぎた様子の怒った男たちがロザリンのあとを追っていたのだ。助太刀が必要かもしれないと、ジェイムズは慌ててそちらに向かった。

テントのすぐ外にある折りたたみ式テーブルを挟んで、いっぽうにロザリン、ハーモニー、スカイ、そしてふたりの男性が立っていて、もういっぽうでは五人の牧場主らしき男がどなりちらしている。

「おれたちだってこの町で暮らしてんだ！」ひとりが拳を握りしめて、叫んだ。「牧場やってるってだけでのけ者かよ！」

べつの男がバシンとテーブルを叩いた。

「あの頭のいかれた連中のせいで、商売あがったりだぜ！　こんなフェスティバル開いても、おれたちにゃ声もかけないくせに、いやがらせだけはするんだな！」

ロザリンは嘆願するように両手を広げた。

「あのひとたちに声をかけたりはしていません。けれども帰ってくれと命令する権限もないんです！　あそこは公共の場所ですから」

となりに立つ男性がハーモニーをかばうように腕をまわした。おそらくハーモニーの夫だろう。

「みなさん、《すこやか村》では、ベジタリアンとしてのさまざまなライフスタイルを紹介したいと、このフェスティバルを企画したんです。どのようなフェスティバルにするか、決める権利は《すこやか村》のメンバーにあります。とはいえ、だれひとりとして牧場を非難するつもりはありませんから、とりあえずどなるのだけはやめていただきたい」

スカイのとなりには、《グレイトフル・デッド》の絞り染めのシャツにボロボロのデニムの短パン、腕にはマリファナ製のビーズでできたブレスレットをじゃらじゃらとつけた青年が立っていた。青年は砂色のドレッドヘアを肩から払い、口を添えた。

「そうそう、頭を冷やそうぜ」

スカイは青年に微笑みかけ、手を握った。

気勢をそがれた形になった牧場主のひとりが、援軍はいないかと人混みを見まわし、だれかの名を呼んだ。紫色のポロシャツにチノパン姿で意気揚々と歩いていた男性が足をとめ、一同に顔を向けた。見覚えのある顔だった。町会議員のネッド・ウッドマンだ。揉めごとの気配を察したネッドは、会場の騒音のせいで名前を呼ばれたことに気づかなかったふりをして、きびすを返そうとした。それを見て怒り心頭に発した牧場主たちがそのあとを追い、ジェイムズが仲裁を申し出るまでもなく、騒ぎは消滅してしまった。少なくともいまのところは。

「大丈夫ですか？」ジェイムズはテーブルに駆けよった。

ロザリンは金属製の椅子にどさりと腰をおろした。それで身を守ろうとしているかのように、長い髪を手に巻きつけている。

「とりあえずは。でも彼らに冷静になってくれというのは無理な話かもね。外にいるデモ隊……彼らのことをあしざまに罵っていたから」

ジェイムズはそれを聞いて不安になった。

「デモ隊というのは？　もしかしたら動物愛護主義者ですか？」

ハーモニーがうなずいた。

「こういう催しに現われるのは珍しいことじゃありません。見物人から寄付を募ったり、主義に賛同する仲間を見つけたりできますから。とはいえ、楽しいだけのフェスティバルじゃなくなりそうなのは、本当に残念ですが」そこで話題を変えようとしたのか、夫のマイクを紹介した。続いてスカイのとなりの青年を示す。「こちらはスカイの恋人のレノン・スナイダー。ここの管理をしています」

ジェイムズはふたりと握手すると、改めてロザリンに顔を向けた。

「友人に保安官代理がいるので連絡してみます。どう対処すればいいのかもわかるでしょうし」

ロザリンとハーモニーはそれを聞いて顔を輝かせた。ジェイムズは人混みを避けて、つぼみをつけた百日紅の木陰で電話をかけた。さいわい、最初の呼び出し音でルーシーがでた。

「ちょうど向かっているところ！」ジェイムズが一触即発の状況だと説明すると、ルーシーは勢いよく答えた。「単にリンディと遊びにいくつもりだったから、制服じゃないんだけど。でもバッジと銃は持ってるから、なんとかなると思う。わたしが行くまで、なんとかもちこたえて」

ジェーンとエリオットが待つテーブルに戻り、ジェーンにかいつまんで事情を説明した。

「デモ隊なんて見かけなかったわよね」ジェーンは不安そうにつぶやいた。

ジェイムズは息子の肩に手を置いた。

「いまはいるみたいなんだ。どんな状況なのか確認してくるから、それまでふたりは動かないで」

ジェーンは落ち着いた顔で答えた。

「そうね。スムージーを買ったお店でもらった、『ヘルシーな子ども』という絵本で遊んでるわ」

ジェーンが冷静でいてくれることに感謝しながら、ジェイムズは会場入り口に向かった。

案内板まで来ると、大声のシュプレヒコールが聞こえてきた。さらに進むと、案の定デモ隊にかこまれているジリアンの顔が見えた。ジリアンは小切手を書くのに忙しく、となりでベネットがいたたまれないような顔でもじもじしている。

「動物にも心がある！」顔を紅潮させた若い女性が叫んだ。「地主だからといって、すべてを支配できるわけじゃない！」デモ隊を駐車場に追いやろうとした年配の男性に指を突きつけた。

茶色の髪をツンツン立て、耳には銀色のフープ・ピアスを大きさの順にたくさんぶら下げているその女性が一番熱心だった。どうやらデモ隊のリーダーのようだ。

「ルーシーはまだ？」ジェイムズはきょろきょろとジープを探した。

「みたいだよ。到着するなり、空に向けて一発ぶっぱなすしかないね」ベネットはしょんぼりと続けた。「ジリアンも昔はあんなふうにデモをしてたんだろうな。まあ、連中の気持ちはわからなくもないけど、やり方がまずすぎるよ。殴りあいになる前にジリアンを連れだしたいけど、なにかいい方法はないかな」

ジェイムズも名案は思いつかなかった。だが、ジリアンは動物愛護にかける情熱ならデモ隊にも負けないが、こんなけんか腰のやり方は好きではないはずだ。

そのとき人混みからネッド・ウッドマンが現われ、《すこやか村》のほうに歩いていくのが見えた。先ほどのロザリン同様に怯えた様子だったが、ジェイムズはその前に立ちふさがり、殺気立っている群衆を指さした。

「ネッド！　きみならあの連中を追いはらうことができるだろう？　デモには許可が必要なんじゃなかったか？　いますぐにどうにかしないと、収拾がつかなくなるぞ！」

ネッドは恐怖で引きつった顔で背後をふりかえった。デモ隊ではなく、大テントのほうにあるなにか、あるいはだれかを怖れているようだ。そのときパトカーのサイレンの音が聞こえてきて、ジェイムズはそちらに顔を向けた。キース・ドノヴァン保安官代理がデモ隊の鼻先でパトカーを駐め、いかめしい表情で跳びおりるのが見える。ジェイムズがネッドに視線を戻すと、《すこやか村》の奥に向かう紫色のポロシャツがちらりと見えた。

パトカーの後ろにルーシーのジープも駐まった。例によっていばりくさっているドノヴァンはデモ隊に近づき、横柄になにかを命令しているだけだった。だがルーシーとリンディなら、リーダーの女性をうまくあそこから連れだし、穏やかに諭してくれるにちがいない。ドノヴァンは最近ウェイト・トレーニングに夢中なので、首が太くなって赤毛のブルドッグにそっくりだった。ドノヴァンはかねてからのルーシーの天敵であり、〈デブ・ファイブ〉のメンバーはできるだけ避けることにしていた。

ドノヴァンが、デモ隊の前でこれみよがしにハンバーガーを食べているティーンエイジャーに形ばかりのお説教をしている隙に、ジェイムズはなんとかジリアンをデモ隊から引き離すことに成功した。予想どおり、エリオットが最近ベジタリアンになった話に食いついてきた。

「まだ小さいのに、なんて立派なのかしら」ジリアンは大喜びだった。「エリオットはどこにいるの？　お祝いしてあげないとね。もし困っていることがあったら、なんでも相談してほしいわ」

三人でジェーンとエリオットが待つピクニック・テーブルに向かいながら、ベネットは感謝のしるしにそっと目配せした。ところがベネットとジリアンのあいさつが終わったとたん、エリオットがジェイムズの手を引っぱった。

「パパ！　トイレに行きたい」

見るとエリオットは脚をもじもじさせている。

「大きなスムージーだったからね。おいで。ハーモニーに頼んで、治療院のトイレを貸してもらおう。入り口にも仮設トイレが並んでいたけど、あっちには近寄りたくないから」

〈心穏やかな日々〉のブースはだれもいなかったが、ロザリンがこころよく治療院の鍵を貸してくれた。ジェイムズとエリオットは急ぎ足で青いドアに向かったが、わざわざ鍵を借りる必要はなかった。鍵どころか、ドアもしっかり閉まっていなかったのだ。

「ごめんください」ジェイムズは声をかけたが、返事はなかった。「たしかにロザリンはかなりのうっかり者みたいだな」

ハーモニーのところとそっくりの待合室を見まわした。廊下に並ぶ閉まっているドアの数からすると、こちらのほうが部屋数は多いようだ。さいわい、トイレのドアにはマークがついていた。ジェイムズは急いでドアを開け、なかの電気をつけた。

「ひとりで大丈夫」エリオットが宣言した。そこでジェイムズはドアの外で待ち、エリオットが用を足して手を洗う音に耳を澄ませていた。だが水道をとめた音は聞こえたのになかなかでてこないので、すこしだけドアを開けてみた。

「もう終わった？」

不思議そうな顔をしたエリオットが現われた。

「パパ、どうしてあのおじさんは床で寝てるの？」

「え？」ジェイムズは眉をひそめ、トイレのなかに入った。

たしかに身体障害者用の個室の床にだれかが倒れている。紫色のポロシャツとチノパンに見覚えがあった。

「ネッド？」声をかけ、うつぶせに倒れている議員の上にかがみこんだ。それほど明るくない照明でも、ネッド・ウッドマンが目を開いているのはわかった。生気のないガラス玉のような目が、淡いピンクと緑のタイルの壁をじっと見つめている。

脈を確認したが、感じられなかった。そこで、なによりもまずはエリオットを待合室に連れていき、それから携帯電話でルーシーに連絡した。あの騒ぎでは着信に気づかないかもしれない。案の定つながらないので、ベネットにかける。

「ベネット！」ジェイムズは早口でささやいた。「〈癒しの家〉にエリオットを迎えに来てほしいってジェーンに伝えてくれないか。ハーモニーの治療院の二軒となりだから。もうひとつ、九一一に通報して。ネッド・ウッドマン議員が奥のトイレの個室に倒れている」さらに声を潜めた。「死んでいるんだ」

「うそだろ?」ベネットは口笛を吹いた。「つぎはおれがトイレに行きたかったのに、どうしろっていうんだ!」

5章

世界一の
ブルーベリー・パイ

{ 糖分 26g }

五分もしないうちにジェーンがエリオットを迎えに来た。ジェイムズはブロンコの鍵を渡し、警察の到着を待っていないといけないので、先に家に帰っていてくれと頼んだ。ところが現われた警官はドノヴァンとルーシーだった。すでに会場にいたからだろう。大声で口げんかをしながら治療院に入ってきた。

「制服も着てないようなヤツになにができる、ハノーヴァー」ドノヴァン保安官代理は鼻で笑い、わざとらしくベルトを引っぱって警棒、手錠、銃の音を響かせた。「おれたち男に任せて、引っこんでろよ」

ルーシーはぐるりと目をまわした。

「できればそうしたいけどね。高校時代から口ばっかりで、なにひとつまともにできない男しかいないんだもの。ドノヴァンはいつになったら成長するのかしら。何ヵ月か前に四十になったんじゃなかった？」ルーシーは通りすぎざまに、ドノヴァンの薄くなりつつある赤毛に親指を突きつけた。「大人になる前に髪が淋しくなっちゃうなんて、ホントにお気の毒」

ドノヴァンは鼻を鳴らした。

「好きにいってろ。けんか腰で、口を開けばいやみばっかりじゃ、男が逃げだすわけだよな。でしゃばり女が好きな男なんかいるもんか」

保安官事務所のメンバーは、ルーシーが元恋人のジェイムズに未練たっぷりなのを承知しているだけに、最後のひと言はまさに痛いところを突いたようだ。これ以上ルーシーを傷つけたくないので、ジェイムズは悲しげな瞳には気づかないふりをして、ふたりをトイレに案内した。

「個室のなかだよ」ジェイムズはドアを開けたルーシーに説明した。「脈も確認したけど、感じられなかった」

ドノヴァンはうんざりという顔でかぶりを振った。

「あそこで倒れてるのがおれじゃなくてラッキーだよ。死亡を宣告する前に、人工呼吸をやらないと気が済まないってのか？　どえらい教授先生だから、医者の免許も持ってるっていうなら話はべつだけどな」

「ネッドが死亡しているかどうか判断するのに、医学の勉強の必要はなかった」ジェイムズはドノヴァンの挑発に乗るなと自分にいいきかせた。「身体が冷たくなっていたんだ。生きている可能性はなかった」

ドノヴァンはまだまだ続けたそうな顔だったが、そのとき無線機が鳴り、ハッカビー保安官が現場に向かっていると告げた。ドノヴァンは無線機の音をとめ、ジェイムズとのやりとりは忘れたような顔でトイレに入った。数分後にふたりがトイレからでてくると同時に、救急救命士が到着した。ふたりの男性救命士はストレッチャーを待合室に置き、保安官代理と短くあいさつをかわすと、トイレにネッド・ウッドマンの死体を確認に行った。

ルーシーはごちゃごちゃのバッグから手帳をなんとか見つけだし、つぎはボールペンを探してガムの包み紙、丸まったティッシュ、しわくちゃのレシートを引っかきまわした。ようやくボールペンが見つかったが、バッグのなかでキャップが外れていたらしく、インキがかたまっている。だらしないのはあいかわらずだと苦笑しながら、ジェイムズはコーヒーテーブルにあるカップからボールペンをとって渡した。藤色のそろいのボールペンで、ロザリンの名前、治療院の所在地、電話番号が書いてあった。

死体発見時の状況についてルーシーの質問に答えていると、救急救命士が障害者用個室に横たわっていたネッドの死体を運んできて、そっとストレッチャーに移した。トイレのドアを支えていたドノヴァンは、ふたりが慎重に死体をベルトで固定するのを、腰に手をあてて見ている。

「それで、なにかわかったのか？」ドノヴァンは軽い調子で尋ねた。

救命士は手をとめず、ネッドの脚にベルトをまわしながら答えた。

「もちろんはっきりしたことはいえないが、ありふれた心臓発作のようだな」

ジェイムズは興味津々で聞き耳を立てていた。ネッドの左手はかたく握られていて、右手は倒れる前に左胸を押さえようとしたように、胸の下に挟まっていたことを思いだした。

「気の毒に」もうひとりの救命士がつぶやいた。「まだ六十歳前なのに」

「まあ、想像もしなかったろうな」ドノヴァンの返事には同情のかけらすら感じられなかった。

救急救命士が死体を運びだそうとしたとき、ハッカビー保安官が到着した。肩幅が広くてがっしりしているあたりはドノヴァンそっくりだが、体重は保安官のほうが優に二十キロ以上重い。歳とともに濃い灰色となった立派な口ひげをいじっている姿は、昔よりもさらにセイウチにそっくりだった。たくましい手で二重顎のひげのそり残しを引っかきながら、小さな目でじっくりと現場を観察している。保安官はストレッチャーに近づいた。

「なにか判明したか？」

「心臓発作のようです」ドノヴァンがいち早く答えた。「こんなことになって残念ですが、苦しまなかったはずです。ご友人でしたよね」

「ありがとう、ドノヴァン」保安官はストレッチャーの端に手をついた。「ネッドはいいやつだった。家族に知らせる役目はわたしが引きうけよう」近くの救命士に顔を向ける。「どこに運ばれるんだ？　できるだけ早く奥さんと会わせてやりたい」

一同が死体に関する手続き上の問題を話しあっているあいだ、ジェイムズはネッドの顔から目を離せずにいた。ほんのちょっと前にフェスティバルの会場を歩いているのを目にしたのに、いまはこんな姿になってしまった。あまりにもやぶからぼうに、たったひとりきりで、愛するひとに看取られることもなく旅立ってしまった。親しい仲ではなかったが、息を引きとる直前に話をしたのはたしかだ。

突然の死をまのあたりにして、人生のはかなさを思い知らされた気分だった。ジェイムズはまったくちがうことを考えたくなり、きょろきょろとあたりを見まわした。ソファに座っているルーシーに顔を近づけ、小声で尋ねた。

「デモ隊はどうなった?」

「場所を移動させたわ」ルーシーはあるかなきかの笑みを浮かべた。「無理やり追いはらおうとすれば、ファシストだなんだとさらに大騒ぎになるに決まってるじゃない。だからデモを続けるのはかまわないけど、フェスティバルの来場者の邪魔になるから、もうすこし先に移動してほしいと説得したの。そこは陽当たりが最高だったもんで、ドノヴァンがネッドの連絡を受けたころには、半分が帰っちゃった」

ふたりはそのまま言葉もなく黙っていた。ジェイムズはこんな目に遭ったのは一度や二度ではないと思いだしていた。予期せぬ死に遭遇し、そのたびに内心のショックや悲嘆は押し殺して事件解決のために協力してきた。いっぽうルーシーは保安官代理になる前から、プロらしく冷静に事態に対処できていた。だが、もしかしたらその冷静さのせいで、長く続くような恋人ができないのかもしれない。

ジェイムズは自分勝手だと承知しながら、ルーシーにすてきな恋人が見つかることを心から願っていた。自分に負けず劣らず幸せそうな姿を見れば、つきあうのは終わりにしようと告げたことを思いだしては、ちくりと胸が痛むこともなくなるだろう。とはいえ、それがいますぐに実現するとも思っていなかった。そこにハッカビー保安官がルーシーとふたりきりで話があるとやってきて、はからずもその希望がかなえられると知らされることとなる。保安官とルーシーが廊下で話をしているあいだ、ジェイムズは帰宅の許可をもらおうとその場で待っていた。救急救命士はネッドの死体を載せたストレッチャーを押してでていき、ドノヴァンも一緒に姿を消した。待機している救急車に近づこうとする野次馬がいれば、どなりつけてやろうと楽しみにしている顔だ。そのままぼんやりとしているうち、この治療院のドアがすこし開いていたことを、ルーシーに話すのをうっかり忘れていたことに気づいた。だが戻ってきたルーシーの顔は、ジェイムズの頭からそんなことが吹き飛んでしまうほど輝いていた。

「なにかいいことでもあったの?」

ルーシーは保安官が姿を消すのを待ち、満面の笑みを浮かべた。

「そうなの! サリーのことは覚えてるでしょ?」

もちろんジェイムズは覚えていた。ルーシーとのつきあいが最初につまずいたのは、そのハンサムな保安官代理が原因だった。ルーシーがサリーに夢中になって、ジェイムズはふられてしまったのだ。そしてジェイムズは、その傷心を忘れようと新聞記者マーフィー・アリステアとつきあった。いまだに元恋人のふたりに振りまわされていることを思うと、そんな自分にだんだん腹が立ってきた。

「かっこいいサリーを忘れるわけはないじゃないか」つい不機嫌な声になった。

ルーシーはうれしさのあまり、ジェイムズの表情が曇ったことにも気づかないようだった。

「うちの事務所に異動してくるんだって！　保安官に歓迎会の幹事を任されちゃった。すっごく楽しみ！」

ついさっきはこうなるようにと願っていたのを思いだし、ジェイムズはなんとか笑顔になった。

「それはよかったね」いったん言葉を切ったくせに、つい尋ねてしまった。「まだ独身なのかな」

ルーシーは悪びれる様子もなく答えた。

「そうよ。去年の三郡合同ボーリング大会で、サリーとおなじ事務所の女性保安官代理と友だちになったの。彼女の話だと、サリーはしょっちゅうわたしの話をしてるらしいわ」

ジェイムズは立ちあがった。いますぐ家に帰りたくなった。

「幸運を祈ってるよ、ルーシー」

「ありがとう、ジェイムズもね。ようやくわたしの番がきたみたい」ルーシーはいそいそと治療院をあとにした。

サリーが子ども好きじゃないといいな。ルーシーが子どもに興味がないのはまちがいないんだから。ジェイムズはそんなことを考えながら、ベネットにいとしい我が子の待つ家まで送ってもらった。

ジェイムズはネッド・ウッドマンの突然の死に遭遇したことでいくらか動揺していたが、

月曜になると落ち着いて受けとめられるようになった。さいわい、エリオットはトイレでお昼寝をしているおじさんを見つけただけと信じきっている。暑かったので冷たいタイルの床が気持ちよかったのだろうと、四歳児なりに納得したようだ。ジェイムズとジェーンもそれを訂正しようとは思わなかった。

仕事中はなにごともなく平穏に過ぎていった。ジェイムズは箸にも棒にもかからない履歴書を処分し、双子が幼稚園児たちにドクター・スースの人形劇を披露しているあいだは、貸し出しカウンターと相談カウンターの両方を引きうけたが、それだけ大忙しでも八時間のあいだ一度も甘いものを欲しくならなかった。月曜の夕方、二度目の受診のために治療院を訪ねたとき、ハーモニーの顔を見るなり抱きつきたくなった。

「もう一キロもやせたんです！」ジェイムズは思わず大声で自慢した。「まだ始めたばかりですが、催眠療法はぼくと相性バツグンのようです」

ハーモニーは励ますように微笑んだ。

「砂糖依存に終止符を打てたならなによりです。でも本気で健康になりたいのであれば、バランスのとれた食生活と適度な運動を心がける必要がありますね」

ジェイムズはジムに行くのをしばらくさぼっているのを思いだし、そこはただうなずくだけにした。

ジェイムズにリクライニングチェアを勧めてから、ハーモニーはソファに腰かけ、心配そうに見つめた。

「土曜日、坊やがウッドマンさんの死体を発見したと聞きました。お子さんは大丈夫ですか?」

ジェイムズはゆったりと手足を伸ばせるよう、椅子のなかでもぞもぞと身体を動かした。

「エリオットはただ昼寝をしていただけだと思っています。いまでは、なにも覚えていませんよ」受けとった膝掛けを下半身に広げた。「ネッドとは知りあいでしたか?」

「いいえ、面識はありませんでした。ただ町会議員なのでお顔は知っていますし、奥さんはよくこの村のなかで見かけますよ。〈心配事も揉みほぐそう〉の常連のようです。それにしても、お気の毒に。突然ご主人を亡くすなんて、どれほどショックかと……」

ハーモニーの頭上にかかっている水彩画を見つめながら、ジェイムズはうなずいた。

「ネッドがストレスのせいで心臓発作を起こしたんじゃないといいんですが。最後に見かけたときはデモ隊の近くにいて、かなりうろたえた様子だったんです。あの場をなんとかしてほしいと頼んだんですが、ドノヴァン保安官代理が現われたとたん、どこかに消えてしまって……」

ジェイムズは町会議員であればなんらかの手を打つべきだと思ったが、ハーモニーはネッドがその場を逃げだしたと知っても驚いた様子はなかった。

「だれもが一触即発の状況に冷静に対処できるわけじゃありませんからね。騒音は耳を聾するばかりでしたし、あの場にいる全員がどんどん感情的になっていって、暴力沙汰に発展する可能性もありました。とはいえ、あのデモを不愉快に感じるひともいたでしょうが、それがどんな意見であれ、自分の意見を自由に発言できる国に暮らしていることは、感謝しなければいけないと思っています」

政治的な話題になりそうな気配を感じて、ジェイムズは話題を変えた。

「明日の夜は、甘いものにはなんの未練もなくなったメンバーがそろっての食事会です。そんなことは初めてですけどね」

「では、本当になんの未練もないかどうかを確認してみましょうか。いまの気分はいかがです？」

「上々です」

ハーモニーはCDをかけた。のどかな小鳥のさえずりや流れる水音、ウィンドチャイムの音が室内に流れ、ジェイムズは目を閉じた。第一回と似たような感じで進んだが、今回は脳の司令室ではなく、子どものころに好きだった甘いものを具体的に脳裏に浮かべるようにといわれた。

大好きだったおやつをひとつずつ思いうかべる。チョコ・バーのチャールストン・チュー、チョコチップ・クッキー、アイスクリーム・サンドウィッチ、トゥインキー、母親自慢の揚げたてあつあつドーナツ、そしてハロウィンで集めたお菓子の山。驚くほどたくさんの甘いものがつぎつぎと脳裏に浮かび、思わず笑ってしまった。四十年近くのあいだ振りまわされてきたお菓子をずらりと並べおえると、ジェイムズはそのすべてにきっぱりと背中を向けた。目を開けると、まるで生まれかわったような気分だった。長期記憶を書きかえたおかげで、少年時代の大好物にはなんの未練もないと自信を持って断言できる。

今回も効果を高めるCDをスカイから受けとり、ジェイムズは〈心穏やかな日々〉をあとにした。ふと左隣のマッサージ治療院のほうに目を向けると、スカイの恋人レノンが枯山水の白い玉砂利の掃除をしている。ゆったりとした規則正しい動きに思わず見とれていると、両耳からでている白い線が絞り染めのTシャツのなかに消えているのに気づいた。どうやら聞いている音楽に合わせて手を動かしているようだ。

ジェイムズは美しい日本庭園を見まわした。真っ白の遊歩道をとりかこむ手入れの行きとどいた木立のあいだをルリツグミが飛びかい、木洩れ日が地面に濃淡の模様を描いている。騒々しいかぎりだった土曜日を思うと、べつの場所のような静けさに包まれていた。

のんびりとくつろいだ気分のまま帰宅し、留守番電話の再生ボタンを押した。

「わたし」ジェーンの声はかすかに震えていた。「できれば直接話したかったんだけど……どうしたらいいのか、途方に暮れていて……また鳥の死骸を見つけたの。今度は郵便受けじゃなくて」そこで言葉はとぎれたが、なんとか気持ちを落ち着かせた様子で続けた。「玄関のドアに釘で打ちつけてあったの」

ジェイムズはすぐに電話をかけた。

「ハニー、大丈夫？」ついハニーと呼びかけたことには気づいていなかった。自然とその言葉が口をついてでたのだ。

「気つけのウィスキーを一杯やって、ようやく落ち着いてきたところ。いつもガレージから出入りしているおかげで、エリオットが目にしなかったことだけが救いだわ」ジェーンは消えいりそうな声だった。

「かわいそうに、さぞかしショックだっただろうね。声が疲れきっているよ。でもこれはもう警察に通報するべきだと思う。悪ふざけの域を超えているよ。ドアに鳥を打ちつけるような連中は、なにをやらかすか想像もつかない」

ジェーンはため息をついた。

「朝一番で通報するわ。約束する。でもいまは……いまは、あなたが横にいてくれたらいいのにと……」

そのつぶやきを聞いただけで心は決まった。

「一時間待って」ジェイムズは電話を切った。

ハリソンバーグに到着すると、エリオットはもう眠っていて、ジェーンはベーコンエッグ柄の青いパジャマ姿だった。ジェイムズはハグをすると、パジャマを指さして笑った。

「《朝食はベッドで》パジャマよ。いいでしょ」ジェーンは笑顔でふざけてから、表情を引きしめた。「来てくれてありがとう、ジェイムズ。ひとりきりでいろいろ考えていると、心配でたまらなかったの。ようやくひと息つけそう」

ジェイムズはソファを示した。

「ぼくはここで眠るよ」

「まさか」ジェーンはなまめかしく微笑んだ。いたずらっぽく瞳を輝かせながら、ジェイムズに近づく。「ボディガードなら、ベッドまで送るのが仕事じゃないの？」

その瞬間、これまでの自制心が吹き飛び、ジェーンを抱きよせると首筋にキスをした。

「どういうわけだか、ホイットニー・ヒューストンのあの歌が聞こえてくるんだけど」

ジェーンが唇にキスをして、かすれた声で答えた。

「ほかの女性は忘れて。今夜はわたしのことだけ考えて」

ジェイムズは髪のなかにささやいた。

「ずっときみのことだけ考えていたよ」


翌朝、ジェイムズ・マディソン大学の紫色のマグでコーヒーを飲みながら、チーズ入りのスクランブルエッグを作っていると、起きてきたエリオットが跳びはねて喜んだ。だが前の晩に来ていたはずだと気づいたとたん、ふくれっ面に変わった。

「パパがお泊まりするなんて、知らなかったよ！　知ってたら、一緒に遊べたのに！」

ちょうどそのとき、ジェーンがキッチンに入ってきてふたりにおはようのキスをした。

「夜に遊べるのは大人だけなの」ジェイムズにウィンクすると、マグからひと口コーヒーを飲み、コンロの時計を指さした。

「急がないと遅刻しちゃうんじゃない？」

ジェイムズは玄関ドアにちらりと目をやった。

「本当にひとりで大丈夫？　休んでもいいんだよ」

ジェーンはうなずき、小声で答えた。

「エリオットを幼稚園に送ってから連絡するわ。うちに警官が来たら怖がるかもしれないから。あるいは大喜びする可能性もあるけど、どちらにしろいないときのほうがいいと思って」

「終わったら電話して。今日は午後二時に面接の予定が入っているけど、それ以外はいつでも大丈夫だから」ジェーンをハグしてから、エリオットの前に朝食の皿を置いた。「この卵おばけはこの部屋で一番いい子のものだな」

エリオットはスクランブルエッグで作ったでこぼこの顔をのぞきこんだ。口はリンゴ、鼻はベビーキャロット、四個ある目はひと口チーズだ。

「やった！　このお部屋にいる子どもはぼくだけだもん。パパとママは大人だから駄目だね！」大喜びしている。

ジェイムズは見えないナイフを胸から抜きとるふりをしてみせた。そして一泊用の旅行かばんを手に、帰る前に鳥の死骸を自分の目で確認しようと玄関にまわった。

以前郵便受けに入れられていたのはかわいそうなコマツグミだったそうだが、今回はジェイムズの悪夢にでてきたような真っ黒の大きなカラスだった。翼を広げた状態でドアに釘で打ちつけてある。首から上は斜めに垂れさがっていて、脚は断末魔の苦しみだったかのように内側に曲がっていた。

ジェイムズは胸が悪くなってきてあとずさった。どこかにこの悪意に満ちた行為を説明する手がかりがないかと、ステップの周囲を観察した。最後に敷地全体に目を走らせ、ゆっくりと愛車に向かった。この界隈ではこんな悪質ないやがらせを実行するのは難しかったはずだ。敷地はどこもそれほど大きくはないし、裏庭の生け垣が視線を遮るほど高い家もあまりない。両親がそろっている家がほとんどのようで、最近では仕事をしている母親が多いとはいえ、両隣は専業主婦だそうだ。

「玄関にカラスの死骸をぶら下げるなんて目立つことをしておきながら、目撃されることもなく逃げることができるのはだれか」ジェイムズはだれもいない通りに向かってつぶやいた。「とはいえ、だれがやったのかとおなじくらい重要なのが、ジェーンにそんなことをした理由だ」

腰に両手をあて、ぐるりとあたりを見まわした。こうしてにらみつけるだけで、犯人を追いはらうことができればと願いながら、あとは管轄の警察に任せることにして、ドライブウエイをでて南のクィンシーズ・ギャップに向かった。

九時十五分前に図書館に着いた。外階段を登っていると、ちょうど双子がやってきた。マウンテンバイクで通勤しているふたりは、自転車はその場に乗りすて、喜色満面でこちらに走ってきた。

「なにがあったと思います、教授」フランシスの顔が紅潮しているのは、走ったせいばかりではないようだ。

脳裏にしみついて離れないカラスの死骸を追いはらってくれるかもしれないと、ジェイムズは正面玄関の鍵を開ける手をとめた。

「宝くじでも大当たりした？」

スコットはかぶりを振った。

「それどころじゃないんですよ！　ぼくたち、ゲームのコンテストに応募したんです。どれだけ独創的なアイデアを思いつくかどうかが勝負の決め手だったんですが――」

「それに優勝したんです！」フランシスが叫び、ふたりはぴょんぴょんとお互いの胸をぶつけあった。

ジェイムズはふたりと握手した。

「おめでとう！　それで、どんなゲームを思いついたんだ？」

フランシスは顔を輝かせた。

「さすが教授！　みんなまず最初に賞金の額を尋ねるのに、教授はゲームの内容を訊いてくれるんですから」

「実は図書館で仕事しているおかげで思いついたアイデアなんです」

それを聞いて、ジェイムズの頭にマーフィーの小説の表紙がポンと浮かんだ。小さなゲームの箱の大きさだ。続いて高画質の画面のなかを太っちょ素人探偵があたふたと走りまわり、ジャンクフードをムシャムシャ食べながら手がかりを探している姿が浮かんだ。

「なにかミステリに関係あるゲーム？」ジェイムズはおそるおそる尋ねた。

「全然ちがいますよ！　いろいろなファンタジイの世界を旅するゲームです！　最初はアリスになって、不思議の国を探検するんです。そしてアリスが進化すると、今度は指輪物語の世界に行けるようになります」フランシスが説明した。

「おまけに、アリスは仲間を増やせるんですよ。たとえば指輪物語の魔法使いガンダルフとか、エルフのレゴラスとか」とスコット。

「つまり、ちがう世界に旅するたび、新しい仲間ができるわけです」フランシスが締めくくった。

ジェイムズは内心ほっとしながら、ふたりに笑顔を向けた。

「それはすごいアイデアだね。ぜいたくでおもしろいゲームになるだろうな。わかった、仲間全員が進化したら、最後にバトルがあるんだろう？」双子はうなずいた。「それはどんな世界で起こるんだ？」

「不思議の国に戻るんです」ふたりそろって答えた。「もちろん、バトルの相手はハートの女王ですよ」

ジェイムズは言葉を尽くして大絶賛し、しまいには顔を真っ赤にした双子がもじもじしはじめた。

「図書館をやめるなんていわないでくれよ。まだワックスマン夫人のかわりも見つかっていないんだから」

「まさか。賞金があれば、これから二年はゲーム制作に専念できるでしょうけど」ふたりは顔を見合わせた。「図書館をやめるなんて考えてもいません。実は、ぱあっと盛大に無駄づかいするつもりなんです。あの部屋を見違えるようにしてみせますよ！」

「大家のラム夫人が大喜びしそうだね」ジェイムズはくすくす笑った。

「ラム夫人は最高にかっこいいおばあちゃんですからね。まず最初にミラーボールを買えっていうんですよ！」

三人は大笑いし、仕事の準備を始めた。午前中は全員が大忙しだった。ふたつの読書会（ジェイムズは十時の小説の会を担当し、スコットが十一時の伝記の会を担当した）をこなすうち、あっという間にお昼になった。

大喜びで冷蔵庫に跳びつくフランシスを見て、ジェイムズは自分のお昼を持ってきていないことを思いだした。ジェーンの家から直接来たのだが、途中で寄り道して買っている時間はなかったのだ。そこで双子が食べおわるのを待って、図書館を飛びだした。腹ぺこで倒れそうとなれば〈ドリーズ〉しかない。今日は火曜日なので、ニンニクのきいたマッシュポテトを添えたクリント特製のミートローフ・サンドウィッチだ。

火曜日の〈ドリーズ〉はいつも混んでいる。特製ミートローフ・サンドウィッチは大人気だし、夏が近くなるとドリー自慢の世界一のブルーベリー・パイも始まるからだ。たった九十九セントで大きなパイをデザートにつけることができるのだから、それに跳びつかない住民はまずいない。

「ヘンリー教授じゃないか！　よく来てくれたね」いつもの定位置からドリーが叫んだ。

たいていの場合はただの社交辞令だろうが、ドリーはまさに言葉どおりの意味でいっていた。ジェイムズの一家とは長年のつきあいだし、新たに加わったミラとエリオットも家族同然に大切にしてくれている。ドリーは夫のクリント、美味しいもの、噂話をなによりも愛しているが、その優先順位はそのときどきによって変化した。どういうわけかこの店の常連客は、店をでた瞬間に自分の秘密が町中に広まるとわかっていながら、悩みをドリーに相談してしまうのだ。

「カウンターもいっぱいですか」ジェイムズは思わず情けない声をだした。抗議するようにお腹がぐうと鳴る。

「ちょっと見てくるよ。そろそろ終わりそうな客がいたら、うまく追いだしてやるからさ。すぐに図書館に戻んなきゃいけないんだろ」のんびりしている客はいないかと目を光らせながら、ドリーが姿を消した。

ふたりがけのテーブルでペーパーバックを読んでいた若い女性客が立ちあがった。肩までの長さの鳶色の髪に、鼻のあたりにそばかすが散った色白のかわいらしい顔をしている。ジェイムズのほうに目を凝らすと、べっこう縁の眼鏡をとり、本を置いてこちらに歩いてきた。

「図書館にお勤めなんですか？」女性は感じのいいアルトで尋ねた。

ジェイムズはうなずいた。

「ええ、図書館長です」

女性はうれしそうな笑顔になった。

「ファーン・ディキンソンです。午後二時に面接の約束をしている」自分のテーブルを指さした。「ちょうど注文したところなんです。空いている席がないのなら、よければご一緒しませんか？」

「お言葉に甘えてもいいかな」ジェイムズはすでに感じのいいファーンが気に入っていた。食事をしながら、面接で質問しようと思っていたことを尋ねた。ヴァージニアのいくつかの出版社と契約してフリーのカメラマンとして活動しているが、定収入なしでは生活するのが難しいそうだ。ここ二年間はヴァージニア州公園局でパートタイムで働いており、その仕事も気に入っているが、そろそろべつの仕事をしてみたいという話だった。人文科学全般に興味があり、読書家で、文句なしに魅力的な女性だった。

こうして話しているだけでも、きちんとした職業観の持ち主で、ユーモアのセンスに溢れ、本を愛しているのが伝わってくる。まさに求めている人材そのものだった。

ファーンが化粧室に立つと、ドリーが皿を下げにやってきた。

「あんたにはちょっと若すぎるんじゃないか、教授？」ドリーは眉を上下させ、身体を震わせて笑った。

ジェイムズは慌ててドリーの早合点を訂正した。

「図書館のパートタイム職員候補ですよ。はからずも面接になってしまいました」

重大ニュースをいの一番に知ることができて、ドリーはいまにも踊りだしそうだった。

「じゃあ、お祝いしなくちゃいけないね。ちょっと待ってて！」

ジェイムズが口を挟む暇もなく、ドリーは姿を消した。ファーンが化粧室から戻ってきたときには、世界一のブルーベリー・パイの皿がテーブルに載っていた。

「店のおごりだよ！」太っ腹の店主ドリーがファーンに話しかけた。「クィンシーズ・ギャップにようこそ。みんな大歓迎さ。町に引っ越してくるんだろ？　ひとり暮らしなのかい？　それともだれか一緒とか？」

ファーンはドリーの歓迎儀式をあっさりとこなしてみせた。

「ありがとう。こちらこそよろしくお願いします。ええと……ひとり暮らしで、アパートメントを探しているところです。兄弟はいなくて、星座は天秤座、血液型はO型のRHマイナス」そこで不思議そうにジェイムズを見た。「もしかして、合格したってことですか？」

「きみさえよければ」ファーンがうれしそうにうなずくと、ジェイムズは自分のパイの皿を指さした。「じゃあ、パイでお祝いしようか」

ドリーはその場を動く気はなさそうだし、ジェイムズとしてもせっかくの好意を無にするつもりはなかった。パイを大きく切りとると、新人図書館員とフォークをカチンと合わせてから、ぱくりとほおばった。

甘いクリームチーズと新鮮なブルーベリーの味が口中に広がった。ブルーベリーを歯でプチンとつぶし、また天にも昇る気分になるのを覚悟した。甘いものを食べると、かならずクラクラめまいがしそうになるのだ。だが今日はそんなことはなかった。パイは美味しかったが、ファーンとの会話もままならないほど、がつがつとほおばるようなこともなかった。

「いつから通えばいいですか？」きれいにパイをたいらげたファーンが尋ねた。「わたしはいつからでも大丈夫ですが」

ジェイムズは頬についたブルーベリーを拭いた。

「じゃあ、明日からにしようか。詳しい仕事内容はスコットに説明させるよ。ふたりがすごく気が合うことだけは保証する」

6章

キュウリとフェタチーズのサラダ

{ 糖分 1g }

ランチのあいだに新しい館員を決めることができ、ジェイムズはうきうきと軽い足どりで図書館に戻った。鼻歌を口ずさみながら自分のオフィスに向かうと、留守番電話にジェーンのメッセージが残っていた。警察に通報したら、今週は気をつけて近所をパトロールすると約束してくれただけでなく、やってきた警官が親切で、カラスの死骸を片づけて裏庭の隅に埋めてくれたという話だった。

「おかげでかなり落ち着いたわ。昨日は本当にうれしかった」ようやく人心地がついたという声だったが、そこで言葉が切れた。どちらの意味にもとれることに気づき、顔を真っ赤にしている姿が目に浮かぶようだ。「その……昨日のことは……いますぐ結論をだすつもりはないけど、ごく自然なことだと感じたし、それに……すごくすてきだった！　今日はひと目ぼれした小学生みたいだったの。気づくとにやにやしているし、机のカレンダーはあなたの名前だらけだし」くすくすと笑っている。「べつに困らせるつもりはないの。ただ、幸せな気分でいると伝えたかっただけ。またね！」

すべてがあるべき場所に収まったような気がして、ジェイムズは思わず笑顔になった。それにしても、ジェーンとふたたびこういう関係になったのは不思議な気分だった。なにしろかつては夫婦だったのだ。だが当時のジェーンは自己中心的で、ベッドのなかでも不満そうなことが多かった。それが昨夜は、愛情深いべつの女性に変身したようだった。恥じらいを脱ぎすてたジェーンは女神のようにあでやかで、昔はついぞ感じることのなかった情熱と思いやりに溢れていた。

昨夜のことを思いだすだけでどきどきしてしまうが、そのうちにふと不安も感じた。浮かれてばかりいないで冷静になれという自分の声が聞こえる。

ぼくたちはティーンエイジャーのように好き勝手するわけにはいかない。どれほど楽しくても、エリオットのことを第一に考える必要があるのだ。今度は失敗しないと百パーセントの自信がないかぎり、やりなおすわけにはいかない。

とはいえ、百パーセントの自信を持てる日など来るのだろうか。昔結婚を決めたときも、ふたりとも真剣な気持ちだったはずだ。ひざまずいてプロポーズした晩は、将来に不安などみじんも感じていなかった。そしてジェーンと離婚したあとは、ルーシーこそが求めていた女性だと思った。そしてそのあとは、マーフィーこそが運命の女性だと信じた。

残念ながら、すべてジェイムズの勘違いだった。

「現実を見つめよう。女性のこととなると、ぼくの判断はまちがってばかりだ。それなのに！」机に飾ってある父親とミラの写真をむっつりと眺め、父親に指を突きつけた。「パパは失敗したことがない――それも二度も！　すぐにかんしゃくを起こす頑固オヤジのくせに、どうしてあれほどすばらしい女性の心を射止めることができるんだろう」

「また独り言？」からかう声が聞こえた。

慌てて顔をあげると、戸口にマーフィー・アリステアがもたれかかっていた。腕を組み、おもしろそうににやりと笑っている。その見覚えのある笑顔がなければ、かつてつきあっていた新聞記者だとはすぐにわからなかっただろう。髪は糖蜜のような濃い褐色に、地味だった眼鏡はおしゃれなシャネルのものに変わっていて、驚くほどガリガリにやせていた。身体にぴったりとした黒いワンピースにじゃらじゃらとした珊瑚色のネックレスをつけた姿は、まさにアラスカ州知事だったサラ・ペイリンを若くした感じだ。

ジェイムズは反射的に立ちあがって迎えた。

「いかにもニューヨーカーという感じだね」

マーフィーはそれを聞いて笑った。

「あっちでは、本当に黒を着ているひとしか見かけないの。町に戻ってきて驚いちゃった。みんなピンク色のスーツに、イギリスの田舎にぴったりって感じの帽子姿なんだもの」

「大都会のコンクリート・ジャングルに比べたら、シェナンドア渓谷はきれいな色が溢れてるからね」ジェイムズは大好きな故郷の味方をしたくなった。「そうそう、町にも美味しいピザ屋ができたんだよ。はっきりいって、ニューヨークもここもあまり変わらないよね」

「そうね。ブロードウェイやメトロポリタン美術館、目が眩むような摩天楼、世界でも指折りのレストラン、流行の先端をいく服を並べた店がないくらいかしら。どこを見たらあまり変わらないなんていえるのか、不思議なくらいだわ」マーフィーは馬鹿にしたような笑顔で窓を示した。

ジェイムズはしかめ面で答えた。

「そんなにニューヨークが気に入っているのなら、どうしてわざわざ戻ってくるんだ？」

マーフィーはつやのある髪をなでつけた。

「残念なことに、なかなか友だちができないのよ。せっかく成功したのに、それを一緒に喜んでくれるひとがいないなんて、つまらないじゃない。家族もシェナンドア渓谷にいるし、新聞記者時代の慌ただしい生活が懐かしくなるときもあるの。だからスター紙のオーナーになって、一生住めないだろうとあこがれていた家を手に入れたってわけ」

「それにしても、あの有名な小説で町の半分を敵にまわしたことを考えれば、なかなか勇気がいる決断だよね」愛してやまない本のことを、これほどいやみな口調で話題にする日が来るとは思わなかった。「それで、冴えない図書館長になにかご用ですか？」

マーフィーはぺたんとした腰に両手を置き、わざとらしいため息をついた。

「あれはフィクションよ！　いつになったらそのことを理解してくれるのかしら。それはともかく、今日は取材に来たの。別れた奥さんとのあいだに子どもがいるという噂は本当なの？」

「本当だよ。名前はエリオット・ヘンリー、息子なんだ」ジェイムズは満面の笑みで元恋人の質問に答えた。

マーフィーは一歩オフィスのなかに入ってきた。こっそりと獲物に忍びよる黒豹そっくりだ。

「じゃあ、ヒッコリーヒル通りの黄色いマイホームで、三人仲よく暮らしているわけ？」

皮肉めいた口調ではなかった。純粋にジェイムズのいまの生活に興味があるようだが、その好奇心を満足させないことに子どもっぽい喜びを覚えた。そんな質問など聞こえなかったような顔をして、机の前にまわる。大切なオフィスから早くでていってもらおうと、あとをついているよう手招きした。

「それで、アリステアさん。今日はなんの取材に？」

「ネッド・ウッドマンについて教えてもらいたいの」

マーフィーはまじまじとジェイムズを見つめた。口調を改めたのは、プライベートの話は終わりという合図だと理解してくれたようだ。

ジェイムズは思わず肩をすくめた。

「力になれそうもないな。もちろん町会議員だから、名前や顔くらいは見かけたことがあるけど」

「でも、死体を発見したんでしょ！」マーフィーも負けていなかった。「なにか気づいたことはあったはずよ。ねえ、動物愛護のデモ隊となにか関係があると思う？」

デモ隊や《すこやか村》に関して、誤解を招くようなことを口にするわけにはいかない。

「どういう意味？　ネッドは心臓発作で亡くなったんだよ。デモ隊に殺されたわけじゃない

「心臓発作かもしれないってだけでしょ。妻が検屍解剖を許可しなかったから、正確なところはわからないんだもの」マーフィーは軽い調子で続けた。「ネッド・ウッドマンは軽い狭心症で二度も手術をしてるの。だから妻のドナは心臓発作で亡くなったと知らされても、あまり驚かなかったのかもね」

マーフィーの表情や目の輝きを見るかぎりでは、どうやらおもしろそうな手がかりをつかんでいるようだ。

「つまり、自然死じゃないと思ってるってこと?」

「町会議員だったのよ、ジェイムズ。そういう有名人がまだ若いのに急死した場合、彼らの生涯をふりかえる記事を書くものなの。そのうえ、ネッドはその日、かなり様子がおかしかったそうじゃない」マーフィーは舌なめずりする豹そのものだった。「そのふたつの事実を考えあわせると、ちょっとあたってみる価値はあると思って。発見したときの様子を聞いたあとは、最近の議員としての活動を調べるつもり」

どうやら人気作家になっても、町の住民のプライバシーを嗅ぎまわるのが大好きなのは変わらないようだ。

「悪いけど、ノーコメントにさせてもらうよ。大切なネッドがトイレの床にうつぶせになっていた記事なんて、ご家族が読みたいとは思えないから」

「ジェイムズは疑っているみたいだけど、きちんとした追悼記事を書くつもりよ」マーフィーはそう宣言するとくるりと背中を向け、肩越しに続けた。「町会議員がなにか不正に関係してないかぎりね。だってそうだとしたら、住民はすべての真実を知る権利があるでしょ」

またマーフィーの目がきらりと光った。なにがなんでも秘密を暴いてやるという顔だ。そのとき、マーフィーならば、自分が欲しいものを手に入れるために手段を選ばないかもしれないと頭に浮かんだ。もしかしたら、町に帰ってきたのはジェイムズとよりを戻すためなのだろうか。ジェイムズがだれと暮らしているかを、やけに知りたがっていたのはどうしてなのか。まさかとは思うが、ジェーンの家の玄関にカラスの死骸をぶら下げたのはマーフィーなのだろうか。

オーディオブックの棚の前に困っている様子の来館者がいるのに気づき、ジェイムズは不吉な予感を慌てて振りはらった。ダグラス・プレストン&リンカーン・チャイルドとデイヴィッド・バルダッチの新刊のどちらがお勧めかと相談されたが、結局両方借りることになった。いそいそと帰っていくスリラー好きの来館者の後ろ姿を眺め、思わずうらやましくなった。これから冷たい飲み物片手にデッキチェアに横になって、目を閉じて小説の世界にどっぷりと浸るのだろう。

「昔の恋人が登場しましたね」貸し出しカウンターでてきぱきと手を動かしながら、スコットがささやいた。「ここで待っていてくださいとお願いしても、聞いてくれなかったんですよ。教授にこっそり危険を知らせようと思ったんですが」髪をかきあげると、心配そうにしわを寄せた額が見えた。「本当に、危険そのものという感じでしたね。大げさでもなんでもなく。怪我で動けない獲物を見つけて、いつ跳びかかろうかとチャンスをうかがっているみたいでした」

休憩室からでてきたフランシスがそれを聞きつけ、ジェイムズに尋ねた。

「獲物って、教授のことですか？」

「まさか、絶対にちがうよ」ジェイムズはむっつりと答えた。

五時に仕事を終えて外にでると、きれいな青空が広がっていた。若草のにおいにうっとりとしながら、美しい春の夕方を丸ごと抱きしめたくなって両手を広げる。マーフィーが町に戻ってきたからといって、いまの幸せをなにひとつあきらめたりはしないと改めて決心した。

気分を変えようと、〈デブ・ファイブ〉の食事会になにを持参するかという難問をしばし考えた。今夜の食事会の会場はジリアンの家で、テーマはベジタリアンだというメールが昨日届いていた。

「ピザも禁止！」ジリアンはメールで命令していた。「四歳のエリオットが成長に必要な栄養をきちんととれるのなら、みんなだって彩りのいいすてきな野菜料理を用意できるはずよ。わたしはとびきり豪華なスシにするから、楽しみにしてて」

ジェイムズはあまりスシが得意ではなかった。アボカドを使ったカリフォルニアロールや、スモークサーモンとクリームチーズのフィラデルフィアロールならいいのだが、生の魚だけはどうしても好きになれないのだ。ベネットの返信には、勤め先の郵便局で午後に会議があるので、ジリアンの家に着くのは六時ぎりぎりになる、料理をしている時間はないので、市販のサラダを持参すると書いてあった。ルーシーはすかさず、町の人気ベーカリー〈甘い天国〉で無糖のデザートを買っていくと申し出た。ジェイムズとおなじで肉が大好きなので、野菜料理を用意する自信がなかったのだろう。さいわい、リンディが肉を使わないムサカを作ってくれるそうなので、ジェイムズはジリアンのいうところの「食事に華やかさを添えてくれるヘルシーなサイド・ディッシュ」を用意すればいいことになった。

そこでムサカを選んだリンディに合わせようと、ギリシャ料理のレシピ本を二冊借りてきた。〈フード・ライオン〉の駐車場でぱらぱらとめくり、簡単であっという間に作れそうなキュウリとフェタチーズのサラダに決めた。

帰宅すると短パンとTシャツに着替え、ラジオをつけて地元のカントリー音楽専門局に合わせた。ブラッド・ペイズリーの最新ヒット曲を一緒に口ずさみながら、キュウリを二本縦に切って、スプーンで種をほじくりだした。それをさいの目に切ってボウルに入れ、塩を振ってから刻んだ葉タマネギも加える。おつぎはフェタチーズの登場だ。これは黒コショウ、バジル、オレガノ、ニンニク、ドライ・トマトで味付けしてあるタイプだった。最後にグルメ料理番組の撮影のつもりになって、きどった仕草でレモン果汁とオリーブオイルをまわしかけた。

「美味しくて、栄養たっぷり！」ジェイムズは見えないカメラマンに向かって宣言した。

ボウルにラップをかけて、ジリアンへの手土産として用意したひまわりの花束も忘れずに手に持った。美しいヴィクトリア朝住宅の前に車を駐めると、ポーチのブランコにジリアンとベネットの姿が見えた。どうやらふたりとも車の音には気づいていないようだ。それどころか、キスに夢中でなにかに気づくどころではなさそうだ。ポーチのドアマットの上にサラダの袋が落ちている。ついさっきやってきたベネットは、床にサラダをほうりだし、ブランコにいたジリアンを抱きしめてあいさつの真っ最中なのだろう。

ジェイムズは咳払いをしながら近づき、途中で靴ひもを結びなおすふりをした。ふたりが慌てて離れるのがちらりと見えた。

「ねえ、ふたりがつきあってるのは国中のひとが承知してるわけだよね」ジェイムズは立ちあがり、にやりと笑った。「なにしろ生中継でジリアンに告白したんだからさ。何百万という視聴者に知られたのに、どうしてもっとおおっぴらにいちゃいちゃしないんだ？」

ジリアンの顔が髪とおなじくらい真っ赤に染まり、ベネットに腕を絡ませた。

「みんな一緒のときに雰囲気を変えたくないの。つまり、五人のときは昔とおなじに戻りたいというか……」

「で、ぼくたちがいなくなったとたん、心おきなくべたべたするわけか？」ジェイムズはからかった。

ベネットは困ったような顔をした。

「なあ、考えてみてくれよ。ここは小さな町だから、人種のちがうカップルにはあまり慣れてないじゃないか。だから目立たないほうがいいかと思ってさ」

ベネットは床のサラダを拾いあげ、家のなかに入った。ジェイムズも慌ててあとを追ったが、ジリアンが大声で反論しないことに驚いていた。てっきりジリアンのことだから、まずは身近なひとから始めることで、いつかは世界を変えることができると演説するものと思っていた。ちがう話題でならば、そう宣言するのを何度となく耳にしている。

ジェイムズはサラダのボウルを木のテーブルに置き、ふたりの顔をじっと見つめた。

「なにも起きていないふりをするなんて意味ないよ。恋人同士なんだから、まわりがどう思おうとかまわないじゃないか。ようやくお互いの気持ちに気づいたんだ。なによりもふたりの時間を大切にするべきだよ！」

テーブルの準備をしていたジリアンが手をとめ、ジェイムズの前腕に手を置いた。

「それって、わたしたちの話じゃないでしょ？　なにか内心の葛藤があるみたいね。ジェーンとの関係になにか変化があったの？」

ジェイムズはジリアンの勘の鋭さに舌を巻いた。テーブルの用意を手伝いながら、どう答えようかと悩んでいると、ルーシーが到着した音が聞こえてきたのでほっとした。ところがルーシーがキッチンに一歩足を踏みいれるなり、それまでおとなしく後ろ肢をなめていたジリアンの飼い猫ダライ・ラマがいきなりうなり声をあげた。毛を逆立てて怒る丸々と太った猫を見下ろし、ルーシーはしぃっと声をかけた。

「わかった、わかった。うちの犬たちのにおいがするんでしょ。そろそろあきらめてよ」

「ダライ・ラマが愛情と優しさを感じられるように接してあげて」ジリアンがいった。「動物は人間にきらわれているのを敏感に感じとるの。いったん敵意ある侵入者だとみなされたら、挽回は難しいわよ」

「なによ、敵意ある侵入者《インベーター》って。八〇年代のゲームじゃあるまいし」ルーシーが不満顔でぼやいた。

そこへタイミングよくやってきたリンディが、すかさずルーシーの脇腹を肘でつついた。

「ご機嫌が悪そうね。なにかあったの、保安官代理殿？」リンディは笑顔でしゃがみ、ダライ・ラマの首もとを掻いてやった。

「機嫌が悪いわけじゃないのよ。不安なだけ」ルーシーは素直に白状した。「明日からサリーが出勤してくるの。事務所の同僚になるのよ。ついうっとりと見とれちゃって、車のギアをPに入れるのを忘れたり、ホルスターに懐中電灯をぶら下げたりしちゃったらどうしよう――」

「ベーカリーの箱が開けっぱなしだから、ダライ・ラマがクリームを狙ってるわよ」

リンディがカウンターを指さした。まさにそのとき、ダライ・ラマがピンク色の舌でパイの飾りのホイップクリームをぺろりとなめた。まるでしてやったりと笑っているような顔だ。

「なあ、やましさを感じずに食べられるデザートにするんじゃなかったのか？」ルーシーがカウンターから猫を追いはらうと、ベネットが抗議の声をあげた。

リンディは持参した耐熱皿をオーブンに入れ、温度をセットした。

「そうよ！　わたしたちはもう砂糖なんて食べないって決めたんじゃなかった？」ルーシー

に指を突きつける。「サリーのせいで、そんな大事なことまですべて忘れちゃったわけ？」

ルーシーがリンディをにらみつけた。

「〈甘い天国〉が砂糖を使ってないデザートを始めたの。そのひとつ、無糖のキーライム・パイよ。果物のパイなら、ベジタリアンというテーマにぴったりだと思ったんだけど」

〈甘い天国〉がそんな新商品を始めたとは初耳だった。今後はできるだけ甘いものを控えるつもりだったが、後ろめたさを感じずにデザートを楽しめるならそれに越したことはない。

だがジリアンの意見はちがうようだ。

「ダライ・ラマがつまみ食いしたのは、そんなものを食べるなというお告げなのよ。本物の砂糖を使っていないってことは、人工的なものばっかりでしょ。自然が育ててくれた、オーガニックの果物にしない？　冷蔵庫にラズベリーとボイゼンベリーがあるの」

ルーシーは肩をすくめ、テーブルに腰をおろした。

「みんなに任せる。パイなら明日保安官事務所に持っていけばいいし。そうだ。ダライ・ラマがなめちゃったところは、ドノヴァンのやつに食べさせればいいんだ」

それは名案だと五人は大笑いした。

「みんなに報告したいことがあるの」女性陣にはアイスティーを、男性陣には冷えたビールを配っていたリンディが切りだした。「ルイスのお母さんに紹介してもらうため、メキシコに行くのは中止になっちゃった。どうしてだと思う？」リンディは目を丸くすると、口を挟む間もなく続けた。「お母さんがこっちに遊びに来るんだって！」

ベネットが鼻を鳴らした。

「なにしに？　未来のお嫁さんにふさわしいかを面接するため？　料理と掃除の腕を確認するわけ？」

リンディはしょんぼりしている。

「やっぱりそうよね。そのうえ、わたしのお尻がどれだけ大きいかもじっくり観察するつもりかも」

「心配いらないって、リンディ。準備ならみんなで手伝ってあげるから」ルーシーが励ました。「それで、いつ来るの？」

「日曜の午後。ありがとう、ルーシー。でも親友たちの貴重な土曜日に、うちのトイレ掃除をやらせるわけにはいかないもの」リンディはなんとか微笑んでみせたが、その瞳は不安そうに曇っていた。

リンディはなにがなんでもルイスの母親に気に入られたいはずだが、それはそれとして、家事の腕に関係なくプロポーズしてほしいという気持ちもあるにちがいない。

両親の祝福について考えているうち、ジェーンをもう一度家族として迎えいれることを、果たして父親は賛成してくれるだろうかと不安になった。怒りをいつまでも引きずるたちだし、いまは一応礼儀正しく接してはいるが（おそらくミラにうるさくいわれているのだろう）、なにか用がなければ自分から話しかけることはない。

家族とのつきあいはいろいろ難しいとジェイムズは内心ため息をつき、リンディに微笑みかけた。

「たしかにトイレを磨きあげて、シーリングファンをぴかぴかにしておけば、お母さんが感心してくれるかもしれないよね。ぼくも喜んで手伝うよ。だけどひと目でリンディのことが気に入るのはまちがいないから、ドッグフードの炒めものをだしたところで大丈夫さ。そのころにはリンディが大好きになっているからね」

リンディはうれし涙をこぼしそうになって、慌てて洟をすすりあげた。

「ありがとう、ジェイムズ。でも大掃除チームに参加してもらうわけにはいかないわ。かわいいエリオットと過ごす時間がなくなっちゃう。でもゴム手袋にエプロン姿のベネットはすっごくセクシーだと思うのよね！」

それを聞いてベネットが跳びあがりそうになり、一同そろって大笑いした。そのときオーブンのタイマー音が鳴り、ジリアンが湯気を立てている熱々のムサカをとりわけた。口に入れられる温度まで冷めると全員一斉にほおばり、牛挽き肉のかわりに細かく刻んだズッキーニを使ったアイデアを口々にほめたたえた。それぞれが催眠療法について報告しあううちに、《採れたてを食べよう》フェスティバルの話になった。当然の流れとして、ネッド・ウッドマンの死が話題になる。

「ネッドがなんらかの不正行為に関わっていたという疑いがあるの」

ルーシーが思わせぶりに言葉を切った。自分だけが詳しい情報を握っているのがうれしくてたまらないのだ。保安官事務所で耳にした噂話をいますぐぶちまけたいと顔に書いてあった。

ほかの三人はおとなしく話の続きを待っていたが、ジェイムズはひょいと思いつきを口にした。

「わかった。町の予算をピンハネしてたんだ」

ルーシーは矢車菊色の瞳を丸くしてジェイムズを見つめた。

「どうして知ってるの？」

今度はジェイムズが驚く番だった。

「ただの冗談のつもりだったんだ。本当に！」

「じゃあ、大当たりよ。まだ証拠を集めている段階だけどね。ネッドは造園の会社を経営していたんだけど、どうも常識では考えられない金額を町に請求していたの」

「なにかのまちがいじゃなくて？」ジリアンは信じられないという顔だった。「最近はガソリンがすごく高いじゃない。経費がかかるようになったから、請求金額が増えただけじゃないの？」

ルーシーは口いっぱいにほおばったムサカを呑みこんだ。

「電動の草刈り機や芝刈り機を動かすのに必要なガソリン代なんて、たかが知れてるじゃない、ジリアン。大金を請求してたのよ！　実際に業務を請けおったことも三回あるんだけど、なにもしてないときにも請求してるし！　それも自分が予算の支払いを担当するときにね！」

「ちなみにどのくらいの金額？」ベネットが尋ねた。

「本当はそんなことしゃべっちゃいけないんだけど」とルーシー。「わたしが調べたわけじゃないけど、三万ドル近い金額らしいわ。そのうえ、奥さんはなにも知らないといっているんだって」

「三万ドル？　芝刈りをして、植木の手入れをするだけで？」ベネットは憤然とフォークを振りまわした。「仕事をまちがえたな！」

しばらくは全員が黙々と食事をした。ふと気づくと、ジェイムズはきらいな野菜を食べさせられている子どものように、ムサカを口に運ばずにただつついていた。味は文句なしだったが、口のなかでグニャグニャする感じが好きになれなかったのだ。自分で作ったサラダのキュウリはポリポリと歯ごたえがあったが、やはり美味しいステーキ肉を噛みしめる満足感にはかなわない。

そんなものは恥ずべき偏見だと自分にいいきかせ、無理やりムサカを口に入れた。

「そんな大金をなにに使っていたのかしら」リンディが小さくつぶやいた。「ほら、ネッドよ。奥さんも知らないのなら、どこに隠しておいたんだと思う？　秘密の金庫？」

「愛人の家かもな」ベネットがふざけた。

五人は目をらんらんと輝かせて顔を見合わせた。

「いま、わたしがなにを考えているかわかる？」ジリアンがまるで芝居のワンシーンのようにルーシーを見つめた。

ルーシーはナプキンで口もとをぬぐい、テーブルに両手を置いてうなずいた。

「ネッドの金がどこに隠してあるかを知っている人物はだれか」

「もう全部使っちゃったのかも！」リンディが大声をあげた。

「ちょっと待って」ジェイムズは立ちあがり、〈甘い天国〉の箱をとってきた。「問題の金は、だれでも近づける木の根元に埋めてあるだけかもしれない。とにかく、これから金の行方について話しあうつもりなら、やっぱりパイを食べて元気をつけたほうがいいんじゃないかな」

7章

ベーコン、卵、チーズのサンドウィッチ

{ 糖分 2g }

週末が終わるころには、ネッド・ウッドマンの背信行為についてマーフィーはあらかた探りだしてしまった。亡くなったネッドは長年にわたって町に多めに請求していたが、目立つほどの金額ではなかった。だがここ数カ月、驚くほどの金額を町に請求するようになったようだ。

スター紙の記事によると、予算の支払いについては町会議員が交替で担当しているそうだ。不正を防ぐための措置だったが、それは町会議員が互いに目を光らせていなければあまり意味をなさない。その証拠に、長年使途不明金が支払われていたのに、その件を徹底的に調査しようという動きはなかったようだ。残念なことだが、ネッドは仲間に信頼されているのをいいことに、支払いの担当のときに自分が経営する会社の多額の請求を処理していた。そのなかには、植木の剪定と腐葉土を撒くというごく簡単な仕事に法外な額を支払ったものも含まれていた。

いつかは町の予算が底をついたことに気づかれるだろうから、「ウッドマン氏はそれまでにできるかぎりの現金を引きだそうとしていたようだ」とマーフィーは書いていた。「妻のドナ・ウッドマンは、夫の不正行為についてはなにも知らないそうだ。夫婦の共同預金口座に入金した形跡もなければ、高価な商品を購入した様子もなかったという。当局によると、ウッドマン氏の財務状況については目下捜査中とのことだが、ウッドマン氏は三カ月にわたって町発行の小切手を現金化していた模様。消えた金の行方については不明だが、ウッドマン氏が隣人や友人のものである予算を横領したのだとしても、その理由は文字どおり墓のなかである」

ネッド・ウッドマンの不正行為に関する記事の左には、告別式の様子を伝える短い記事が載っていた。そしてふたつの記事に挟まれるように、ドナ・ウッドマンの大判の写真が掲載されている。ジェイムズはついついその白黒写真に見入ってしまった。ブロンドのドナはいかにも運動が好きそうな印象だった。ノースリーブの黒いワンピースからのぞく腕は筋肉質で、お腹もアイロン台のようにぺたんこだ。横から撮った写真なのと、巨大なサングラスをかけているために表情はよくわからないが、真一文字にキッと引き結ばれた唇とバラを握る手だけが、紙面から跳びだしてきそうな迫力に満ちていた。一本のバラを捧げ持つ両手は、いかにも父ジャクソンが絵に描きそうなほど雄弁だった。

「お気の毒に」ジェイムズはつぶやき、新聞をジェーンに渡した。「こんな記事はお葬式が終わるまで待ってあげればいいのにな。そうすれば、奥さんはハゲタカのようなマスコミに包囲されるなか、ご主人を埋葬しなくて済んだのに」

ジェーンはじっと写真を見つめ、悲しい声を漏らした。

「お葬式のあいだ、どんな気分だったのかしら。一緒に過ごしたすべての想い出を思いかえし、本当にご主人のことを理解していたのかと自問してたんでしょうね。なにかの中毒だったのか、あるいはどこかに愛人がいたのか、それとも、切羽詰まった友人に頼まれたのかやりきれないという顔でかぶりを振った。「その秘密のせいで、楽しかった想い出すべてが汚されてしまう可能性もあるんだもの。真実を知るまで、悲嘆に暮れることすらできないのね」

ジェイムズは指でトントンと写真を叩いた。

「でもこの写真を見るかぎりでは、充分悲嘆に暮れているようだけど」

「ちがう。これは怒りを感じているのよ」ジェーンはためらいなく断言した。「ねえ、口もとやこの手を見て。怒りで震えているのに、それを表にだすわけにはいかないの。怒りの原因を作った張本人は死んでしまって、いま、まさに埋葬されようとしていて、でもまわりを見まわすとカメラマンばっかり。本当なら、お棺の上で地団駄踏んで、大声で訊いてみたいのに」ジェイムズがぽかんと口を開けて見ていることに気づいて、ジェーンは恥ずかしそうに肩をすくめた。「深読みしすぎかもしれないけど、この写真を見てるとそんな気がするの」

「もう一回見せてくれる？」

椅子をゴトゴトとジェーンのそばに寄せた。アロエのボディ・ローションとユーカリのシャンプーのいい香りがふわっと鼻を刺激する。ジェーンは身を乗りだし、ジェイムズにコーヒーのおかわりをそそいでくれた。ほんのちょっぴり香水もつけているようで、ライラックの香りに思わず笑顔になった。

ジェイムズの母親もやはりライラックの香水が好きだった。愛情こめて抱きしめてくれるとき、楽しそうに笑っているとき、おやすみのキスをしてくれるとき、かならずその香りがしたものだ。夜はジェイムズのとなりに横になって、眠くなるまでいろいろな本を読み聞かせしてくれた。毎晩、勇者の冒険、残酷な悪党の悪だくみ、お姫さまや魔法の呪文が登場する話に夢中になったものだ。本が大好きになったのは母親のおかげだった。そして自分の息子にもぜひそうなってほしいと願っているが、ジェーンもエリオットが赤ん坊のころから読み聞かせをしていると聞いたときはうれしかった。

「なにを考えているの？」ジェーンが肘でジェイムズをつついた。「なんだかうっとりしているみたいだけど」

ジェイムズはかつての妻を見つめた。デニムのスカートに白いブラウス、髪はカチューシャですっきりとまとめ、まったくお化粧していないのに驚くほどきれいだった。ライラックは母親のトレードマークともいえる香りだったことをジェーンは知っているのだろうか。ジェイムズの愛情と信頼を手に入れるため、あえてこの香りを身につけたのだろうか。ジェイムズは音をたてて乱暴にスター紙をたたんだ。

考えすぎだと自分にいいきかせた。なにしろ、わざわざそんなことをする理由がないのだ。ジェーンはきちんと自分で稼ぎ、前途有望で、応援してくれる家族や友人にかこまれている。昔からよくもてるのは知っていた。その気になれば、おなじ大学の教授たちのなかでいくらでも相手を見つけられるのだから、そんなに焦っているはずはない。ジェーンのことをあれこれあげつらうのはやめよう。

「うちの母はライラックの香りが大好きだったんだ」時間がたって間が抜けてしまったと感じながら答えた。「きみの香水のおかげで思いだしたよ。実は、こうして一緒に過ごすようになればなるほど、どういうわけか母のことを思いだすんだよね」

「それが本当なら、すごくうれしい！」ジェーンはジェイムズの手をぎゅっと握った。「お義母さまはすばらしい方だったから。だれにでも親切で、優しくて、一緒にいて楽しくて……そのうえ、キッチンに立たせたらまさに神様！　料理の腕だけは、まったく近づけた気がしないわ。まあ、それはあなたもよくわかっているわよね」そこでわざとぎょっとしたような表情を浮かべた。「まさかと思うけど、スフレや雄鶏の赤ワイン煮こみを作れるようになるなんて、期待してないでしょうね」

「そういうきどった料理は苦手なんだ。そんなことより、いまはきみの魅力に夢中だから……」ジェイムズは顔を近づけてキスをした。

ところが、残念なほどあっという間にエリオットの声が聞こえてきて、ふたりは慌てて顔を離した。

「赤ちゃんを作ってるの？」

ジェーンはジェイムズの背中にまわした腕をおろしたが、手は握ったまま笑いだした。

「どうして、そう思ったの？」

「レスリー＝アンがいってたの。大人の男のひとが、大人の女のひとにキスすると、赤ちゃんができるんだって」エリオットは両親になにかを教えることができて得意顔だった。

ジェイムズは首を傾げた。

「レスリー＝アンは、ほかにもなにか教えてくれた？」

エリオットは真剣な顔でお気に入りの蜂蜜味のシリアルをボウルに入れた。

「女のひとはすごく太って、そのあとコウノトリが赤ちゃんをもらいに来て、パパのところに届けるんだよ。赤ちゃんがいつも泣いてるのは、コウノトリの怖い夢を見るからなんだって。でも、おしゃべりできるようになると、もう怖くなくなるんだ」ジェーンが立ちあがってシリアルに牛乳をそそぐと、エリオットはジェーンの首に抱きついた。「ねえ、ぼくもコウノトリの怖い夢を見た？」

鳥の話題になったせいで、ジェーンの顔が曇った。

「あなたはそんなことなかったわ。でも、そのレスリー＝アンはおもしろいお友だちね」

友だちのことを自慢しようか告げ口しようか迷っているかのように、エリオットは肩をすくめた。

「たまに意地悪もいうんだけどね。フェイ・サンレイが好きなんて赤ちゃんみたいだって。でも、いいんだ。ぼくは大好きだし、お歌も好き」

ジェイムズは自分の皿を流しに運んだ。ジェーンはカウンターを拭き、流れる水音に紛れてささやいた。

「レスリー＝アンはまさに典型的なタイプね。ほら、抜け歯を持っていってくれる妖精や復活祭に卵を隠すウサギ、それにサンタクロースなんかを信じているみんなの夢を壊しちゃう子。大きくなったら、絶対にそうなるわよ」

「それも淋しいよね。謎のまま残しておいたほうが楽しいこともあるのに。北極点の正確な位置とか、虹の麓には金の壺が埋まっているとかさ」ジェイムズは憂鬱な気分でつぶやいた。

「そのいっぽうで、ぜひとも解明したい謎もあるけどね。マーフィー・アリステアが町に戻ってきた理由とか、きみに言語道断のいやがらせをするのはだれかとか、ネッドは横領した金をなにに使ったのかとか。永遠にわからないままなのかな」

ジェーンは食器洗い機に食器を並べていた手をとめた。

「あら、あなたたち五人が、七月四日の独立記念日までにすべて明らかにしてくれるんじゃないの？　わたしはそう信じているけど」ふきんで手を拭き、きれいに片づいたキッチンを見まわした。「さあ、そろそろでかけましょうか。万が一にも消防隊のパレードに間にあわなかったりしたら、エリオットになにをいわれることやら。きっとなんでも知っているレスリー＝アンに、祖父母と暮らす法的許可を手に入れる方法を聞きにいかれちゃうわね！」

今日は毎年恒例の《リンゴ祭り》で、さいわい雲ひとつない晴天に恵まれた。三人はカントリー音楽のライブを聴き、鼓笛隊のみごとな演奏に感心し、消防車のパレードや今年のリンゴの女王とおつきの者が乗った山車《だし》を見物した。間近でレスキュー車を見たがるエリオットを連れてジェーンが離れたあいだに、ジェイムズは地元アーティスト作の銀でできたリンゴの花のネックレスを買っておいた。そしてグリルド・チーズとトマトのサンドウィッチで食事にしたあと、勇気をだしてそれをジェーンの首にかけた。

「うわあ、すてき！」ジェーンは歓声をあげた。そのうれしそうな笑顔を眺めているうち、結婚していたころはこうしてサプライズでプレゼントを贈ったことが一度もないことに気づいた。花束やチョコレートを贈った覚えすらない。ジェーンはバッグから鏡をとりだして、鎖骨のあたりにぶら下がったネックレスを眺めている。これからはどんどんプレゼントして喜ばせようと、ジェイムズは改めて心に誓った。

外での楽しいランチのあとは、よりどりみどりに並んでいるゲームでぜいたくに散財し、いろいろな動物に乗って遊んだ。三人は楽しかった分へとへとに疲れきって、すごい人混みのなかを駐車場に向かった。なんとか会場の端までたどりついたころには、エリオットはとぼとぼと足を引きずっていた。ジェイムズがしゃがんで背中を向けてやるとうれしそうに跳びのり、背中に頰を押しつけてふうとため息をつくと、そのまま目を閉じてしまった。

ファネルケーキ、ソフトクリーム、ホットドッグの屋台を通りすぎると、前方から大きな声が聞こえてきた。ヒステリックな叫び声に、ジェイムズはなにごとかと足をとめた。

「まただ。ほら、先週《採れたてを食べよう》フェスティバルで見かけたあのデモ隊だよ。リーダーの金切り声に聞きおぼえがある」

「急いで通りすぎましょう」ジェーンは落ち着いた声で答えた。

かなりの騒音だったが、エリオットは目を覚ます気配がなかった。ジェイムズはちらりとデモ隊の絵入りのプラカードに目をやって、この場を離れるまで息子が眠っていてくれるよう真剣に祈った。

残念なことに、どうやら最悪のタイミングで通りかかってしまったようだ。髪をツンツンと立て、いくつもフープ・ピアスをぶら下げた殺気だった若い女性が、ジェイムズにぶつかりそうな勢いでこちらにやってきた。ジェイムズが慌てて跳びのくと、女性はホットドッグの屋台にかわいらしい豚のぬいぐるみを投げつけた。

店主や行列している客たちは地面に落ちたぬいぐるみを呆然と眺めていた。店主は驚いているのはもちろんだが、デモ隊に怯えてもいるようだ。ジェイムズは早くこの場を逃げだそうと、客をとりかこむデモ隊を避けるように進んだが、両者が入りみだれて、どちらに逃げればいいのかわからなくなってしまった。そのうち店主が気の毒になってきた。正義の怒りで目をぎらぎらさせたリーダーが、もうひとつぬいぐるみを投げつけるよう仲間に命じたのだ。同情するとはいえ、ジェイムズとしてはひどい暴力沙汰になるのではないかと気が気ではなく、家族の身の安全を守れるかどうか自信はなかった。助けを求めてあたりを見まわしたが、思いもかけない事態にだれも動けずにいるようだ。

ジェーンの肩越しにふりかえると、怖い顔をした警備員やたくましい消防士たちがこちらに向かっているのが見えた。

「助かった」ジェイムズは思わずつぶやき、背中のエリオットを背負いなおした。

仲間からティアと呼ばれていたデモ隊リーダーも、大勢が突進してくるのに気づいたようだ。垂れ幕を持っている男になにごとかささやき、ちらりとジェイムズのほうを見た。その瞬間、みるみるうちに顔が真っ赤になった。恐怖に目を見開き、ぽかんと口を開けている。手に持っていた垂れ幕をぽとりと落とすと、驚くほどの速さでその場から逃げだした。リーダーがいなくなったせいで、デモ隊もあれよあれよという間に消えてしまった。警備員たちが到着したころには、なにも起きなかったかのように静かになっていた。

「ティアは消防士たちに捕まるのがいやだったのね」左手隅のボランティア用出口からほうほうの体《てい》で逃げだしたあとで、ジェーンがつぶやいた。「まあ、それは当然だろうけど。それにしても、デモ隊はなんだか痛々しいわね。ホットドッグの屋台のひと、エプロンの下にボランティア消防士のTシャツを着てたの、気づいた？」

ジェイムズは気づかなかったが、それについてゆっくり考える時間はなかった。エリオットが目を覚ましたのだ。だがチャイルドシートに座らせるあいだは起きていたが、疲れきっているらしく、ゆっくりと駐車場をでるころにはまた眠っていた。

「基本的な主張についてはデモ隊に賛成なの」ハイウェイに入るとジェーンが口を開いた。「ただ、やり方が過激すぎるとは思うけど」

「いまどきはマスコミが極端なものにしか目を向けないから、注目されるにはああいう手段をとるしかないと思いこんでいるのかもしれないね。でも、手法には疑問が残るけど、あの情熱には感心するよ。今日も先週末も、個人的な損得は抜きで、言葉をしゃべれない動物を助けるために活動しているわけだよね。その点は尊敬に値すると思っている」急カーブにさしかかったので、ジェイムズはスピードを落とした。「そのうち、あれほど攻撃的じゃないやり方を見つけられるんじゃないかな」

ジェーンは眉をあげた。

「その顔は怪しいわね。なにか、思いついたことがあるんでしょ」

ジェイムズはそれを聞いて笑った。

「スター紙の新しいオーナーが、喜んでティアにインタビューするだろうと思っただけだよ。今日、なにがあったのかを知らせたら、マーフィーなら日が暮れる前に会場に飛んできて、大騒ぎの痕跡を探して鼻をクンクンさせるはずだから」

「見出しが目に浮かぶような気がする。消防士に追われる逃亡者」ジェーンはくすくす笑った。「そんな記事になったら、それこそデモ隊は本望なんでしょうね」手を伸ばしてジェイムズの腕をぎゅっと握った。「本当に優しいのね、ヘンリー教授」

「それをいうなら、その助手席に、これほど頭の切れる美人が座ってくれたのは初めてだよ」

ジェーンはジェイムズの二の腕から肩に指を走らせ、首筋をぎゅっと揉んだ。ジェイムズはパンパンに張った首がほぐれて、気持ちよさについため息をついた。

「最後はたしかに大騒ぎに巻きこまれそうになったけど、それでも最高の休日だったわ。本当に、箱に入れておきたいくらい——大切にしまっておいて、ときどきそっと開けて眺めるの」ジェーンは真っ赤になった。「いやだ、なんだか子どもみたいね」

「そんなことはないよ。やっぱり女性はすごいなあと感心していたくらい。自分に必要なものがよくわかっているんだね」

「たしかに、それはそうかもね」ジェーンは笑顔で答えた。「これほど幸せな気分になれるのは、この懐かしのおんぼろ車で、ふたりのヘンリー家の男性と一緒にいるときだけ。それ以上、必要なものなんてなにかある？」

この言葉を聞いたとき、どういうわけかふと結婚指輪が頭に浮かび、これまで考えてみたこともなかっただけに、ジェイムズは自分でも驚いた。だが一度思いついてしまうと、もしかしたらジェーンは結婚指輪を望んでいるのかもしれないと、ついついジェーンの左手に目がいってしまった。


日曜の礼拝のあと、ジェーンとエリオットはハリソンバーグに帰っていった。ふたりは小さな家庭菜園を作る計画を立てていて、来週末にはジェイムズに披露するとはりきっていた。

「平日に特になにもなければ、また土曜に行くよ」ジェイムズは別れのキスをしながら、それとなくほのめかしてみた。

「あら、いつでも大歓迎よ」ジェーンはふざけたようにウィンクした。

ジェーンの車が見えなくなると、ジェイムズは腕時計に目をやった。急いで父親の家まで車を飛ばせば、ミラ自慢の日曜のブランチになんとか間にあいそうだ。ミラはファースト・

パプティスト教会の礼拝で会った知人をブランチに招待することが多いので、それにそなえていつでもたっぷりと料理を用意している。幸運なのは、ジェイムズが通うメソジスト教会の礼拝のほうが三十分早く終わるので、ジェイムズはその気になれば義理の母が用意したごちそうに間にあうように駆けつけることができるのだ。

生まれ育った家に向かって、くねくねと曲がりくねった道を愛車ブロンコで飛ばした。そのあいだ頭に浮かんだのは、ベーコンとソーセージが山盛りのフライパン、バターをたっぷり使ったビスケット、ミラ自慢の甘くとろけるようなフロスティングを塗った焼きたて熱々のシナモンロールだった。

「しまった！」ジェイムズはバックミラーに映る自分に向かって叫んだ。「ジェーンと一緒だったせいで、大事なＣＤを聴くのを忘れてた！　これでもうふた晩も聴いてないじゃないか。無性に甘いものが食べたくなったのはそのせいだな」ミラの茄子紺色のミニバンのとなりに車を駐めた。どうやらほかに客はいないようだ。「明日には、またハーモニーのところに予約を入れよう」

きれいに改装したキッチンはうっとりするような香りに満ちていて、ミラはオーブンから焼きあがったケーキをだそうとしていた。勝手口のドアをノックして、勝手になかに入った。

「あら！　いらっしゃい！」ミラはケーキをコンロの上に置き、ジェイムズをぎゅっと抱きしめた。ほかほかの鍋つかみの温かさのおかげで、なんとなく気持ちが落ち着いた。「今日はウィローを誘ったんだけど、断わられちゃってさ。フランシスと一緒に映画を観にいくんだって——フランシスがずっと楽しみにしてた、人殺しロボットの話らしいよ」

「お腹が破裂しそうな量だね」ジェイムズはカリカリのベーコンとソーセージが山盛りの皿を見た。「でも、ウィローの分があってよかった。久しぶりにミラの料理が食べたくなって」

ミラはそれを聞いて顔をほころばせた。

「うれしいこと、いってくれるね。あんたのパパはベーコンが大好物だからさ。肉がたっぷりないと、ご機嫌斜めなんだよ」ミラはフライパンのスクランブルエッグにコショウを振り、コーヒーメーカーを指さした。「ほら、淹れたてだよ。それを飲みながら、かわいい孫息子は最近どんなものを食べてるのか、教えてよ」

ジェイムズは食器棚からマグをだした。ふと見ると、縁が欠けている。とはいえ、この家のカップで欠けていないものはほとんどないし、皿も似たようなものだった。父親はキッチンと二階の寝室とバスルームを改装したが、それ以上を期待するのは酷というものだろう。

ミラは愛用の調理道具だけは持参したが、あとはボロボロとしかいいようのない食器類、二十年前のカーテン、古めかしいテレビのままでなんの不満もないようだった。クローゼットに服をかけ、食器棚に使いこんだ鍋をいくつかしまい、壁に写真を飾っただけだ。一番多いのは、再婚してすぐに眠ったまま亡くなった、溺愛していたチャールズ皇太子という名前のウェルシュ・コーギーの写真だが、ミラの子ども時代の写真もいくつかあった。そういうわけで、この家は父親のふたりの妻双方の人柄がしのばれる温かな雰囲気に満ちていて、訪れた者はのんびりとくつろいだ気分になれるのだ。

「エリオットはまだベジタリアンの食事を続けているよ」ジェイムズはコーヒーをそそぎながら答えた。「お弁当に野菜や果物が増えたことが不満みたいだけど、ちゃんと食べているみたいだね」

「意志が強いのは、ヘンリー家の血筋だよ」ミラはフライパンで熱々に焼いたベーコン、卵、チーズのサンドウィッチを皿に載せてくれた。焼きたてのケーキも勧められたが、泣く泣く断わった。上に載ったシナモンのクランブルを見ると、口からよだれが垂れそうになった。

「まだ、甘いものを控えてるのかい？」

「まあね。どれくらい意味があるかはわからないけど、明日は体重を量る予定だから、がまんしておこうと思って」ジェイムズは自分の皿をキッチンテーブルに置いた。「パパは？　また納屋にこもってるの？」

「あたり！　最近は新しいシリーズを始めてさ。仕事をしてる女性を描いてるんだって」ミラは料理をたっぷりと載せた皿を父親の席に置いた。「もちろん、描きおわるまでは見せてくれないんだけどね。どなられるの覚悟で、お昼がとっくにできていて、どんどん冷めちゃうよって伝えてきてよ」

例によって、父親の返事はそっけないものだった。納屋のドアをノックすると、返ってきたのはたったひと言だけだ。

「失せろ！」

「ねえ、パパ。ミラが王さまみたいにぜいたくなお昼を用意してくれてるよ！」

「あたりまえだ」父親の声はぼやいているようでいて、実はうきうきしているのが伝わってきた。「こいつを終わらせたいんだが、まだちょっと時間がかかるな」しばらく間が空いて、どなり声が聞こえた。「ちくしょう！」

ジェイムズはつい笑ってしまった。

「ねえ、なかに入れてよ。入れてくれないなら、ここでずっとおしゃべりして邪魔をするけど……」

かなり待たされたあと、ぶつぶつとぼやきながらドアの南京錠を開ける音がした。ドアから父親の顔がのぞいたが、ジェイムズをなかに入れるつもりはないようだ。

「おまえに好き放題やらせるつもりはないぞ。どれだけしつこく脅してもな！」ひとつため息をつくと、ようやく観念した様子で、神聖なる避難所にジェイムズを通した。「入れ。おれの昼が冷めたらかなわん」

父親は鳥を描いた絵で画家としてデビューした。その後、題材に選んだのはさまざまな職業のひとの手で、続いて少年（かなりの数にのぼるが、すべてエリオットそっくりだった）を描いたが、とうとうワシントンDCの画廊オーナー（たまたまリンディの母親でもある）に新しい題材に挑戦してほしいと懇願されたらしい。

父親はそれに素直に従い、ここ数カ月は新しいシリーズに夢中になっていた。まずはダイナー〈ドリーズ〉から始め、ウェイトレスはもちろん、店主のドリーもじっくりと観察し、重いお盆を運ぶ女性を描いた。その後〈フード・ライオン〉のレジ係、建設作業員、幼児を背負い、片手でドッグフードの大袋を持つ母親と続いた。どの女性も目下の仕事に集中していて、表情はまさに光りかがやいている。絵の上に切りとられたその瞬間、全員がみごとなまでにパワフルで、飾り気のない美しさに満ちていた。

「いつ観てもすごい才能だね」ジェイムズは絵を前にすると、ついつい本音が口から飛びだしてしまった。「まるで魔法みたいだ」

そのとき、頭にいい考えが浮かんだ。

「ねえ、パパにお願いしたい仕事があるんだけど」

父親は鼻で笑った。

「おまえなんかに、おれが雇えると思ってんのか？」

わざと憎まれ口を叩いているだけだとわかっているので、ジェイムズは父親の骨ばった肩に手をまわした。

「今日の午後、近くのホームセンターまでつきあってほしいんだ」

「お安いご用だ。そのことはキッチンで相談するか。皿いっぱいのベーコンを腹に詰めこまんと、もうなにも考えられん」

水漏れしている主寝室のバスルームとキッチンの蛇口を交換する工具を手に入れ、ジェイムズはスキップしたいような気分で帰宅した。父親があの家の大改装を始めるまで、自分の手でなにかを修理するなど考えたこともなかったが、教えてもらうと意外なほど楽しい作業だった。タイム・ライフ社の人気シリーズ『DIY』誌をぱらぱらとめくり、基本の配管工事のページを開く。落ち着いてやればちゃんとできると自分にいいきかせた。

　まずはバスルームの蛇口に挑戦することにした。きちんと水をとめる方法を頭に叩きこむところから始まって、なんとか無事に蛇口を交換し、カウンターや鏡や床に飛びちった水滴の掃除を終えたころには、空はすでに茜色に染まっていた。

　キッチンの蛇口に再挑戦する前に、夕食を済ませてしまうことにした。白ワインとローズマリーでマリネした鶏のローストとつけあわせのライ豆を温める。まな板の横のふきんの上に工具を載せようとして、ふと裏庭に面した窓に目をやった。

　テラスの向こうには巨大なバラの茂みがあり、その真ん中に立てた背の高い柱の上に黄色の巣箱が載せてあった。その巣箱になにかがぶら下がっている。黒っぽいものが貼ってある紙切れが、そよ風に吹かれてひらひらしていた。

　ふきんの上にスパナを置き、バラの茂みに向かって急いだ。巣箱に貼ってある紙をはがし、なにが書いてあるのかと夕映えの陽射しにかざすと、ありふれたブロック体でたった一文だけ書いてあった。よくよく目を凝らしたが、書いてある文字は見まちがいではなかった。

「あの女に近づくな」

　紙切れに貼ってあったのは一本の黒い羽根だった。

8章

ハラペーニョ味のポテトチップス

{ 糖分 1g }

ジェイムズはしばらくその場から動けなかった。暗くなってきた庭の木立へと無理やり視線を移しても、やはり脅迫状に戻ってってしまう。ひと文字ひと文字が目を焼きつくさんばかりで、見えない怪物の力で石像に変えられてしまったような気がした。なにかが顔をかすめたので驚いて見上げると、こうもりの群れが茜色の空を飛びまわっている。その素早い動きと甲高い鳴き声のおかげで、ようやく身体が動くようになった。

キッチンに跳びこんで大きなフリーザーバッグに脅迫状をしまい、カウンターに置いてある車の鍵をつかんでブロンコに跳びのった。怒りと恐怖に任せて曲がりくねった山道を飛ばしたが、長いつきあいのブロンコはさすが頼りになる相棒だった。

赤信号でとまったときに助手席に置いた脅迫状をちらりと見た。黒々とよく目立つ文字が、こちらに向かって声にださずに叫んでいるようだ。黒い羽根はにたりと気味の悪い笑みを浮かべているようにも見える。

二度と見る気にはなれなかった。

十分もかからずに町はずれにあるルーシーの家に着いた。未舗装のドライブウェイにもうもうと土ぼこりを舞いあげながら車を駐め、ギアをPに入れた。三匹のジャーマン・シェパードが裏庭の門から跳びだしてきて、ブロンコのまわりをうろうろしている。前からジェイムズのことを知っているし、車にも見覚えがあるはずなのに、威嚇するのをおもしろがっているのか、渓谷中を叩きおこす勢いで盛大に吠えはじめた。

ジェイムズは窓をすこしだけ下げた。

「ボノ、ボンジョビ、ベネター！　ぼくだよ！」

三匹は主人の元恋人の声を聞いてもどこ吹く風だった。黒い目をぎらぎらと光らせ、大きな口を開けて鋭い牙をむきだしている。

「なあ、頼むよ。そんな怖い顔をしてみせたって無駄だからね！　犬用ビスケットをもらって、太っちょの猫みたいにゴロゴロいってるの、百万回くらい見てるんだ。さあ、いい子だから、車から降ろしてくれ」

三匹にそんなつもりなどまったくないようだった。楽しそうに尻尾を振り、近所迷惑だと心配になるほど吠えながら、ブロンコのまわりをぐるぐるとまわっている。ようやく、ルーシーが玄関のドアを開けてくれた。ちらりとしか見えなかったが、なんとルーシーはセクシーなネグリジェを着ていた。だが、すぐに姿を消し、見慣れた格好で戻ってきた。

スウェットパンツとタンクトップといういつもどおりのルーシーが、犬を追いはらいながら裸足のまま小走りでやってきた。顔に迷惑だと書いてある。

そのとき、家の裏に二台の車が仲よく駐めてあるのに気づいた。ルーシーの泥だらけのジープとそれに負けず劣らず汚いカマロだ。

「ごめん」ルーシーがつまらなそうな犬たちを裏庭に閉じこめたあとで、ジェイムズはようやく切りだした。「お客さんが来ているとは思わなくて……」言葉に詰まる。「実は、大変なことになって……最初に浮かんだのがルーシーだったんだ」そのままルーシーをじっと見つめた。不満そうだった表情が、心配そうに曇っている。

「なにがあったの、ジェイムズ？」ルーシーは車から降りるようにうながした。

ジェイムズは脅迫状を渡し、ジェーンの家にも立てつづけに鳥の死骸が置かれていたことを話した。

ルーシーはフリーザーバッグを顔に近づけた。

「ただの偶然とは思えないわね。ジェーンの家の玄関にカラスの死骸が打ちつけてあって、今度はカラスの羽根が脅迫状に貼ってある」かぶりを振った。「いやな予感がするの。両方の家に侵入して、カラスの死骸や脅迫状を残すなんて。ただの悪ふざけにしては悪質すぎる」

「どうすればいいと思う？」ついつい哀れな声がでてしまった。「自分のことはどうでもいいんだ。でも、ジェーンやエリオットのことが心配で。警官があっちの家をパトロールしてくれてるはずなんだけどさ。ぼくがこんな脅迫状を受けとったということは、犯人はジェーンのあとをつけて、ぼくの家をつきとめたということだよね。つまり、ジェーンは頭のおかしいストーカーにつきまとわれてるんだ！」

ルーシーは脅迫状をじっと見つめた。

「サリーに見せて、彼の意見も聞いてみたい」

どうやらカマロの持ち主はサリーのようだ。それにしても、あんなネグリジェ姿だったということは、もうふたりはつきあっているのだろう。これほど早く進展するとは想像もしていなかった。

バリー・ホワイトの甘い歌声をBGMに、シルクのボクサーショーツ姿のサリーがソファでくつろいでいるものと覚悟して、ジェイムズはおそるおそる家に足を踏みいれた。ところが意外や意外、かっこいい保安官代理はキッチンのテーブルで雑誌をめくりながらバドワイザーを飲んでいた。そのうえ、ルーシーとおなじようなスウェットパンツにTシャツ姿だ。

サリーはジェイムズに気づくと、笑顔で立ちあがった。

「やあ、ご無沙汰！　元気そうだな」サリーは勢いよく握手した。

「本当に久しぶりだね」サリーの男らしい顎、広い肩幅、木の幹のようにたくましい脚についつい見とれてしまった。まるで石灰岩の彫像のようだ。すごく頭の回転が速いという印象はないが、ハンサムな好青年だった。昔はどうも好きになれないと感じていたが、いまになってみるとただのひがみだったとわかる。

「クインシーズ・ギャップにようこそ、サリー。せっかくの夜を邪魔して申し訳ないんだけど、緊急事態なんだ」ルーシーに顔を向ける。「ぼくたち全員、なにかあるとついルーシーを頼っちゃうんだよね」

ルーシーはうれしそうな笑顔になって、テーブルに脅迫状を置いた。いかにも警官という口調で詳しい事情を説明し、サリーの意見を尋ねる。

「元奥さんは、学生が犯人だと思っているのかな？」とサリー。

ジェイムズは肩をすくめた。

「あのときは、てっきりそうだと思ったんだ。でも、こんな脅迫状が届いたとなると……成績が悪いのを逆恨みした女子大生が、わざわざぼくのあとをつけるとは思えないし」

「ふたりに共通の敵はいる？」ルーシーはカラスの羽根をなぞるように指を動かした。「たぶん、鳥やアウトドアが好きなタイプ」

もっともな質問だという顔でサリーもうなずき、たった三歩でキッチンを横切ると、冷蔵庫から二本のバドワイザーをだした。キャップを開けて一本をジェイムズに、もう一本をルーシーに差しだす。しかし、真剣な表情で脅迫状に見入っているルーシーは顔もあげなかった。

「ここだけの話、思いあたるのはマーフィーくらいかな」ジェイムズは顔が真っ赤になるのがわかった。「マーフィーはクィンシーズ・ギャップに戻ってきて、ぼくとよりを戻すつもりだったんじゃないかと思うんだ。だからぼくに息子がいて、元妻と楽しくやっているのを知ったときは、おもしろくなかったかもしれない」

ルーシーが気を悪くするのではないかとどきどきしたが、無表情のままだった。いまの説明は、ルーシーがつい最近まで望んでいたことでもあるのだ。黙ったままのルーシーのかわりに、サリーがビールをひと口飲んで答えた。

「筋は通ってるな。きみたちふたりがよろしくやっているのを苦々しく感じてるなら、マーフィーがこれを書いたのかもしれない」

「でも、マーフィーがハリソンバーグまで車を飛ばして、カラスの死骸を玄関に打ちつけたとは思えないんだ。いくらなんでも、そんなひどいことをするはずは――」

ジェイムズの言葉が終わるか終わらないかのうちに、ルーシーがテーブルをバシンと叩いた。ジェイムズとサリーは驚いて目を丸くした。

「ジェイムズとつきあっていたときに、こっそりわたしたちの小説を書いていたのを忘れたの？　マーフィーだったら、どんなことだってやりかねないわよ！」

厳しい一喝に返す言葉もなく、ジェイムズは床のリノリウムの模様をじっと見つめた。

大声をあげたことを謝るつもりか、ルーシーはジェイムズの腕に軽く触れた。

「とにかく、今日の夕方、マーフィーがなにをしていたかは調べてみるべきよ。もちろん非公式にだけど。明日の朝、〈甘い天国〉にコーヒーとクロワッサンを買いに来るだろうから、それとなく訊いてみる」そこで眉をひそめた。「毎日炭水化物を食べてるくせに、トマトの支柱より細っこいなんて、ホント人生は不公平よね」

「男はガリガリの女性なんて苦手だよ」サリーがなぐさめるようにルーシーの腰に手をまわした。「しっかりと中身の詰まった柔らかな身体が好きなんだ。ルーシー、ちょうどきみのように」

ルーシーは恥ずかしそうに頬を染め、サリーの手をとって掌にキスをした。ふたりがいちゃいちゃしているあいだ、ジェイムズはまた床のダイヤ柄に見とれていた。だが、しまいにはいたたまれなくなって、ひとつ咳払いをした。

「そろそろ失礼するよ。ふたりとも、相談に乗ってくれてありがとう」脅迫状を指さす。「これはあずけるべきだよね?」

ルーシーがうなずき、玄関まで送ってくれた。

「マーフィーが今日の午後どこにいたのか、うそをついているような気がしたら、ちらりと見せて反応を探ってやるわ」ルーシーは青い瞳をきらりと光らせた。その様子は驚くほどさっきの犬たちにそっくりだった。

「マーフィーに仕返ししてやりたいのはわかるよ」ジェイムズは穏やかに答えた。「そのくらいは当然だと思うし、あれで大金持ちの売れっ子作家になったんだからね。でも、それはそれとして、こんなことをするとはとても信じられないんだ」

ふたりはポーチで立ちどまり、ドライブウェイを照らす外灯のまわりを飛びまわる蛾を見つめた。ジェイムズは以前にもおなじようなことがあったと懐かしくなった。友だちだったころも、恋人になってからも、よくここで立ちどまったものだった。最近はどうしても気まずい思いをぬぐいきれなかったが、ジェイムズとしては知りあったころのような気楽な関係に戻りたいと思っていた。ちらりとルーシーに目をやって、どう切りだそうかと頭を悩ませた。

「本当によかったね」これでは沈黙があまりに長すぎるかと、慌てて口を開いた。「その、サリーのこと。まだ始まったばかりなんだろうけど、ふたりの相性はぴったりだという感じがする。だって、すでに長年つきあっているみたいな雰囲気だよ」ひとつ咳払いをして、続けた。「なにしろ、大事な親友のひとりだからね。ルーシーには幸せになってもらいたいんだ。今夜は話を聞いてくれて助かったよ」

ルーシーに笑顔で手を振り、ブロンコに向かって歩きだした。

「ジェイムズ！」ルーシーが背後から声をかけた。「明日、ハリソンバーグの警察にも連絡してみる。おなじ犯人がこちらでもいやがらせを始めたと知れば、しばらく家のパトロールを続けてくれるはずよ」ルーシーは腰に両手をあて、思いきり怖い顔をしてみせた。「そのくらいしか、してあげられることはないんだけど。わたしもジェイムズの家は気をつけておく。とにかく、大切な親友を困らせているやつはただじゃ置かないわ」

こうしてふたりの友情になにも変わりはないと確認できた。

ジェイムズは白く輝く満月に照らされながら、家まで車を走らせた。無数のまたたく星を従え、惑星のような明るさで空に浮かぶ月は、まるでシェナンドア渓谷に向かってにっこりと笑っているように見える。

帰宅するとビールを手にテラスにでて、プラスティックのリクライニングチェアにゆったりと身体を伸ばした。コオロギなどの涼やかな虫の鳴き声に耳を澄ませていると、ぐうと大きな音でお腹が鳴った。そういえば食事をするのを忘れていた。だがもう時間も遅いし、疲れきっていたので、ハラペーニョ味のプリングルスで腹の虫をごまかすことにした。それでもこうしてのんびり過ごしていると、徐々に不安は姿を消していった。ため息をついて椅子に身を沈めると、まぶたが重くなってくる。ふと気づくと、いつのまにかポテトチップスが空になっていた。

「明日の体重測定には期待できないな」

ジェイムズはとぼとぼとベッドに向かった。せっかく限界ぎりぎりまでがまんしてたのに、あの脅迫状のせいで、ジャンクフードの一気食いに手をだしてしまった。とはいえ、甘いものを山ほどたいらげたわけではないと自分をなぐさめているうち、すとんと眠りに落ちた。

翌朝、ジェイムズはTシャツとパジャマのズボンを脱ぎすてると、体重計に跳びのる覚悟を決めた。本音をいえば、体重測定など忘れたふりをして一週間を始めたい。だが、目を覚ましたらバスルームに直行し、シャワーの栓をひねっておいて、あたふたとパジャマを脱ぐ。それから鏡の前で大きなお腹のぜい肉をつかみ、身体の向きを変えながらでっぱり具合に変化があるかを確認するのが毎朝お決まりの儀式なので、いまさらそれを変えるのも落ち着かなかった。

まずはおへそまわりの肉をつまみ、それから脇腹の肉を両手でつかんで上下に動かす。最後に大きく息を吸って、突きでたお腹を十センチ近くへこませてみた。

ジェイムズは鏡に向かってつぶやいた。

「あまり変化はないような気がする。体重はどうだろう」

これもいつもの手順だったが、いったん息を大きく吸いこんでから力いっぱい吐きだす。そうして、まちがいなく肺が空っぽになったと確信してから、ガラス製の体重計に跳びのった。真ん中に立っているかを確認し、銀色の窓にデジタル数字が現われるのを息を殺して待つ。ようやく数字が表示されたが、裏切られたような思いで勢いよく息を吸いこんだ。

「一キロも減ってない！」つい体重計にやつあたりしてしまった。「甘いものをあきらめたのに、全然やせないなんてずるいじゃないか！」

いらいらしながらシャンプーし、タオルでごしごしと肌をこすった。毎朝のことながら、うれしい数字を見せてくれない自分の身体に意地悪をしたい気分だった。

大きなマグに入れたクリームたっぷりのコーヒーに全粒粉ワッフルとイチゴという美味しい朝食のおかげで、図書館に着いたころにはすこし気分がよくなっていた。マウンテンバイクで通勤している双子がすさまじい速度で駐車場に跳びこんできて、ジェイムズは思わず口もとをほころばせた。どちらが先に返却ポストに着くかを競争しているようだ。

「負けた！」フランシスが叫んだ。「今日はまたやけに速かったな！　どうせ、早くパソコンでファーンの研修を始めたいだけだろ？」

スコットは真っ赤になって、兄の腕を殴る真似をした。

「うるさい！」自転車にチェーンをかけ、階段を駆けあがってジェイムズにあいさつした。

「ワックスマン夫人の退職パーティの準備はバッチリですよ、教授」

「料理はミラとウィローに任せることにしたので、パンチを作って飾りつけするだけなんです」三人で図書館のなかに入りながら、フランシスが続けた。「お酒入りのパンチも作りますか、教授？」

「もちろん、そうしようよ。ところで、夫人に最高のプレゼントを思いついたんだ。うちの父なら、ふたりの自転車競争に負けないくらいのスピードで絵を描いてくれるんじゃないかと思って」ジェイムズは答えた。「おや、ファーンも来たね。研修は今日までだったっけ。優秀だから、教えるのは楽だったろう？」

「楽すぎるくらいです。もっとゆっくり教えたかったのに」スコットはつぶやき、丈の長いバラ色のサンドレスをなびかせて、セキュリティ・ゲートを颯爽と入ってきたファーンに微笑みかけた。ファーンもすぐにそれに気づき、スコットにだけとびきりの笑顔を向けてから、ジェイムズとフランシスにあいさつした。

四人はてきぱきと開館の準備をした。九時になるとぽつぽつとひとがやってきて、午前中いっぱい図書館は静かなざわめきに満たされた。ところがもうすぐお昼というころになって、珍しく貸し出しカウンターのほうからけんかをしているような声が聞こえてきた。そのときジェイムズは、年配のウィザーズ夫人に苦手なパソコンの使い方を教えていた。夫人はぬいぐるみのコレクションを売る決心をしたので、オークションサイトでの相場を知りたいそうだった。オークションサイトを開くと、夫人がぬいぐるみの種類をびっしり書きこんだノートをとりだしたので、ジェイムズは真っ青になった。

「すべての価格を確認するんですか？」答えを聞きたくないと内心つぶやきながら尋ねた。

「ずいぶんとたくさんお持ちなんですね」

「そうね、千個くらいあるかしら」夫人は自慢そうにノートを叩いた。「娘にちょっとした旅行をプレゼントしてやりたいの。五年前に孫が生まれたんだけど、それ以来娘はどこにもでかけていないのよ。子どもを置いていくのは気が進まないんでしょうけど、わたしがプレゼントしたとなれば、無理やりでも行くしかありませんからね」そこで口をすぼめた。「わたしにいわせれば、最近は親が過保護すぎるわね。わたしたちのころは、子育てしながら自分の生活も上手に両立させたものよ。わたしはブリッジやテニスを楽しみ、ガーデニング・クラブの会長も務めていたわ。娘もそろそろ子離れするべきだから、背中を押してやるつもり！」

オークションサイトの使い方を説明するだけで何時間もかかりそうなので、ジェイムズはなにか揉めている様子だから確認してくるとひと言断わり、慌てて貸し出しカウンターに向かった。

驚いたことに、スコットとにらみあっていたのはマーフィーとティアだった。当然、この場にそぐわぬ大声をあげているのはティアだ。静かにしてくれというスコットの頼みなどこ吹く風で、左の腰に手をあて、右手は忙しく動かしながら、なにかをまくしたてている。マーフィーは距離をおいているつもりなのか、すこし離れたところに立っているが、目はらんらんと輝いていた。

「失礼！」ジェイムズはティアの横に立った。なんとか笑顔を浮かべて、大げさに声を潜めてみせた。「なにかお困りですか？」

ティアは黒い瞳でジェイムズを見上げたと思うと、ぷいと視線をそらせてマーフィーに顔を向けた。

「やっぱり図書館なんて話にならない！　グロサリーに行きましょ！」吐きすてるようにいうと、ロビーに跳びだしていった。

マーフィーは驚いたような謎めいた笑顔でジェイムズを見た。

「あら、ずいぶん女性の扱いがうまいのね、ヘンリー教授。ティアは罵るのも忘れて、あなたから逃げることしか考えられなかったみたい。どうしてかしら？」

ジェイムズは肩をすくめた。

「さあ、どうしてだろうね」マーフィーの底なしの好奇心を満足させるより、がっくりと肩を落としているスコットを元気づけるほうが先決だった。「ティアはなんだって？」

スコットは小さなポスターをカウンターに広げた。

「掲示板の地域の出来事コーナーに、このポスターを貼ってくれと頼まれたんです。小さな子どもが怖がるかもしれないのでと、やんわりとお断わりしたんですが、それが気に入らなかったみたいで。礼儀からなにから、すべて頭から吹き飛びそうになりましたよ。相手にするなと自分にいいきかせていたんですが、ファシストとか、殺人の共犯者なんていわれたら、頭にきちゃって」頬を赤らめながら髪をかきあげ、小さくため息をついた。「ランチはミートボールのサンドウィッチだったなんて、いわなければよかったな」

ジェイムズはなぐさめるように肩に手を置き、身を乗りだして問題のポスターを見た。仰向けに倒れている豚のイラストが描かれていた。

「断わって正解だったよ、スコット。子どもどころか、大人だって怖がるひとがいると思う。正しい判断だったね」

マーフィーはティアを追いかけていくものと思ったら、腕を組んでまじまじとジェイムズを見つめた。

「でも、あなたの息子は最近ベジタリアンになったんじゃなかった？」

「まあね。でも……」エリオットはべつに精神的にショックを受けたり、傷ついたりしてそう決心したわけではないと反論しようとしたが、それは必ずしも真実ではないと思いなおした。フェイ・サンレイの言葉に影響され、ペパロニのピザを楽しむ夕食の席から逃げだしたのだ。かわりにジェイムズは軽い口調で尋ねた。「最近はこうやって取材するわけ？　ウィリーが新作のアイスクリームやカプチーノでどんな材料を使っているか、それを調べるほうが好きなんだと思っていたよ」

「もちろん、そうよ」マーフィーはうなずいた。「でも、ティアはああ見えてなかなか抜け目がないのよ。このポスターを町中に貼るのに協力したら、どんな質問でも答えるといわれてるの。こうして一緒に町をまわりながらいろいろと尋ねてはいるけど、ポスターを貼りおわるまで、突っこんだ質問はできないってわけ。わたしの車で来ているから、わたしが戻るまでおとなしく待っているはずだけどね」マーフィーはロビーの方向をちらりと見ると、ポスターを受けとり、ジェイムズに向かって人さし指を振った。「ティアがジェイムズの顔を見たとたん、クィンシーズ・ギャップの殺人鬼かなにかにでくわしたように慌てて逃げだした理由も、ちゃんと探りだしてあげるから心配いらないわよ」

ジェイムズは思わずしかめ面になった。

「たぶんきみの本を読みすぎて、ぼくに近づくと殺されると心配しているんじゃない？」

「ジェイムズならたとえ死体になっても、どこかひとを惹きつける魅力があるかもね」マーフィーが微笑みながら親しげに頬に触れるので、ジェイムズは内心落ち着かなかった。「どういうわけか、妙にセクシーなのよね」


これまでの二回とちがって、ジェイムズは〈心穏やかな日々〉に向かうのも気が進まなかった。図書館でマーフィーとばったりでくわしたせいで、気分がくさくさしてどうしようもなかったのだ。ふと駐車場のとなりを見ると、ぴかぴかに光るモスグリーンのSUVの新車が駐まっている。なめし革のおしゃれな内装、《野菜に夢中》という変わったナンバープレートに思わず見とれた。

「やあ！」レノンがこちらにやってきた。「おれの車、気に入った？　フォード・エスケープのハイブリッド車だぜ。リッター十三キロ近く走るし、超クリーンな排ガスで、どこをとっても地球に優しいんだ」

「すごいね」裾が擦りきれたジーンズ、色褪せたボブ・マーリーのTシャツ、ボロボロのサンダルを見ながら、深く考えずに尋ねた。「目の玉が飛びでるような値段なんだろうな」

「まあね。太っ腹な親戚がポンと大金をくれたんで、思いきって買っちゃったんだ。たまにはそういうことがないとね。明日バスに轢かれるかもしれないんだから、好きなことをしなきゃ」レノンは無邪気に笑い、車のリアハッチにつけた自転車のキャリアを指さした。「マウンテンバイクは好き？　ここらは最高の専用コースがたくさんあるから、教えてあげようか？　一番のお気に入りは、ブランディワイン湖のコースなんだ。八十キロ以上、ロックンロールしっぱなし。どんなにストレスたまりまくりでも、あそこに行けばゴキゲンになれるんだ。二台持ってるし、いますぐ用意できるよ！　試してみる？」とドレッドヘアを顔から払った。

大きなお腹を揺らして木立のなかをよたよたと走る自分の姿を想像し、ジェイムズは思わず笑ってしまった。

「ぼくは車のほうが向いているような気がするな。でもおなじ図書館で働いているスコットとフランシスは、マウンテンバイクで通勤しているんだ。ふたりを紹介するから、そのうち遊びに来てよ。年齢も近いし、知らないコースを教えてもらえば、絶対に大喜びするはずだよ」腕時計に目をやると、予約の時間にはまだ余裕があった。もうすこしこの陽気な青年とたわいのないおしゃべりを楽しみたい気分だったので、ピンクと紫の治療院を指さした。

「スカイもマウンテンバイクが好きなの？」

レノンはかぶりを振った。

「いや、スカイはランニング派なんだ。走ってると、なにも目に入らなくなるんだってさ。自分とiPod、あとは目の前のどこまでも続く道だけ。それもかっこいいけど、男だったら、やっぱり風を切って林のなかを走りぬけたいよな」レノンはたこのできた手を振りまわした。「とにかく、今日の仕事はもう終わり！　酸素たっぷりの新鮮な空気を楽しむ時間だ！　じゃあ、またな！」

なんだか間抜けになったような気分で、レノンの真似をして万国共通のピース・サインであいさつし、ハーモニーの治療院に向かった。支払いを済ませると、スカイはにっこりと微笑み、柑橘系の香りがする水のグラスを渡してくれた。

「ハーモニーは前の患者さんに少々時間がかかっているようです」スカイは申し訳なさそうに謝った。「届いたばかりの雑誌でも読んで、もうすこしお待ちいただけますか」

スカイが差しだす雑誌をいくつか受けとった。

「ありがとう」ジェイムズはソファの上に雑誌を置いて、待合室の隅にある鉢植えのイチジクに水をやるスカイを眺めた。「表でレノンに会ったよ。気持ちのいい青年だね。ふたりは本当にお似合いだと思う。なんというか、前向きな……」ジェイムズはぴったりの言葉を探した。

「オーラとか？」スカイがあとを引きとった。「そんなふうにほめていただいて、すごくうれしいです。まだつきあいはじめたばかりなんですが、なにをするのも一所懸命なところを尊敬しています。枯山水を掃除するのも、ゴミ箱を洗うのも、わたしのために野の花を摘んでくれるのも、すべて彼にとってはおなじくらい大切みたいなんです」恥ずかしそうに頬を赤らめた。「あんなに優しくてひたむきな男性が、本当にいるなんて……」

「きみにそこまでいってもらえるなんて、レノンは幸せだね」そのとき診療室のドアが開き、ゆっくりとした足どりでリンディが姿を現わした。心底からリラックスしている証拠に、まだぼうっとしている。

先客がリンディだとは思わなかったので、ジェイムズはうれしくなった。

「まさかここで会えるとは思わなかったよ！」

「どうしてもハーモニーに会いたくなって！」リンディはこそこそとささやいた。「ルイスのお母さんと三時間一緒にいただけで、こんなにストレスがたまるなんてそれこそびっくりよ！　もう、絶滅危惧種のタスマニアデビルそっくりなの。どちらかというと、デビルのほうを強調したいけど」

噴きだしそうになるのをがまんして、リンディをソファに座らせた。

「そんなに難しいひとなんだ」

「うちのキッチンテーブルの、それもわざわざ下板をなでて、すごい目で指をにらみつけるの。ほこりに指を食いちぎられたのかと思っちゃったわよ。カトラリーはひとつひとつ明かりにかざしてチェックして、気に入らないと自分のハンカチで磨くしね。わたしが一日かけて腕を振るった料理も、三口食べたら急に食欲がなくなったらしいわ」リンディはごしごしと目をこすった。「そのうえ、直接わたしには話しかけないのよ。わたしの家や、家族や、仕事についてなにか知りたいときは、ルイスに訊くの。すぐ目の前にわたしがいるのに！信じられる？」

ジェイムズはリンディをぎゅっと抱きしめた。

「ハーモニーのおかげで、すこしは気分がよくなったのならいいけど」

リンディはうなずいた。

「なにがあっても堂々としていられるようになりたいと頼んだの。それに成功したとしても、長い一週間になりそうだけど」重いため息をついた。「空いてる時間はずっと、自信満々になれるＣＤを聴かなくちゃ」

「ワックスマン夫人の退職記念パーティに連れておいでよ」ジェイムズは名案を思いついた。「シャンパン入りのパンチをどんどん飲ませて、ミラのケーキをたらふく食べさせたら、すこしはおとなしくなるんじゃないかな」

「それより、どこか近くの剝製師にあずけられれば最高なんだけど。そうすれば、二度とあれこれ口出しされる心配もないわけだし」ふざける余裕があるうちは大丈夫だとジェイムズは胸をなでおろした。「ジェイムズは？　甘いものをやめるための催眠療法は続ける予定？」

「わからない」今度はジェイムズが大きなため息をついてしまった。「ちっともやせないし、いつもがまんさせられてる気分がちょっとね。まあ、最近イライラすることが多いせいもあるんだろうけど」

そのときハーモニーが現われ、ふたりに優しく微笑んだ。

「リンディ、今日の療法で、心と身体のバランスをととのえることはできました。今週、もし調子がおかしいと感じたら、いつでも電話をくださいね。あとはCDを聴くのを忘れずに。世界にたったひとりしかいないすばらしい人間だということを、つねに自分にいいきかせるように心がけてください」

リンディはうなずいて、目を閉じた。しばらくして目を開けると、ジェイムズにあいさつして入り口のドアに向かった。ハーモニーの言葉をマントラのようにつぶやいている。

「世界にたったひとりしかいないすばらしい人間、世界にたったひとりしかいないすばらしい人間」

リンディはCDを受けとるのを忘れて帰ってしまったが、ハーモニーはあえて声をかけず、追いかけて渡すよう小声でスカイに指示した。スカイはCDにきちんとラベルを貼り、ドアに向かった。

「リンディに追いつくのは難しいんじゃないですか」ジェイムズはハーモニーに続いて診療室に入った。

「スカイは大学で陸上競技のスターだったんですよ。風のようには走れなくても、風に勝つことはできます」ハーモニーがリクライニングチェアを示したので、ジェイムズはどさりと腰をおろした。「さて、調子はいかがですか」

「全然やせないので、腹を立てています。その、自分に対して」ジェイムズは答えた。「リンディとおなじように、ここ数日いやなことが続いたんです。だから気持ちが落ち着くまでは、体重も減らないような気がします。いまは、そうでもないかもしれないと思いはじめていますが」

ハーモニーは思案顔でいくつかメモをとった。

「それではすこし方針を変えましょうか。甘いものを求める気持ちを忘れることよりも、心身を協調させるほうに重点を置きましょう。つまり、いまは心と身体がばらばらになっていますが、健康で幸せな暮らしのために協力してもらうんです。いかがですか？」

「それでストレス解消もできますか？」ジェイムズは尋ねた。「そのうちお菓子のトラックを乗っとりそうで、自分が怖いんです！」

ハーモニーの鈴のような笑い声が診察室に響いた。また穏やかな表情に戻って尋ねる。

「体重が減らないこと以外に、なにか不安を感じていることはありますか？」

ジェイムズは思わず鼻を鳴らした。

「すべてを解決しようとしたら、時間がいくらあっても足りないでしょうね！　今日のところは、ぼくの心の問題をお願いします。なにを考えているのかわからない元恋人とか、正気とは思えない脅迫状とか、狂信的なベジタリアンについては、来週相談します」ひとつ咳払いをした。「あ、気を悪くしないでくださいね」

「ご心配なく」ハーモニーは照明を落とした。

9章

ミラのチョコレート・モカ・ケーキ

{ 糖分 50g }

ワックスマン夫人の退職記念パーティの準備をしていると、町中でティアの子豚のポスターを見かけた。〈フード・ライオン〉、ＹＭＣＡ、郵便局の掲示板や、〈ＡＢＣストア〉、〈グッドビー・ドラッグストア〉、〈アイスクリームの家〉、当然のことながら〈セレブなワンちゃん〉などの店の窓にも貼ってあった。どうやらこの目立つポスターを貼ってない店は、〈クィンシーズのなんでも屋さん〉と〈甘い天国〉だけのようだった。

水曜は館員総出でパーティの最後の仕上げに大わらわだったが、そのとき話題になっていたのも、動物愛護主義者カトリーナ・ロワイヤル、通称ティアの新聞記事と子豚のポスターだった。

「それにしても、そんなすごい大金持ちの娘には見えなかったよな」とスコット。「大物の娘なんて、ドラマ〈ザ・ソプラノズ〉のマフィアの娘か、パリス・ヒルトンみたいな頭が空っぽの有名人くらいしか知らないけどさ」

オレンジの風船をふくらましていたフランシスは肩をすくめた。

「マスコミの前できどってポーズをとったり、ダイヤの首輪をした小型犬を連れてあるかないのは、たしかに感じがいいよね」風船の根元をきゅっと結ぶ。「自分らしく生きるために、すべての時間と金を動物愛護につぎこむと決めたんだろうな。記事によると、毎日ショッピング三昧でも自分名義の信託財産はびくともしないけど、そういう甘ったれのお嬢さんみたいな真似はしたくないんだって」

ウィローはしかめ面で黄色い風船を渡した。

「どうでもいいおしゃべりはやめて、風船をふくらませるのに専念したら?」

「えっ? どうしたの、そんな怖い顔して」フランシスはウィローの淡い金色の髪に触れようとしたが、ぴしゃりと手を叩かれてしまった。

「信託財産やすごい大金持ちの両親なんて、縁がないほうが普通でしょ」ウィローはずけずけと指摘した。「ちゃんと定職につきながら、休みの日に社会に貢献しているひとだっているのよ。お年寄りをどなりつけたり、小さな子どもを泣かせたりせずにね!」

ファーンはスコットからテープと縮れたリボンを渡されて、小型のはしごに登って出口の表示を飾りつけていた。はしごの上からウィローに話しかける。

「ルームメイトになったばかりだけど、動物のシェルターであんなに長時間ボランティアしてるのは、本当にすごいといつも感心しているの」

「好きだからやっているだけよ」ウィローはうれしそうに答えた。「勘違いしないでね。〈クインシーズのなんでも屋さん〉の仕事も最高に楽しいの。でも、犬や猫を引きとろうとしている家族にぴったりの相手を見つけてあげるのは、それはもうすごくやりがいがあるのよね。わたしが手伝っているシェルターは安楽死させないの。そこがいいんだけど、おかげで檻はいつもいっぱいよ」幸せそうにひとつため息をつき、パンチのボウルに冷やしたシャンパンを注いでいるジェイムズを指さした。「教授も、エリオットのためにペットを飼うべきだって説得してるところ。子どもには毛むくじゃらの友だちが必要だから」そこで声を潜めた。「ひとりっ子は特にね。なにより、話し相手になってくれるし。広い裏庭をエリオットと元気な子犬が一緒に走りまわってるなんて、最高でしょ？」

ファーンは笑顔で尋ねた。

「わたしもシェルターでボランティアしてみたい。でも、かわいそうな子たちをみんな連れてかえりそうで怖くて。どうすればがまんできるの？」

「簡単よ。そんなことをしたら、大家さんに追いだされるでしょ」ウィローは笑った。「でも、うちの賃貸契約は秋に切れるから、かわりに小さな家を借りるっていうのはどう？　そうしたら、ぴったりの家族が見つからない動物たちを、しばらく預かってあげられるし」

「うわあ、それってすごい名案！」ファーンは即答した。「庭仕事は大好きだから、芝刈りは任せて！」

ふたりがおしゃべりに夢中になっているのを見て、あっという間に親しくなった様子に、ジェイムズは思わず笑顔になった。小さなテーブルにパンチ用のプラスティックのグラスを並べ、中央に紙ナプキンの山を置く。一歩下がって、厳しい目で出来ばえを確認した。

「どうもピンと来ないな」ジェイムズはしかめ面でつぶやいた。

「よくがんばったけど、やっぱり最後の仕上げは女手が必要だね」ミラがそっとジェイムズを押しのけ、優しく背中をポンと叩いた。「車から料理を運んでくれる？　そうしたらすてきに飾りつけてあげるから。ジェイムズには大事なお役目があるんだよ。うちのダンナがシャンパン入りパンチに近づかないように見張ってて」目をきらりと光らせた。「パーティに行きたくないって、一日中うるさくてさ。すきっ腹で飲みすぎたりしたら、パーティが始まる前にあの本の台車で帰ってもらわないといけなくなるでしょ」

ジェイムズは大笑いしながら、ミラの茄子紺色のバンに向かった。オードブルのトレイ、ハム入りビスケットの大皿、本の山そっくりの美味しそうなケーキを運ぶ。サイドテーブルにそっとケーキを置き、改めてミラのすばらしい才能に感心した。一番上にはフロスティングでできた本が載っていて、《クィンシーズ・ギャップはワックスマン夫人が大好き》という書名が見える。その下には副題として、チョコレートファッジで夫人の勤続年数が記されていた。著者名は《感謝でいっぱいの住民たち》だった。ジェイムズはチョコレートとコーヒーのくらくらするような香りを吸いこんで、うっとりとため息をついた。

「コーヒーのフロスティングをかけたチョコレート・モカ・ケーキだよ。ワックスマン夫人の大好物なんだ」いまにもよだれを垂らしそうなジェイムズを見て、ミラが説明した。「パーティが始まる前に、料理の写真を撮っておいたら？　ワックスマン夫人のためにアルバムを作るって、ファーンがはりきってたよ」ちらりとそちらに目をやり、口をすぼめて笑った。

「本当にいい娘だよねえ。さすがジェイムズ、あんないい娘をよく見つけてきたよ。どうやらスコットにひと目ぼれみたいだけど、館員同士の恋愛は禁止かい？」

ジェイムズは顎をなでた。

「実際にふたりが一緒に仕事をすることはほとんどないからね。たとえふたりがうまくいかなかったとしても、気まずくなる心配はないんだ。ただ、肝心のスコットがデートに誘おうとしないんだよね」声を潜める。「ほら、パソコンを通じて仲よくなった女性がいるから、その相手と一度きちんと会ってからじゃないと、ファーンを誘うかどうかも決められないみたいだな」

ミラは自分の胸に手をあてた。

「会ってみたら、たちまち恋に落ちるかもしれないもんね——うわあ、どきどきする！　で、いつ会う予定なんだい？」

「そこが難しいところなんだよ」ジェイムズは焼いたブリーチーズにイチゴの薄切りを載せた皿のラップをはがした。「一度は約束したんだけど、直前になって断わられちゃったらしいんだ。だからスコットとしても、どうしたらいいのかわからないんだろうな。かわいそうに」

ミラは不満そうに舌を鳴らした。

「パソコンを通じて仲よくなるなんて、どうも好きになれないんだよね。時代遅れなんだろうけどさ。相手の目をのぞきこんだり、笑い声を聞いたりしたこともないくせに、恋に落ちるなんて絶対に信じられない！」ミラは銀色のレードルをパンチボウルのとなりに置いた。

「そりゃ、相手がどんな人間かなんて、そう簡単にはわからないもんだけどさ。それでもちょいちょいとなにか書くだけでまったくの別人になれちゃうし、そんな現実とはかけ離れた相手と恋に落ちるなんて、どう考えてもよくないよ！」

「いまはそういう時代なんだよ、ミラ。みんなパソコンを通じてコミュニケーションをとるんだ」

ミラは口をとがらせて、部屋に向かって腕を振った。

「でも、パソコンにはこういうことはできないだろ？」

ミラの指示どおりに料理を並べるので大忙しだったジェイムズは、ようやく図書館がまるでべつの場所のように華麗に変身していることに気づいた。天井は色鮮やかな風船やリボンで飾られ、閲覧席の机には花柄のクロスがかけられている。ファーンとウィローがそれぞれの机にガーベラをぜいたくに挿した小さな花瓶を飾っていた。スコットはパーティ客のサインをもらうゲストブックを用意し、フランシスは三時間軽いジャズを流すようにパソコンをセットしてから、エアギターを弾くまねをしてウィローを笑わせている。

なにか手伝うことはないかと、ちらほらと客が現われはじめた。そこここにゴミ箱を置き、ロビーにある売り物の本のカートを片づけ、ジャクソンが仕上げたばかりの絵を持ちこむのに手を貸してくれている。イーゼルに載せて白い布をかけたままの絵は、相談カウンターの上に鎮座することになったようだ。

サックスやトランペット、クラリネットのすてきな音色に誘われたように、〈デブ・ファイブ〉のメンバーたちもつぎつぎとやってきた。

最初に現われたのはジリアンとベネットだった。ふたりが手をつないでいるのを見て、ジェイムズは自分のことのようにうれしくなった。おつぎに登場したのはルーシーだ。サリーも一緒に連れてくるよう伝えておいたので、満面の笑みでハンサムな恋人を紹介している。サリー保安官代理仲間だと説明しているようだが、幸せに輝く顔を見ればどういう相手なのかは一目瞭然だった。サリーもルーシーから目を離さず、たまに耳もとでなにかささやいている。そのたびにうれしそうに頰を染めるルーシーは、これまで目にしたことがないほどきれいだった。

最後のひとりリンディは十分遅れで現われ、まるでいまにも薄氷を踏みぬきそうな勢いでジェイムズの腕をつかんだ。

「ねえ、大変！　ついてきちゃった！　メキシコから来たあの蛇みたいなひとが！　五分でいいから、だれかルイスのお母さんの相手をしてくれないかしら？」

「たったの五分でいいの？」ジェイムズはふざけた。

リンディは大まじめにうなずいた。

「五分あれば、シャンパン入りのパンチを三杯は一気飲みできるでしょ。お酒を飲んでいるところを見られたくないの。またあれこれいわれるに決まってるから！　ほら、わたしは混血だから、なにをしても気に入らないのよ」

ジェイムズは眉をひそめた。

「リンディのことを、そんなひどい呼び方をするなんて……」

針金のような黒髪に濃褐色の瞳のずんぐりむっくりした女性が、ルイスと一緒に入ってくるのが見えた。ゴミの埋め立て場にでもいるような顔であたりを見まわしている。背中を丸めたルイスはちらりとリンディに目配せしたが、そのとたんに母親が勢いよく袖を引っぱった。顔を近づけ、おそらくはスペイン語で不平不満をまくしたてているのだろう。

そのときピザ屋のルイージがやってきた。ワックスマン夫人はいつも六人の子どもたちの教育について相談に乗っていたので、ルイージも夫人の大ファンなのだ。今回のパーティの料理も任せてほしいといいはったが、当然のことながらミラとウィローがこんな楽しいお役目を譲るはずはなかった。

「ヘンリー教授！」ルイージが部屋の向こうから叫んだ。「今日の図書館、すごくかっこいいね！」

手を振りながらこちらに歩いてくるルイージに、パンチのグラスを渡した。

「ありがとう！」ルイージは例によってよく響く声で礼をいった。ふと気づくと、ジェイムズのまわりはお年を召したシングル女性ばかりだった。そのうちワックスマン夫人と家族も登場し、ルイージはルイスの母親のとなりに立った。

「アルマ？　すてきな名前だね！　なにか飲まない？　さあさあ、お手をどうぞ。飲み物をとりにいこうよ！」

ルイスの母親のことだから、さぞかしこてんぱんにやりこめるのだろうと息を詰めて見ていると、驚いたことに、まるで息子のことなど忘れてしまったような笑顔でルイージの腕をとった。ルイスはあっけにとられた顔でふたりの後ろ姿を見つめている。

ワックスマン夫人があちこちにあいさつしてまわるうち、会場はさらににぎやかになっていった。中等学校時代の恩師であり、図書館では一緒に仕事をしてきた夫人が、みんなと握手をしたり、温かく抱きあったりしている姿を見ていると、ジェイムズも鼻の奥がつんとしてきた。

「どうしても、場違いだという感じが消えなくて」ファーンがささやいた。「わたし、ここにいていいのかしら」

「ワックスマン夫人の希望なんだよ。ぜひともきみに出席してほしいって。それに、ぼくだってファーンがいてくれたほうが楽しいし。気づいてないのかもしれないけど、とっくに大事なチームの一員なんだよ。それに、パーティの写真を撮ってくれてるんだよね？」ジェイムズはカメラを指さした。「ワックスマン夫人が懐かしいみんなの顔を眺めたくなったら、ファーン特製アルバムを開けばいいってことだ。ね、きみはすでにいないと困るんだから、よろしく頼むよ」

「いい想い出になるというなら、お父さんの絵ですよ！　もう、いますぐ見たい！」ファーンは室内を見まわした。「あんなに壁があまってるんですから、この地域のアーティストたちの作品を展示してみたらどうですか？」

ジェイムズは改めてファーンが指さす先を眺めた。パソコン・コーナーをかこむ三方の壁は照明のおかげで明るいが、なにも飾っていないのでがらんとした印象だった。有名人がお気に入りの本を抱えているポスターがいくつか貼ってあるだけだ。

「それは名案だね！　うちの父に頼めば、ワシントンに送る前に、しばらく絵を飾らせてくれるかもしれない」

その後ファーンが会場を歩きまわって写真を撮るあいだ、スコットはさながらカメラマンの助手に徹していた。グラスを持ち、空いた皿に料理をとってきて、ファーンが写真を撮りやすいように客にポーズをとらせている。

パンチのボウルや料理の皿がどんどん空になり、会場もかなり騒がしくなった。ルイージの大声に負けないように、フランシスは何度かBGMの音量をあげなくてはいけなかった。

今日のパーティのハイライト、ケーキ・カットの時間となった。ミラが差しだすナイフを受けとり、眼鏡の奥をそっとティッシュで押さえながら、ワックスマン夫人がケーキの前に立った。

「スピーチなんて苦手なのに。教師時代も、図書館員時代も、わたしが口を開いたとたん、だれも聞いてないってことはよーくわかっているもの。このすばらしい町で長年暮らせたことをどんなに感謝しているか、とても言葉ではいいつくせません。これから先も、みなさんに会えないことが一番つらいでしょうね。本当に、なにからなにまでありがとう」

ケーキにナイフを入れると、会場は割れんばかりの拍手喝采に包まれた。それから、気前よく大きく切ったケーキを主役みずから全員に配ってまわった。アルマに対しても、ようこそこの町にとあいさつしたあと、あれほど有能で生徒たちのことを一番に考える校長先生は見たことがないとルイスのことをほめちぎったので、さすがのアルマもいくらか表情をやわらげた。

「本当にご親切に」アルマはそう返事をすると、またルイージとのおしゃべりに戻った。

全員がケーキを食べおわると（砂糖をたっぷりと使った食べたくないはずのデザートだったが、〈デブ・ファイブ〉のメンバーも当然大喜びでたいらげた）、スコットとフランシスが相談カウンターに注目を集めた。白布をかけたイーゼルの両側に立つふたりの顔は期待で輝いている。まずはジェイムズのはなむけの言葉だった。

「今夜はこれほど大勢の方が集まってくださって、本当にうれしく思っています」ジェイムズはそう切りだした。「かねがねワックスマン夫人はこの町の住民の半数と友だちなのではないかと思っていましたが、今夜それが本当だったことがよくわかりました。ぼくたち全員、聡明で忍耐強く、だれに対してもわけへだてをしない夫人のお世話になってきました。すべての生徒、すべての利用者に、敬意と威厳を持って公平に接してくれました」

ワックスマン夫人が盛大に音を立ててティッシュで洟をかんだ。客たちも潤んだ目もとをぬぐい、顔を見合わせてうなずいている。

そのあとはワックスマン夫人に顔を向けて、短いあいさつを締めくくった。

「すばらしい教師であり、図書館員であり、友人でもあるワックスマン夫人。あなたの想い出はこの場にいる全員の胸に深く刻まれています。陽光あふれるアリゾナに住む妹さんのところへ行ってしまっても、この町での生活を思いだせるよう、父ジャクソン・ヘンリーががんばってくれました。この町のみんなが夫人の幸せを祈っています。気軽に会えなくなったらどんなに淋しくなることか、想像するのも怖いくらいです」

最後の言葉と同時にジェイムズが小さくうなずくと、双子は待ってましたとばかりに勢いよく白布をとりはらい、ワックスマン夫人の表情を目にするとしてやったりという笑顔になった。

会場の客たちも絵を見て感嘆の声をあげた。いつもの場所に立つワックスマン夫人の肖像画だった。長年のあいだ、毎月のお勧め本や読書会の課題図書が展示してある四つのカウンターにかこまれたこの場所は、まさに夫人の領地だった。

ワックスマン夫人は毎晩休憩室で食事をとり、カウンターに山積みになっているしおり、お勧め本の案内、無料の雑誌や地域の各種お知らせを整理してくれていた。

いつもの場所に立つ見慣れた姿のワックスマン夫人だが、なによりも見る者の胸に響くのは、ひとの役に立つ喜びで輝いている夫人の笑顔だった。すこし斜めに立ち、笑いじわの刻まれた穏やかな顔で十歳くらいの少女を見つめている。渡された本を受けとろうと両手を伸ばした少女の横顔は感謝の念にあふれていて、ただの本以上のものを渡されているとちゃんと理解しているようだ。絵はまさにワックスマン夫人がなんのために生まれてきたかを描きっていた。少女が新しい世界の扉を開く手助けができる喜びで、全身全霊が輝いている。

「すばらしいわ！」ワックスマン夫人は唇を震わせながら叫んだ。ジェイムズは泣きだしそうになるのを必死にがまんしている夫人の肩に腕をまわし、ぎゅっと抱きしめた。「お父さんはまさに天才ね！　なんとお礼をいえばいいのかしら？」

父親は自分のオフィスに隠れていると知っていたので、ミラの手を引いて逃げだす前にそこへ案内すると約束した。

「お腹いっぱい食べたので、いつ逃げだそうかとチャンスを狙っている可能性が高いですね。うちにいるときも、寝る前に居間でクイズ番組の再放送を観るのが好きなんです。再放送は消化にいいそうですよ」

それを聞いて夫人は大笑いした。

「きっと、それが元気の秘訣なのね。すばらしい絵を描くためには、たくさんのエネルギーと集中力とが必要なはずだもの。ジェイムズ、お父さんは心も身体も強くてスリムなのよ」

ぽんとジェイムズの手を叩いた。「おなじ血が流れているなんて、うらやましいわ」

ジェイムズはついしかめ面を浮かべそうになってしまった。

「ぼくは母似のようですよ。ご覧のとおり、ぼくの身体のなかで淋しいのは髪の生え際と芸術的な才能だけです。簡単なイラストだって描けないんですから」今夜の主賓のほんの一瞬でも台無しにしたくなかったので、ジェイムズは慌てて笑った。「とはいえ、ぼくのほうが愛情深いですけどね」そう冗談を口にすると、父親を探しにいった。

父親を見つけるのに思った以上に時間がかかってしまった。顔を合わせるだれもが絵をほめたたえていた。気づくと客のアート談義につきあわされていて、いつのまにか水彩画や彫刻、織物などの作品をパソコン・コーナーの壁に飾ると約束していた。

ようやく貸し出しカウンターにたどりつくと、改めてファーンの名案を絶賛した。

「図書館ギャラリーはすでに大人気だよ！　さすがだね！」

「実は、わたしも地元のアーティストの一員に加えてもらえたらと思って」ファーンは恥ずかしそうにうちあけた。「わたしはフリーのカメラマンだと説明しましたけど、実は自然の写真を撮るのが一番好きなんです。グレート・スモーキー山脈国立公園で撮った、自慢の写真がいっぱいあるんですよ。きちんと額にも入れてあります」

ジェイムズはファーンの肩に手を置いた。

「最初にその写真を飾ろうよ。そもそもファーンが思いついたことだし、このあたりの住民にファーンを紹介するのにそれ以上いい手はないよね。短い経歴とか、ウェブサイトかメールのアドレスも一緒に貼れば、気に入ったひとが買ってくれるかもしれない。お金ならいくらあっても困らないしさ」

「まだ自分のサイトはないんですけど」ファーンが身を乗りだした。「でも、簡単なものなら今週末に作れると思います」

「なにか困ったことがあったら、スコットがその手のことは得意だよ」

ジェイムズはそう答えて自分のオフィスに向かった。オフィスに一歩入るなり、異常事態が起こったのを感じた。

父親は机のまわりにある椅子に座っていた。だらりと背中を丸めて、ジェイムズが近づいても顔をあげない。すぐ横にはミラがうずくまっていて、父親の膝に手を置きながら、心配そうな顔でなにか話しかけている。ミラはパニックを起こしたような表情でちらりとジェイムズを見ると、また父親に視線を戻した。

「左側？　痛いの？」ミラが尋ねた。

「どうかした？」ジェイムズは両親を交互に見た。「パパ、大丈夫？」

父親はジェイムズを手で追いはらおうとした。

「なんでもない。脚が痺れてるだけだ。たぶんこんな狭いところに押しこまれてたせいだな」

ジェイムズは父親の顔をのぞきこんだ。

「どこかが痛いとか、気分が悪いとかはないの？」

「ない」父親は答えたが、急に目の焦点が合わなくなった。

心に広がる黒い恐怖をはねのけ、ジェイムズは父親の左手をそっと持ちあげた。

「ねえ、ぼくの指を強く握ることはできる、パパ？」

「ジェイムズ！」父親の声はどこか遠くから聞こえてくるような気がした。右手を伸ばし、ジェイムズの肩をつかもうと手探りしている。「どこにいる？　見えないぞ」

「救急車を呼んで！」ジェイムズはミラに向かって叫び、行き場を失ったような父親の手を握った。「大丈夫だよ、パパ。横にいるからね。大丈夫だから安心して」

ミラが救急のオペレーターに説明している。電話の相手は向かいの消防署にいるから、五分以内に救急救命士が到着するのはわかっていた。

だが、その五分がおそろしいほどに長く感じた。ジェイムズは父親を支え、弱々しいしわだらけの手をなるべく見ないようにした。父親の顔の左側がだらりと力を失い、開いた口からよだれが垂れた。

「パパ？」ジェイムズはそっと父親を揺すった。「パパ！」

不吉な予感で心臓がどくどくいっている。ミラが救命士を迎えるためにロビーにでていったので、ジェイムズは反応のない父親とふたりきりになった。精一杯、落ち着いて穏やかな声をだすよう心がける。

「しっかりして、パパ。なにも心配はいらないよ。ずっとそばにいるからね。絶対に大丈夫だから」こみあげる思いがのどに詰まってしまったのか、それ以上言葉がでてこなかった。絶望に押しつぶされまいと大きく深呼吸をして、何度も何度もおなじ言葉をくり返した。

「大丈夫だよ。ぼくがついてるからね」

気づくと救命士に肩をつかまれていて、なにもしゃべれない父親から引き離された。ジェイムズは邪魔にならないように引っこんで、くぐもった話し声や血圧計のカフがふくらむ音を聞いていた。父親の血の気がない胸の上を聴診器が動き、瞬きもしない青い目に光があてられる。

救命士たちは父親をそっとストレッチャーに移した。酸素マスクをあてられた姿はまさに病人そのもので、タフで口うるさい父親の未来が奪われてしまったような気がした。

ロビーで心配そうに見守る人びとの前を、父親を乗せたストレッチャーが進んでいく。そのあとをついていくと、双子が跳びだしてきてなにか手伝えることはないかと尋ねてくれた。立場を考えれば、すべてをほうりだして病院に向かうわけにもいかない。足をとめて、必死で頭を働かせた。

「ふたりで会場をきれいに片づけて、明日の朝、いつもどおりに開館できるようにしておいてくれないか？」

キーホルダーから鍵をはずしてスコットに手渡した。ふたりは驚いたような顔で真鍮の鍵を見つめていたが、スコットがぎゅっと手のなかに握りしめた。

「図書館のことは心配いりませんよ。教授がお留守なことも気づかれないくらい、ちゃんとがんばりますから」フランシスが約束した。

ジェイムズは唇が震えださないようにぎゅっと嚙みしめ、ふたりの腕を軽く叩いた。

「〈クインシーズのなんでも屋さん〉のことも、ウィローに頼んでおいてくれないか。それから、ワックスマン夫人が車に絵を積みこむのを手伝ってあげて。最後のあいさつがきちんとできなかったお詫びも伝えてほしい」ジェイムズはドアに向かった。

ワックスマン夫人の肖像画が最後の作品になるかもしれないという、不吉な予感が頭をよぎった。だがそんなことは考えてもいないふりをして、陽気な顔でミラのためにドアを開けた。

「あのひとは強いから！」救急車の後ろを走りだすと、ミラがきっぱりといった。赤信号のせいで、ブロンコの白いボンネットが不気味に赤く光っている。

病院に着くまで、どちらも口を開かなかった。ミラは両手をかたく握りしめて目を閉じている。おそらく一心に祈っているのだろう。ジェイムズも心のなかでずっと神様にお願いしていた。

救急の待合室で、ジェイムズは受付の看護師に渡された必要書類すべてに記入を済ませ、廊下の先にある自動販売機でコーヒーをふたつ買ってきてくれるようミラに頼んだ。ここで長時間待つことになりそうだが、温かい飲み物でもあればすこしはショックをやわらげてくれるかもしれない。

ところがべつの看護師が奥にある狭い待合室に案内してくれたので、バケツのようなかたい椅子で待たされる心配だけはなくなった。そこではロイヤルブルーの手術着を着た感じのいい女性医師が待っていて、フレイ医師だと自己紹介してふたりと握手をすると、優しそうな笑顔でクッションのついた椅子を勧めてくれた。

「ヘンリーさんは脳梗塞を起こされたようです」穏やかな声ではっきりといってくれたことを、ジェイムズは内心で感謝した。「容態は安定している様子なので、いまはＭＲＩという検査を受けています。その結果がでる前に、いくつかうかがいたいことがあります」医師はミラに既往歴を尋ねると、患者の様子を見るために姿を消した。

時間がたつのがもどかしかった。医師、看護師、そして患者の家族がひっきりなしに待合室を通りすぎていく。青い手術着姿を見つけると、なにか重要な知らせを伝えにきたのではないかとついつい期待してしまうが、全員がジェイムズたちの前を素通りしていった。一時間以上たってから、ようやくフレイ医師がＭＲＩの結果を手に戻ってきた。

しかしこれから検査結果を時間をかけて分析するので、今夜はこのまま帰宅して、明朝の面会時間内にまた来てほしいという話だった。

ジェイムズが反論しようとすると、フレイ医師はそっと手に触れた。

「お父さまはいま鎮静剤を投与されて眠っています。このまま刺激しないほうがいいでしょう。ただ待つのがつらいのはわかりますが、お父さまにとっては、明日、おふたりがぐっすりと眠った元気な顔を見せてくださるのが一番なんです」

誠実さと気遣いが感じられる言葉に、ジェイムズとミラとしてもうなずくしかなかった。

ふたりはぐったりと疲れきった気分で車に戻った。

「今夜は泊めてね」ジェイムズは自宅のドライブウェイに車を駐めた。とっくに真夜中かと思っていたのが、まだ十時半と知って驚いた。「着替えとかをとってくるから、ちょっと待ってて」

一歩家のなかに入ると、暗闇が迫ってくるような気がした。すべての明かりをつけてまわり、電話の子機を手に寝室へ向かった。歯ブラシと着替えをダッフルバッグに突っこみ、ジエーンに電話をかけた。

「ジェーン」声を聞いた瞬間、ジェイムズは言葉に詰まった。「ああ、ジェーン」

そのとき初めて涙があふれてきた。

10章

ジェーンのブラックビーンズ・チリ

{ 糖分 4g }

ジェイムズはミラがきちんとベッドに入ったのを確認してから、とぼとぼと少年時代を過ごした自分の部屋に向かった。父親はジェイムズがでていってからも、小さな部屋にはほとんど手をつけていない。唯一気づいた変化といえば、ジェイムズのお古のおんぼろ机を、ミラが店の経理事務のために使っていることだった。かつてはブリキのロケット置き場だった机の隅には、ふたりの結婚式の写真が飾られている。エリオットがこの家の裏庭で雪だるまを作っている写真もあった。エリオットは大パパそっくりの雪だるまを作ろうとして、腕のかわりの棒の先には絵筆をテープでつけ、太い首には父親お気に入りの格子縞のマフラーを巻きつけた。ミラは大喜びして、ジャクソン雪だるまに抱きついて冷たい頬にキスをしたのを覚えている。

エリオットの楽しそうな笑顔を見ていると、いつも幸せな気分になれる。写真をそっとナイトテーブルに運び、エリオットの顔をじっと見つめた。明日は父親の容態について、どんなことを知らされるのだろう。

最初、ジェイムズは眠らないつもりだった。父親が遠く離れた病院のベッドでひとりきりだというのに、自分だけのんびり寝る気にはなれなかったのだ。しかし心身ともに疲れきっていたので、そのうちまともに考えることすらできなくなってきた。ずっと頭から離れない、いくつものもしもという疑問もいつしか消え、ジェイムズは深い眠りに引きずりこまれていった。

翌朝、ミラが階下のキッチンで歩きまわるにぎやかな音で目を覚ました。ごく日常的な物音――パイプを水が流れるシューという音、ボウルや鍋がぶつかってカチャカチャいう音を聞いていると、これからも普通の生活が続いていくという希望を持てた。ベッドから跳びおきると、シャワーを浴び、急いで服を着た。父親がすでに目覚めて、ひとり怯えているのではないかと心配だった。

「ちょっと、落ち着いてよ」ジェイムズがキッチンに駆けこむと、ミラがたしなめた。「あたしが電話して、ジャクソンの様子を訊いておいたから。まだ静かに眠ってるって。美味しい朝ごはんを作ってあげたから、まずはお腹をいっぱいにしてちょうだい。病院なんて、ろくなものがないのは知っているだろ。自販機にコーヒーと書いてある泥水なんて、ひと口だって飲む気になれないよ」

たしかにそのとおりだと卵とベーコンの皿を受けとったが、なかなかのどを通らなかった。なにも食べたくないと思ったことなど、生まれて初めてだ。ミラの喜ぶ顔を見たくてなんとか飲みこんだが、そのあとキッチンの片づけが終わるまでじっと待っているのは、かなりの忍耐力が必要だった。

「あんたがすぐにでも病院に駆けつけたいのはわかってる」ミラはジェイムズの頬をぽんと叩いた。「でもね、面会時間にはまだずいぶんあるんだよ」

ジェイムズは眉をひそめた。

「規則なんてどうでもいいよ。面会が駄目といわれたら、なんとかフレイ先生を捕まえて、どんな容態なのかをもっと詳しく訊けばいいんだ。そもそもどうして脳梗塞を起こしたのかとか、手術やリハビリが必要なのかとか、なにより……もう大丈夫なのか――」言葉がとぎれた。

ミラはジェイムズに腕をまわすと、肩に顔をつけた。

「大丈夫、心配いらないよ。このあとゆっくり話ができるかわからないから、いまいっとくけど、ジェイムズが一緒にいてくれて本当に感謝してるよ。あたしが育ててたら、こんないい子にはなってないだろうからね」

ミラをきつく抱きしめてから、ジェイムズはふたりの携帯マグを手にブロンコに乗りこんだ。ミラが腕によりをかけてこしらえた、焼き菓子を詰めたバスケットを後部座席に積みこむのを待って、北にある病院へと車を走らせた。

「今朝は何時に起きたの？」ジェイムズはバスケットを指さして尋ねた。

「四時ごろかな」ミラは明るく答えた。「看護師さんたちに、シナモンのスコーンを差し入れしようと思ってさ。だってジャクソンは手の焼ける患者になることまちがいなしだからね。まずはワイロを食べさせちゃうってのはいい手だろ」

ジェイムズはそれを聞いてつい笑ってしまった。

「さすが、名案だよ」

病院の受付にいるボランティアが病室を教えてくれた。病室が近づくにつれ、昨晩からジェイムズの胸に巣くっている恐怖がよみがえってきた。ミラの手をとってなかに入ったが、目に飛びこんできた景色にあっと息を呑んだ。

ベッドに横になっている父親は、おびただしい数のチューブやコードにつながれていた。腕や顔はシーツと区別がつかないくらい真っ白で、ひとまわり縮んでしまったように見える。これまで男らしいといえば、やはり一番に頭に浮かぶのは父親だった。強情で一筋縄ではいかない性格、そのうえ憎まれ口ばかり叩いているせいか、骨張った体格以上に大きく力強く見えたのだ。

「パパ」思わず声が漏れた。

看護師が急ぎ足で病室に入ってきたので、ジェイムズはすかさず振りかえった。

「あの……父はどんな様子なのか、教えてもらえませんか？」

女性の看護師は笑みを浮かべた。

「穏やかにお寝《やす》みでしたよ」父親の点滴をチェックしてカルテに書きこみながら、明るく答えた。「一度目が覚めて、なにか話そうとなさったんですが、言葉にならなかったようです。ここは病院で、朝になればご家族が面会に来ることを伝えましたが、うなり声をあげただけで、またすぐにお寝みになりました」看護師は腕時計をちらりと見た。「七時に交替しますので、つぎの担当の看護師をあとでご紹介します」

「フレイ先生は？」ジェイムズは食いさがった。「お会いできますか？」

看護師はすこし考えてから答えた。

「フレイ先生は昨夜宿直だったので、今日は神経科医のスクリンプシア先生がヘンリーさんを診察します。いま回診中なので、もうすぐ現われるはずですよ」励ますように微笑んだ。

「お父さまは全力をあげて治療中ですから、ご安心ください」

なにもすることがないので、ふたりはベッド脇に椅子を寄せて待った。聞こえていますようにと祈りながら、交替で昨夜のパーティについて話しかけたが、反応はないままだった。それでも父親の胸は規則正しく上下していたので、それを見ていると安心できた。

十五分後にスクリンプシア医師が現われた。白衣を見た瞬間、ジェイムズは勢いよく立ちあがっていた。こういう場合、なにはさておき大切な家族の容態を訊きたいものだと先刻承知の様子で、医師はくだくだとあいさつしたりはしなかった。フォルダーに入ったカルテの束を近くのテーブルに置き、ふたりと握手した。

「ヘンリーさんは脳梗塞を発症しました」医師は低い声で淡々と説明した。「心臓に原因があることが多いんですが、どこかでできた血の塊が血管のなかを移動し、脳の動脈に詰まってしまったんです。そのため、脳にきちんと血が流れなくなってしまったわけです」

ミラが不安そうに両手を揉みしぼった。

「大変なことになっちゃったんだね」

医師は気遣うようにミラを見つめた。

「ご主人にはなんらかの後遺症が残ると思います。わたしたちがあたりまえにやっているようなことを、改めて覚えなおす必要もあるでしょう。しかし、きちんとリハビリすれば、長生きして充実した人生を送れるはずですよ」

ジェイムズはほっと胸をなでおろした。

「それで、手術は必要なんでしょうか？」

「いいえ」医師は父親を診察して、カルテにいろいろ書きこんだ。ふたりは続きを聞くのが怖いような気もして、尊敬のまなざしでその様子を見守っていた。「抗凝血剤を使って、これ以上血の塊ができないようにします。ですから手術は必要ありません。とはいえ、それはあっという間に快復するという意味ではありませんよ。さいわいなことに、患者さんを支える家族がいる場合は、リハビリの効果も期待できる傾向にあるようです」

「いつになったら目覚めるんですか？」ミラが一番気になっていることを尋ねてくれた。

医師はうなずいた。

「この調子なら、長くはかからないと思いますよ。最初は混乱した様子を見せるかもしれませんし、普通に話すのは難しいでしょう。恐怖や怒りに襲われる可能性もあります。つまり、やりたいことができない状態で目が覚めるのです」医師はペンにキャップをし、カルテを閉じた。「ですから、ご家族も心の準備を……」

ジェイムズはちらりと父親に目をやった。

「救急車を待っているあいだ、顔の左側の感覚がなかったようなんです。もうすこし詳しくわからないでしょうか?」ジェイムズはなんとかその言葉を絞りだした。「その、どういう後遺症が残るのか……」

「わたしのパソコンに、最初に撮ったヘンリーさんの画像があります。回診が終わったらこちらに寄りますから、その画像を見ながらご説明しましょう」医師はカルテを集めて立ちあがった。「ヘンリーさんが目覚めたら、わたしに緊急連絡が届くようになっていますから、ご心配なく」最後にもう一度、思いやりにあふれた笑みをふたりに向けると、医師は姿を消した。

ジェイムズとミラはしばらく黙っていた。

「説明をちゃんと理解できたかどうか、まったく自信ないよ」ミラがようやく口を開いた。

「でも、ジャクソンが長生きして充実した人生を送る、ということだけは理解できた」

ジェイムズは手を伸ばして、父親の力のない手を握りしめた。

「ぼくも」

一時間もしないうちに父親のまぶたが震えだしたので、ジェイムズは慌てて病室を跳びだして看護師を探した。ベッド脇にあるナースコールを押せばいいと承知していたが、自分で伝えたほうが確実だと思ったのだ。廊下を曲がったとたん、あやうくジェーンにぶつかりそうになった。

「来てくれてありがとう！」ジェイムズは思わず大声をあげた。ジェーンは無言でぎゅっと抱きしめてくれたが、その手を引いてナースステーションに向かった。「パパが目覚めそうなんだ！」ジェーンとカウンターの向こうの看護師たち両方に、声を大にして告げた。

父親が目を開けたとき、ベッドのまわりはちょっとした黒山のひとだかりだった。看護師が父親の上にかがみこんであれこれ作業を始めたが、ミラはそこにいることを知らせようと父親の手を握った。

「おはよう」ミラは優しく穏やかな声で話しかけた。自分のほうに顔を向けたので、大きく安堵のため息をついている。「あたしがわかる？」

父親はうめき声のような音を漏らした。

「いまはしゃべらなくていいから」ミラが優しくなぐさめた。「ここは病院だよ。昨日の夜、脳梗塞を起こしたの。あたしのいってることがわかったら、うなずいてみて」

ミラの顔をじっと見つめたまま、父親が小さくうなずいた。ミラはベッドの反対側にいるジェイムズと視線を合わせた。父親はきちんと見えていて、体を動かすこともでき、相手の言葉にも反応できるとわかって、ジェイムズの胸は期待でふくらんだ。

そのあと、ベッドのまわりは医療関係者に占領された。さまざまな検査、バイタルサインやずらりと並んだ機器の数値の確認、点滴のチェックと忙しそうだ。ジェイムズはただ見ている以外にできることはなかった。一段落したあとでスクリンプシア医師に脳の画像を見せてもらい、ようやく父親の身に起こった事態を理解できたような気がした。

医師はパソコン画面をジェイムズに向けて、白っぽく見える脳の損傷部分を指さした。ショックのあまり椅子の袖をきつく握りしめていると、医師は励ますようにジェイムズの肩に手を置いた。

「脳についてはまだまだわかっていないことも多いんです、ヘンリーさん。損傷を受けた部分が快復した事例も数多くあります」

「でも、死んでしまった脳組織は快復しませんよね？」ジェイムズはなんとか冷静さをとりもどした。

「そのとおりです」医師はうなずいた。「これからいろいろな検査をして、お父さんにどんなリハビリが必要なのかを調べます。ひとついいニュースは、うちのリハビリ施設は全国でも五本の指に入るものと自負しています」

ジェイムズはパソコン画面から目をそらした。

「まだ、起こったことを理解するので精一杯なんです。まさかこんなことになるなんて。うちの父は典型的な口うるさくて偏屈なタイプでしたが、それでも……」立ちあがって礼をいった。「いまのお話を義母《はは》に伝えてきます。どうしても必要にならないかぎり、義母にはこの画像を見せないでください。すでに充分つらい思いをしていますから。これからはふたりで協力して、父のリハビリに全力を尽くそうと思います」つい視線がカラー画像に戻ってしまった。「あれがいまの現実なんですよね。これからは未来に目を向けて進んでいきます」

スクリンプシア医師は大きくうなずいた。

「賢明なご判断だと思います」

病院の面会時間が終わったあと、ジェイムズとジェーンは自宅でふたりきりの夕食をとった。エリオットの幼稚園のお迎えは、親友の母親に頼んだそうだ。いまごろは初めてのお泊まりに大喜びしていることだろう。

「うちの両親が今月こちらに来る予定で助かったわ」ジェーンはブラックビーンズ・チリのボウルにサワークリームをたっぷり落とし、モンテレージャックチーズも振りかけた。「今週末に飛行機で来るよう頼んでおいた。わたしも週末までに成績をつけて、机まわりをきれいに片づけたら、それですべての予定は終わり」

ジェイムズは差しだされたスプーンを上の空で受けとった。

「予定は終わり？」

「だから、そのあとはジェイムズの世話をできるってこと。あなたが考えていることくらいお見通しよ。一日八時間仕事して、お父さんのリハビリにつきそって、エリオットの前では世界一のパパで、日曜日には欠かさず教会に行くつもりでしょ」ジェーンは笑いながら自分のボウルを持ち、向かい側に腰かけた。「そんなハード・スケジュール、続けられるひとなんていないわよ。洗濯も、掃除も、食材の買出しだってする暇ないじゃない。ジェイムズが世界で一番元気だとしても、そんななかでわたしたちに会いに来たりしたら、それこそ倒れちゃうわ。だからエリオットとわたしは、夏中ここに居候させてもらおうと思って。あなたさえよければだけど」

この二十四時間というもの、恐怖と不安が頭から離れることはなかったが、それを聞いて驚くほど気分が楽になった。思わずテーブルの向こう側のジェーンをまじまじと見つめた。

「この夏、ふたつの講座を受け持つ予定じゃなかったっけ」

「それがオンライン講座なの。つまり、この夏教える学生は、仕事をしている大人たちなのよ。みなさんお忙しいから、オンライン講座が人気なの。それなら家にいながらにして、単位をとれるでしょ」チリをひと口食べて、ジェイムズにも口に運ぶよう手でうながした。「だからノートパソコンと、講義をしたり成績をつけるためにひとりになれる時間さえあれば、なにも問題はないの。あとはお気に入りの男性ふたりと、のんびり遊んでいればいいわけ。ふふふ、最高の夏休みになりそう」

ジェイムズはチリをひと口食べて、うなり声をあげた。

「このチリは最高だね！　エリオットがさっさとベジタリアンに変身できた理由がようやくわかったよ。こんな美味しい料理を作ってもらえるなら、ぼくだって肉をやめられそうだ」

しばらくはトマトソースで煮こんだブラックビーンズ、ニンニク、タマネギ、生の香菜の味わいを楽しんだ。そしてさっと椅子を引くと、ジェーンの横に立ってキスをした。

「愛してる」髪に口をつけてささやいた。「美味しいチリを作ってくれたことも、いろいろと無理をしてそばにいてくれることも、言葉にできないくらい感謝してる。ジェーンが一緒なら、どんな試練も乗りこえられそうな気がしてきた」

ジェイムズの首に腕を巻きつけて、ジェーンも情熱的にキスに応えた。

「わたしも愛してる。心から」

キッチンを片づけると、ジェイムズはジェーンの手を引いて寝室に向かった。「くたびれはててるでしょ」

「眠りにつくまで背中をさすってあげる」ジェーンは上掛けをめくった。

疲れきって一歩も動けないと思いながらベッドに倒れこんだが、ジェーンのそのひと言でむくりと起きあがり、ウエストに腕をまわして自分の上に載せた。

「すぐとなりにきみがいるのに、このまま寝てしまったとしたら、たしかにそれは半分死にかけているのかもしれない」ヒップの柔らかなカーブをなでた。「そばにいてくれるだけで気持ちが楽になるんだ。今夜はもちろん、これからのたくさんの夜も」

「本当にそうならうれしいけど」ジェーンはかすれた声で答え、腕を伸ばしてスタンドの明かりを消した。


翌日、ジェイムズはいつもどおりに出勤し、極力仕事に集中しようと努めた。一時間おきくらいにミラに電話しては父親の様子を尋ねたが、前日とほとんど変わりないようだった。ほとんどしゃべることができず、左の手足が動かない。病院側の説明によると、これがずっと続くのかどうかはまだ判断できないらしい。さらに、今後もほっぺたが落ちそうな焼き菓子を差し入れしてくれるかぎり、病院が父親を見放すことはありえないと保証されたそうだ。

「視力にはまったく異状ないみたいでさ。それは本当に神様に感謝したよ。それ以外は、いつもとあまり変わらないんだよね。ほら、あんたのパパはもともとあまりしゃべらなかったから。あたしがのべつまくなしにおしゃべりしてると、ぶつぶついうか、せいぜいうなずくだけ。ね、これまでとおなじだろ」

ミラも気持ちが落ち着いてきたのか、声が明るくなったのがうれしくて、ウィローの様子を見てこようかと尋ねた。

「あの子に任せておけば、あたしがいるよりきちんとやってくれるよ。実は、ちゃんと休めってずっとうるさくいわれてたんだ。だから、こうしてありがたく休んでるってわけ。あんたのパパに『ジャングル・ブック』を読んでやろうと思ってさ。ジャクソンは読んだことがないらしいし、あたしだっていつ読んだのかも怪しいものだから。ふたりで一緒にサファリ旅行気分にひたるのも悪くないだろ。看護師さんが、読み聞かせは脳梗塞の患者のリハビリに最適だって教えてくれたんだ」

「すばらしい本は、自家製チキンスープみたいに病気に効くからね。仕事が終わったら面会に行くよ。そうそう、芝刈りやゴミのことは心配しないで。週末に全部ぼくがやるから」

ミラは声を詰まらせた。

「それなら、お返しに冷凍庫をいっぱいにしといてやるからね。食事の心配はいらないよ」

「料理なら、看護師さんたちにしてあげて。実はさ、最近はうちに専属シェフがいるんだよ」ジェーンとエリオットが夏のあいだ同居してくれる話をすると、ミラは声をあげて喜んだ。

「エリオットのあの元気なおしゃべりを思いだしたら、あんたのパパは無理やりその日に退院しちゃうだろうね。一日でも早くよくなって、またあの子と遊びたいはずだから。あらら、もう行かなくちゃ。スクリンプシア先生の回診の時間だ」

電話を切ってもまだ昼休みが残っていたので、ファーンがパソコン・コーナーのまわりの壁に写真をかけるのを手伝った。最後の一枚を飾ると、ジェイムズは一歩後ろに下がって思わず感嘆の声をあげた。

「すばらしいよ、ファーン。さすが、本物の才能があるひとはちがうね」色とりどりの落葉のじゅうたんの写真を指さした。「これがいいな」続いて後ろの壁にかかっている四枚の写真を振りかえった。「あの紫のシャクナゲのクローズアップ、あれはジェーンにプレゼントしてあげたいな。大喜びしてくれることまちがいなしだ」

ファーンは顔を赤らめた。

「実はもうスコットがウェブサイトを作ってくれたんです。それこそ、驚くほどあっという間に。それで、あの写真をサイトの背景に使ったんです。本当にパソコンに詳しいんですね」

隣に貼ってある簡単なプロフィールに目を通し、続いてブルーリッジ山脈のそれぞれの季節を撮った写真を眺めた。ブルーリッジ・パークウェイの見晴らしのいい展望台で撮ったものので、広大な自然の美をうまくとらえていた。冬は雪帽子をかぶった松林。秋は見事に染まったゴールド、オレンジ、深紅の葉と好対照をなす茶色っぽい針葉樹林。ちょうどまわりにだれもいなかったので、気楽に話ができた。

「スコットはきみにひと目ぼれのようだね」

ファーンはため息をついた。

「わたしもいいひとだと思っています。ただ、趣味の仲間にも気になるひとがいて。自分の気持ちがはっきりするまでは、いい友だちでもある同僚として、つきあっていこうと決めました。でも、スコットと一緒に過ごせば過ごすほど……」

ファーンの顔がつらそうにゆがんだ。

「難しい問題だよね。ぼくを見てごらんよ。自慢じゃないけど、恋愛の大失敗なら二度も三度もしでかしてるよ」

今朝も目覚ましの音で目を覚ましたが、となりにジェーンが眠っているのを目にした瞬間、ジェイムズは自分の幸せをしみじみと嚙みしめた。ジェーンの美しい髪が枕に扇のように広がり、腕がベッドの端からはみでている。その愛らしい顔をいつまでも眺めていたかったが、起こさないようにとできるだけ静かにシャワーを浴びた。それでもうるさくて、目が覚めてしまったようだ。バスルームをでて着替えるときには、ベッドはもぬけの殻だった。慌ててキッチンに向かうと、淹れたてのコーヒーと美味しい朝食、そして気持ちのこもったキスが迎えてくれた。

「ヘンリーさんがそんな失敗をするなんて、なんだか想像できませんけど。すべてお見通しという感じがします」ファーンは恥ずかしそうに顔を赤らめた。

ジェイムズはそれを聞いて思わず微笑んでしまった。

「なかなかうまくはいかないものだね。でも今度こそは大丈夫だと思うんだ。なにしろ初恋の相手をまた好きになっちゃったんだよ。相手もおなじ気持ちだとわかったときは、天にも昇る気分だった。でも、ちょっと怖くなるときもあるけどね。これほど大切な存在がこの世にあると知ってしまったら、それを失いたくないと必死になってしまうだろうし」山の写真を振りかえった。「でも、すばらしい写真のおかげで名案を思いついたんだ。あの四枚すべて、ぼくに譲ってもらえないかな。ようやく幸せをつかめるかもしれない」

「四枚全部ですか？　ありがとうございます！」ファーンは顔を輝かせた。「ここに展示したおかげで、初めて自分の写真が売れたことをスコットに報告しなくちゃ」

ファーンの肘にそっと触れた。

「大事な知らせを真っ先に知らせたいなら、スコットのことを大切に思ってるのはまちがいないよ。あまり長く待たせないほうがいいね。写真とちがって、スコットはこの世にひとりしかいないから」

五時になると、一秒でも早く病院に向かおうと急ぎ足で図書館の階段を駆けおりた。すると愛車ブロンコの前に、片手に料理が詰まった段ボール箱、もう片方の手には携帯電話を持ったルーシーが立っていた。ジェイムズに気づいて携帯をポケットにしまった。

「みんながジェイムズのことを心配して、充分すぎるくらいの料理を作ってくれたわよ。少なくとも六食分はあるわね。なにをしてあげたらいいのか、わからなかったから」サングラスを上げて、心配そうな顔でジェイムズを見つめた。「お父さんの具合はどう?」

まずはルーシーに礼をいい、差し入れのごちそうを車に積みこみながら、父親の状態をかいつまんで説明した。

「そうそう、マーフィーにあたってみたことを報告してなかったわよね」制服のシャツの食べこぼしをこすり、ジェイムズと目が合うと苦笑した。「〈甘い天国〉でばったり会ったんだけど、かなり用心してるって印象だった。日曜の夜になにをしていたか尋ねただけで、クロワッサンをつかんで逃げだしちゃったんだから。メーガン・フラワーズでさえ、あんなマーフィーは見たことないといってたわ」

ジェイムズはこめかみをこすりながら、眉をひそめた。

「マーフィーがあの脅迫状を書いたんだとしたら、なんのためにそんなことをしたんだと思う? 彼女は頭が切れるから、ぼくが家族を守るためならなんでもすることは理解しているはずなんだ。こんなことしても、ぼくたちの結束をかためるだけなのに」

ルーシーは考えこんだ。

「ジェイムズとジェーンの仲を引き裂きたいだけかも。離れて暮らしていたら、家族を守るのは難しいでしょ。脅迫状や鳥の死骸でおびえさせて、ふたりを仲たがいさせたいだけかもしれないって気がする」

「そうかもしれないね、でも、こんなことでぼくたちの仲を引き裂けると考えているなら、大まちがいもいいところだ。事実、ふたりは夏のあいだ、こちらに来てくれることになったんだよ」ジェイムズは抑えようのない怒りを感じた。「ぼくの家族を傷つけることは許さない。なにがあろうと家族だけは守ってみせる！」

ルーシーはジェイムズの腕に触れた。

「この気味の悪い事件が遠い過去になるまで、サリーとわたしはパトロールを続けるから安心して。ふたりがこちらに来てくれるなら、これから町で三人の姿を見かけることが増えるわね。それを見て、マーフィーもあきらめてくれるといいけど」

ルーシーが続けようとしたとき、まるで図書館が火事になったかのように、フランシスが階段を転げおちんばかりの勢いで駆けおりてきた。駐車場にいるジェイムズの姿を見つけ、手を振っている。

「教授！　待ってください！」

悪いニュースを聞かされるものと、ジェイムズは身体をこわばらせた。慌てることなどめったにないフランシスが青い顔をして、ショックのせいか瞳孔が小さな黒い点になっている。

「奥さんが……じゃなくて、元奥さんのジェーンが！　気味の悪い脅迫状がどうとか、犯人がエリオットを追いまわしてるとか、そんなことをいってました。とても動揺していて、いますぐ教授と話したいそうです」一気にまくしたてた。

フランシスの言葉が終わらないうちに走りだしていた。ルーシーがすぐそのあとに続いた。

「エリオットはどこ？」ルーシーが叫んだ。

「ハリソンバーグ」階段を二段跳びに駆けあがった。

「じゃあ、マーフィーは関係ない」ルーシーがロビーのドアを押さえてくれた。ジェイムズに続いてオフィスに入ってくる。「ランチのとき〈ドリーズ〉で会ったもの。そのあと、《すこやか村》でも見かけたし」

「だれだろうと、ぼくの大切な息子を傷つけたりしたら……」

ジェイムズは受話器を引ったくるようにして耳にあてた。赤の他人がジェーンの名前を口にしているような、自分のものとは思えない声が聞こえてきた。

11章

冷凍のマカロニ＆チーズ

{ 糖分 2g }

ルーシーは自分が運転するといって譲らなかった。

「ねえ、手が震えてるわよ。これじゃ事故を起こさないほうが不思議だわ」ルーシーはおんぼろ車のアクセルを踏みこみ、トレーラーを追いこした。「それに、こういうときは制服を着た友だちをうまく利用すればいいのよ。たとえその制服がちょっとしわだらけで、左の胸ポケットに目立つしみがあったとしてもね」その一瞬だけ笑顔になった。「ハリソンバーグに着いたら、ジェイムズが受けとった脅迫状について現地の警察に報告する。互いに情報を持ちあえば、ぼんやりとでも犯人像が浮かびあがるかもしれない。そのためにも、今日なにがあったのか、もう一度正確に教えて」

ジェーンの家に向かうあいだ、気をそらせようとしているだけだとわかっていたが、いわれたとおりにもう一度説明した。

「エリオットが幼稚園の園庭で遊んでいると、サングラスをかけた男があの子に向かって紙飛行機を飛ばしたらしい。エリオットは紙飛行機を追いかけて、顔をあげたときには男は消えていた。見覚えのない男だったそうだ。その紙飛行機の作り方も、どこの店でも売ってるような本に載っているらしい。エリオットの担任の先生が、自分の息子のために似たような本を買ったことがあって、第二次世界大戦の爆撃機を模した紙飛行機だと気づいたようだ。でも機体の横に黒い絵が描かれていた理由はわからないと」

ルーシーは眉をひそめた。

「どんな鳥にしたかったのかしら？」

「知るもんか！」ジェイムズは拳を握りしめた。「鷹？　鷲？　なんだっていいさ。そいつは飛行機の翼に鳥の羽根を描いて、先に鋭いくちばしをつけた。それより一番腹が立つのは、その頭のいかれた野郎は、ぼくの大切なエリオットを……」

「犯人は紙飛行機に《ちびの私生児》と書いたんでしょ。いまの時点で、なにかを思いこむのは危険よ」ルーシーはなだめたが、かえって逆効果だった。

「ちがうよ、ルーシー！」ジェイムズは声を荒げた。「やつは明らかにエリオットのことをいってるんだ。たしかにあの子は婚外子だ。いまだって、ぼくが父親でいられるのはたまのことだしね。本当なら……」動揺のあまり言葉がとぎれた。

ルーシーが手を伸ばし、ジェイムズの手を握った。

「そんな最低男がなにをいおうと、気にしちゃ駄目。ジェイムズは立派な父親だし、エリオットは幸せな少年よ。大丈夫、あの子には言葉の意味もわからないから。大切なのは、だれよりも愛してくれる両親がちゃんといるということだけ」

ジェイムズはうなずき、感謝をこめてルーシーの手を握りかえした。

「そうだよね。エリオットに会う前に、まずは自分が冷静にならないと。あの子をおびえさせたら元も子もないよ」こめかみをこすり、なんとか心を落ち着けようとした。「警察にいろいろ訊かれて、怖がってないといいけど」

「ジェーンなら、直接話をさせないかもよ。警察官を怖がる子どもは多いから」

「エリオットはちがうよ。警察官や消防士にあこがれているんだ」

「あら、趣味がいいわね」にやりと笑った。「ねえ、このあとの道を教えて。ジェーンの家がどこなのか知らないから」

ジェーンの家のドライブウェイにはすでにパトカーが駐まっていたので、ルーシーは通りに車を駐めた。急いで家のなかに跳びこむと、ジェーンと女性警官がキッチンでなごやかにコーヒーを飲んでいたのでほっとした。まずジェーンにキスをしてから居間に向かった。

「エリオットは?」

「部屋でオーディオブックを聴いてるわ」ジェーンの声は落ち着いていた。だが目の下を赤く腫らしているのに気づき、つらいときにそばにいてあげたかったと悔やまれた。「ヘッドホンをつけて超ゴキゲンよ。ちなみに、変なことがあったとはまったく思ってないから安心して。様子を見にいく前に、こちらのビーティ巡査と話をしたほうがいいかもね」

そのとき、ルーシーがキッチンに入ってきた。

「ジェイムズが運転できる状態じゃなかったので」そうジェーンに説明すると、ビーティ巡査に自己紹介した。「なにか協力できないかと思って、一緒に来ました」

ジェーンはうれしそうに微笑んだ。

「ありがとう、ルーシー。ジェイムズの巣箱に脅迫状を残した犯人を、なんとか見つけようとがんばってくれているんですって？　わたしは鳥の死骸だけでパニックになってしまったけど、今度は大切な息子に危険が及ぶかもしれないの。一日でも早く、犯人が逮捕されてほしい。それじゃ足りない、刑務所では連続殺人犯と同室になればいいのに！」ジェーンはまじまじと自分の手を見た。「連続殺人犯はともかくとして、とにかく早く捕まってほしい」

「紙飛行機を見せてもらえますか？」ジェイムズはビーティ巡査に頼んだ。

年齢は二十代半ば、誠実そうな青い瞳にアッシュブロンドの髪をきりりとまとめた巡査は、椅子の下に手を伸ばした。フリーザーバッグのなかに収まっている紙飛行機は、一見したところはどこにでもある普通の紙飛行機のようだ。だが詳しく調べようと横を向けると、乱暴に描かれた羽根と文字が目に入り、改めて怒りが湧きおこった。

「幼稚園のだれかが、その男を覚えていたりはしなかったの？」

ジェーンはかぶりを振った。

「残念ながら。園庭はかなり交通量のある通りに面していて、人通りも多いの」

「つまり、サングラスをかけた成人男性ということ以外は、なにもわからないわけですか？」ルーシーがビーティ巡査に尋ねた。

初々しい巡査は手帳の開いたページを叩いた。

「エリオットは、男は紫色の野球帽をかぶっていたと話しています。お母さんが庭仕事をするときに着る、紫色のトレーナーに似た色だったと。ジェイムズ・マディソン大学のトレーナーのことをいっているようです」

ジェイムズは思わずうめき声をあげた。

「ここは大学のある町だ！　そんな帽子はどこでも売っているじゃないか！」ジェーンに顔を向けた。「髪の色や身長は？　どんな服を着ていたって？」

「エリオットをいくつだと思ってるの？」ジェーンがたしなめた。「ポワロじゃないのよ。アリさんの行列を追って塀に近づいたら、紫の帽子にサングラスの男が紙飛行機を飛ばしてくれて、そのままいなくなっちゃった。以上」

「まだ文字が読めなくてよかった」ジェイムズはつぶやいた。

ジェーンはジェイムズの手に自分の手を重ねた。

「エリオットなら本当に大丈夫よ、ジェイムズ。ビーティ巡査がここにいるのも、わたしのお友だちで、キッチンでのんびりおしゃべりしたいだけだと思っているくらい。それに、夏のあいだクィンシーズ・ギャップで暮らすのをとても楽しみにしてるの。なにも心配いらないわ」

「それはありがたいけど」ジェイムズはため息をついた。

四人はあれこれ意見を交換した。だがすでに容疑者リストからマーフィーがはずれたいま、かわりの容疑者すら思いつかなかった。

「ほかの元恋人の可能性はありませんか？」ジェイムズとジェーンを交互に見ながら、ビーティ巡査が尋ねた。ルーシーは落ち着かない顔でもじもじしていたが、立ちあがってコーヒーのおかわりを尋ねた。

「あら、ルーシーはお客さまなんだから座ってて」ジェーンは新しいマグを並べ、コーヒーメーカーのポットをとってきた。「わたしの元恋人はそんなに大勢いるわけじゃないし、みんな特に揉めることもなかったわ。唯一の例外はケネス・クーパーかしら。ウィリアムズバーグに住んでいる弁護士なんだけど、いわば最新の元恋人ね。でも、こんなことをするタイプじゃないと思う。自分のイメージがなによりも大切なひとだから」

ルーシーが鋭いまなざしをジェーンに向けた。

「別れるときに、彼の自尊心を粉々にしちゃったとか？」

ジェーンは肩をすくめた。

「どうかしら。別れる数カ月前から、まさにバービー人形というタイプとこっそりデートしてたけど。エリオットを育てることに興味がなかったのね。あ……」突然そこで言葉を切って、紙飛行機の入った袋を持ちあげた。「ケネスもおなじ言葉で呼んでた。私生児って」申し訳なさそうにちらりとジェイムズを見た。「だからケネスの頭めがけて、花瓶を投げつけてやったわ。残念ながらかすめただけで、命中しなかったけど。で、その日のうちに荷物をまとめてでていったというわけ」

「それ以来会っていないんですか？」ビーティ巡査が手帳をとりだした。

「ええ」ジェーンは椅子に沈みこみ、両手でマグを包んだ。「でも、こんなことをする理由がないわ。わたしと別れたくて、エリオットとも関わりあいたくなかったひとよ。自由になれてほっとしているはず」そこでジェイムズに顔を向けた。「そもそも優しいひとじゃなかったし、子どもだってきらいだった。だから、もう会うこともなくなってほっとしたくらい。特に、そのおかげであなたとやりなおすチャンスができたようなものだし」

ルーシーとビーティ巡査は目配せし、巡査は手帳を閉じて立ちあがった。

「念のために、クーパー氏について調べてみます。誕生日、事務所の所在地、最後にわかっている住所を教えてもらえますか？」

ジェーンから必要な情報を聞きだすと、警官ふたりは部屋の外に姿を消した。しばらくすると、ふたりで一緒に食事をしてくるとルーシーが顔をのぞかせた。

「七時半になったら帰ることにしようか」ジェイムズは提案した。「ジェーンたちも、夏のあいだ必要なものを荷造りする時間が必要だしね。それからクィンシーズ・ギャップに出発だ」

「了解」ルーシーは手を振ると、ビーティ巡査とパトカーに向かった。

キッチンに戻ると、ジェーンが困ったような顔で冷蔵庫のなかをのぞいていた。ウェーブのかかった栗色の髪をかきあげ、今度は冷凍庫のドアを開ける。

「今日はグロサリーに寄る余裕がなくて」ジェーンはしょんぼりとしている。「冷凍のマカロニ&チーズに、つけあわせは缶詰のインゲンしかないの。すりおろしたパルメザンチーズをかければ、とろりと溶けてなんとかいけるんじゃないかしら」

「マカロニ&チーズが苦手だってひとには、お目にかかったことがないよ」ジェーンを抱きよせた。「もちろん、ぼくも大好きだし。今夜の夕食はそれで決まり！」

ジェーンは顔をごしごしとこすり、なんとか笑顔を浮かべた。

「あの子のところへ行って、夏のあいだ、ないと困るおもちゃはどれか訊いてきてくれる？そのあいだに、オーブンを温めておくから。あなたの家に着くまでワインはがまんするわ。早く飲みたくて仕方ないんだけど」

「同感」キッチンをでようとしたところで足をとめた。「そうそう、もうぼくの家じゃないよ。ぼくたちの家だ」


空が濃紺に染まったころ、ビーティ巡査がルーシーを送ってきた。ふたつのスーツケースをブロンコに運んでいたジェイムズは、思わずルーシーの表情を探った。

「ケネスについて、なにかわかった？」

「涙がでるほどご立派な経歴以外はなにも」しょんぼりと肩を落としている。「この三年間、スピード違反のチケットすら切られていないって」

ジェイムズも両腕の力が抜けた。

「そうなんだ」

「ただ、なんだか引っかかるものを感じたのよね。まず事務所に電話したら、秘書には病欠だといわれたの。詳しくは共同経営者に尋ねてくれの一点張りなんだけど、その男がまた驚くほど非協力的なのよ。とはいえ、ケネスに不利な証拠があるわけじゃないから、質問に答えるのを拒否されたらどうしようもないってわけ」ルーシーはバッグを後部座席にほうり投げた。「でも、そのくらいじゃあきらめないわよ。わたしの勘が怪しいとささやいてるの」

「ありがとう、ルーシー」ジェイムズは急ぎ足で残りのエリオットの荷物を運んだ。そのあいだ、ルーシーとジェーンはキッチンでぼそぼそとなにごとか相談していた。

「準備OKだ、相棒！」恐竜柄のパジャマを着たエリオットに消防士用語で声をかけ、後部座席に座らせた。そして、家に向かって「クィンシーズ・ギャップへの最後の巡回に出発します！」と叫んだ。

ジェーンはバッグを肩にかけて電気を消し、玄関に鍵をかけた。

「そもそも、どうしてケネスは病欠なんてしてるのかしら」芝生を横切りながら、ジェーンはこわばった声でルーシーに尋ねた。「一緒に暮らしてたころは、健康そのものだったのに。たしかに何日も仕事を休んでいるというのは気になるわね。この町に来ることもできたってことだし。ただ、ケネスがわたしを脅す理由がわからない。まあ、犯人だとしたらという話だけど」

ルーシーはジェーンの肩に手をまわした。

「ケネスを近づけないようにして」車を指さす。「そんな男に、三人の絆を引き裂かれるなんていやでしょ？」

ジェーンの瞳が怒りに燃えあがった。

「絶対にごめんだわ」

「そのことさえ忘れなければ、なにも心配いらないわ。あちらがなにをしかけてきたところでね」ルーシーは後部ドアを開けて、おおげさに震えてみせた。「うそ！　ティラノサウルスのとなりなんて怖い！　大きな歯で食べられちゃう！」

エリオットは恐竜柄のパジャマを引っぱって、大声で笑った。

「ティラノサウルスじゃないよ。これはアロサウルス。悪い人間しか食べないんだ」

「それなら、ときどき協力をお願いしたいわ」ルーシーは大まじめに頼んだ。「名誉保安官代理になってもらえないかしら」

クインシーズ・ギャップに着くまで、エリオットは警察官の仕事についてルーシーを質問攻めにした。特に警察犬に興味津々のようで、ボノやベネター、ボンジョビというロック・ミュージシャンの名前など聞いたこともないはずだが、ルーシーの犬たちについてあれこれ聞きたがった。

自宅のドライブウェイに車を入れると、ルーシーはまずひとりで異状がないかを確認すると聞かなかった。大丈夫の合図を見て、エリオットを部屋まで運んでおやすみのキスをする。それから車が置いてある図書館までルーシーを送っていった。

「まじめな話、犬を飼うのを考えてみたら？」静まりかえった町を抜けながら、ルーシーが提案した。「強盗を撃退するには、犬の吠え声が一番なのよ。歯をむきだしにしてうなる大型犬がいれば、警報機なんかよりずっと頼りになるんだから。嚙まれる危険を考えたら、だれも巣箱に脅迫状を突っこもうなんて思わないでしょ」

狼のような鋭い歯の犬がケネスの脚に嚙みつくところを想像して、ジェイムズは胸がすっとするような気がした。ジェーンにでていかれたときのことを思いだしたのだ。法律事務所のサイトでライバルのことを調べてみたら、事務所で最年少の共同経営者であるばかりか、カルバン・クラインのモデルにもなれそうなハンサムだったのに落ちこんだものだ。

「スティーヴン・キングの小説にでてきた、クージョみたいなおそろしい犬じゃなくて、子どもと一緒に遊んでくれる優しい犬がいいな」ケネスの顔写真を慌てて頭から追いはらった。「ルーシーのジャーマン・シェパードだって、子どもを襲ったりしないのはわかってるけどさ。でも体が大きいから、ちょっと怖いかもしれないと思って。そうだ、ウィローに相談してみよう。地元のシェルターでボランティアしているから、うちの家族にぴったりの犬を見つけてくれるはずだ」

ルーシーが返事をしようとしたとき、携帯電話が鳴った。

「あら、サリーだわ」別人のような甘い声で「ハーイ」と答えている。だがなにを聞かされたのか、ルーシーの顔から笑みが消えた。唇を真一文字に結んで窓の外を見まわしている。「いま、その脇道にさしかかったところ」さし迫った声でサリーに説明した。「ジェイムズと一緒。あとで説明する」

背筋をぴんと伸ばして身構えているルーシーの姿に、なにが起こったのかと気になった。「そこを曲がって!」だが尋ねる隙もなくルーシーに命じられ、タイヤをきしらせながら角を曲がった。この先にはサラブレッド牧場や、シェナンドア渓谷自慢の美しい山々の麓に高級住宅地が広がっているはずだ。そのまま緩やかなカーブが続く道をゆっくりと走った。乗馬散歩道沿いはこの郡指折りの富裕層が暮らす地域で、どうしてルーシーがこんな場所に急用ができたのかは想像もつかなかかった。

「ねえ、ルーシー」軽い調子で尋ねた。「どこに向かっているのか、教えてもらえる？」

ルーシーは郵便受けについている真鍮の番地を読むのに集中している。

「ごめん、二百十四番地を見落としたくないの」コンコンと窓を叩いた。「あそこは百八十番地。あとすこしね」

「なにかあったの？　今日は長い一日だったし、ルーシーにはとっても感謝しているけど……」

「サリーが死体を発見したの！」ルーシーはすさまじい勢いで遮った。「まだ身元も特定できないんだけど、抵抗した痕跡が残っていて、現場保存のためにいますぐ応援が必要なの」小さく息を吸って続けた。「隣人の通報で五分ほど前に到着したばかりだって。救急救命士には連絡済みだけど、それを知っていながら通りすぎるわけにはいかないの。まだ犯人が近くにいる可能性もあるんだから」暗いなかでルーシーの瞳がきらりと光っているのが見えるようだ。「あった！」

太陽光発電の外灯に照らされた長いドライブウェイを進むと、二台用の車庫の前に茶色のパトカーが見えたので、ジェイムズはその後ろに車を駐めた。

「ジェイムズはここで待っていたほうがいいと思う」とルーシー。

一瞬悩んだが、黙ってルーシーのあとをついていった。小振りのツゲがきれいに並んだレンガ敷きの小径の先に、コロニアル様式の白い立派なお屋敷が見える。両開きの玄関ドアは片方がすこし開いていて、細い明かりが漏れていた。

「サリー？」ルーシーは玄関ホールに向かって叫んだ。

頭上で床を歩きまわる重い足音が聞こえた。

「上にいる！」ジェイムズは声をあげた。

ルーシーはくぎを刺すようにちらりとジェイムズを見た。

「なにも触らないでよ」

犯罪現場は初めてではないといいかえそうかと思ったが、黙ってじゅうたん敷きの階段を登った。なんだか妙なにおいがする。

「なにか、におわない？」ジェイムズはささやいた。「どこかで嗅いだような……」

ルーシーは鼻をくんくんいわせた。

「ジリアンの家で瞑想の会をやったときの、変なお香のにおいみたい」

「そうそう、たしかパチョリとかいうお香だ」階段の手すりの見事な木材や、天井の真ん中からぶら下がっている高価そうなシャンデリアを見まわした。「この家にはあまり似合わない香りだよね」

階段の上に着くと同時に、廊下の電気がついたのでほっとした。廊下のつきあたりの部屋からサリーが跳びだしてきて、ジェイムズをにらみつけた。

「どうして連れてきたんだ？」

ジェイムズがいるのを忘れていたような顔で、ルーシーは肩越しに振りかえった。

「例の犯人が彼の息子に近づいたから、わたしの運転でハリソンバーグまで行ってたの。で、わたしの車まで送ってもらってる途中で連絡を受けたから、遠回りしてもらったのよ」

サリーはちょっと長すぎるかと思うほど、複雑な表情でジェイムズを見つめていた。だが信じることに決めたようで、にらみつけるのをやめて小さくうなずいた。

「お子さんは大丈夫か？」

「うん、心配ないよ。どうもありがとう」ジェイムズは心をこめて握手をした。「申し訳ないけど、犯人が捕まるまで、うちの家族はきみたちを頼りにしてるんだ」

「もちろんだとも。いつでも駆けつけるから安心してくれよ」肩をそびやかせたサリーは、ぼやぼやしている敵チームを芝生になぎ倒そうとしているラインバッカーそっくりだった。だが、すぐに警官に戻って、表情を引きしめた。「救急救命士の到着予定時刻まで五分。被害者はこっちだ」

ルーシーはサリーに渡された手袋をつけ、ジェイムズに顔を向けた。

「玄関ホールで待っていて。ここは犯罪現場だから」

「どうしてわかるの？」ジェイムズは思わず尋ねたが、広々とした寝室の入り口までついていった瞬間、愚問だったと理解した。

まず目に飛びこんできたのは、ベッドの後ろから突きでている二本の脚だった。目立つ紫と緑の縞々の靴下を履いているのでいやでも目に入る。とっさに『オズの魔法使い』で家の下から突きでていた悪い魔女の脚が頭に浮かんだ。魔女の死体はドロシーの家の下敷きになっていたが、この死体は壁とベッドのあいだに挟まっていたので、残りの身体は象牙色のベッドカバーに隠れているだけだと勘違いしそうになった。

ジェイムズはゆっくりと部屋を見まわした。乱れたベッド、ひっくり返ったベッドサイドテーブル、じゅうたんに転がっているスタンドは形がゆがんでいる。むきだしになったランプの電球が、後ろの花柄模様の壁に日食のような丸い影を作っていた。本や絵がサクラ材のドレッサーの足もとに散らばり、おしゃれなお香立てには一本だけお香が残っていた。そのときドレッサーのとなりの壁に貼られたポスターに気づいた。動物愛護主義者ティア・ロワイヤルのポスターだ。改めて部屋を見まわしてみると、十種類ものポスターが貼ってあった。どうやらかなり古いものも混じっているようだ。

ルーシーは部屋全体の映像を頭に叩きこんでから、慎重な足どりで死体に近づいた。横にひざまずくと、天蓋つきベッドが邪魔で頭のてっぺんしか見えなくなった。

「知っているひと？」

「ええ、ジェイムズもね」ルーシーはベッドカバーの向こうからじっとこちらを見た。「ティア・ロワイヤルよ」

ジェイムズは驚いた。

「こんな家に住んでたんだ」てっきりああいうタイプは、フトン、ビーズのすだれ、風変わりなランプ、粗織りのじゅうたんなどが並んだ、薄暗いアパートメントに住んでいるとばかり思っていた。

サリーがウォークインクローゼットのドアを開けた。

「目立たないワンピース、ジーンズ、Tシャツしかない。数だけはたくさんあるけどな。それから死んだ豚や牛や鶏の絵が描いてある垂れ幕」

「ティアの部屋でまちがいなさそうね」ルーシーはため息をついた。「たしかにひとの気持ちを逆撫でするタイプだったけど、まさか殺されるなんて」

不安な気持ちで戸口に立っていたジェイムズは、部屋のなかをのぞきこんだ。

「殺された方法は？」

「絞殺かもしれない。首のまわりにアザがあるから」ルーシーはようやく、ジェイムズがこの場にいる不自然さに気づいたようだ。「お願いだからジェイムズはもう帰って。こんなところにいることがハッカビー保安官にばれたら、わたしが大目玉をくらっちゃう」

ジェイムズとしてはできれば捜査に協力したかったが、残ったところで救急救命士やふたりの邪魔をするだけだとわかっていた。最後にルーシーに今日のお礼を、そしてふたりには活躍を期待していると伝え、とぼとぼと階段を降りた。

玄関からでようとしたとき、家の奥のほうからなにか物音が聞こえた。犯人がまだ潜んでいるのかもしれないという恐怖に襲われ、階段を一段飛ばしで駆けあがって、いますぐ一階の部屋を調べてくれと頼みこんだ。

「死体を見つけたあとでざっと調べたぜ」サリーはルーシーに説明した。「被害者の部屋以外、荒らされた形跡はなかった」

それでもサリーは先頭に立ち、片手に銃を構えながら、つぎつぎと電気をつけていった。ルーシーも銃を抜いて、そのすぐあとに続いた。だれもついてきていないことを確認するため、かならず背後にも銃を向けている。ふたりの動きはあまりにも優雅で、殺人犯を追っている警官というより、ロシアのバレエ団を見ているようだった。ジェイムズはおとなしくあとをついていくだけだったが、筋肉はがちがちにかたまり、血液は全身を駆けめぐり、心臓はすさまじい勢いでドクドクいっていた。

キッチンに入ると、サリーはすぐに銃を下げた。

「侵入者を発見」リラックスした声で、ガレージに面したドアを指さした。

「あらら」ルーシーも銃をホルスターにおさめて笑いだした。

ジェイムズがルーシーを押しのけるようにしてのぞきこむと、ドアにペット用の出入り口がついていた。ドアのそばには水のボウルと空の陶器の皿が並んでいる。その横で、お腹をすかせたミニチュア・シュナウザーと三毛猫が三人を見上げていた。ルーシーはかがみこんで、犬の頭と猫のお腹をなでてやった。二匹は気持ちよさそうにしていたが、そのうち必死に鳴きはじめた。

「救急救命士です！」という声が聞こえ、ふたりの救命士が家のなかに入ってきた。サリーはキッチンから跳びだしていった。それに続こうとしたルーシーの肘を、ジェイムズは慌ててつかんだ。

「この二匹は？　これからどうなる？」

「朝になったら、動物管理局に電話する」ルーシーはちらりと二匹に目をやり、ジェイムズに視線を戻した。「だれかが引きうけてくれるなら話はべつだけど」

ジェイムズの心は決まっていた。

「ぼくが預かる。書類にサインするとか、なにか必要な手続きはちゃんとするから。世話をしてくれるひとが二階で冷たくなっているのに、ここに置いていくわけにはいかない。あの子たちには、餌と静かに眠る場所が必要だよ」

ルーシーはうなずき、キッチンから姿を消した。ジェイムズは戸棚を引っかきまわして、ドッグフードとキャットフードを見つけだした。試しにドッグフードを開けてやると、おなじ皿から分けあって食べるほどしつけが行きとどいている。二匹が食べおわるころには、家のなかはかなり騒がしくなっていた。ジェイムズは紙袋に餌を詰めこみ、パントリーの奥でなんとかペットキャリーも発見した。

ひざまずいて手を伸ばすと、二匹とも素直に脚にすり寄ってきた。

「初めまして、ジェイムズ・ヘンリーだよ」首輪を確認しながら、にこやかに自己紹介をした。「きみがスニッカーズ、きみはミス・ピクルスか」笑っているように見えるミニチュア・シュナウザーに声をかけ、続いて猫にも微笑みかけると、キャリーを指さした。「もう遅いのはわかっているけど、きみたちを安全な場所に連れていきたいんだ。さあ、おいで。うちに帰ろう」

そして二匹をそっとバスケットに押しこんだ。

12章

ヘンリー家特製ベジタリアンのためのピザ風ケサディーヤ

{ 糖分 11g }

二匹が入ったキャリーと紙袋いっぱいのペットフード、そして猫のトイレを抱えて帰宅すると、ジェーンは文字どおり絶句した。ルーシーを送っていく途中でなにがあったのかをかいつまんで説明し、金属製キャリーの扉を開けてスニッカーズとミス・ピクルスに声をかけた。二匹ともゆっくりと時間をかけて外にでてきた。床に前肢をおろすなり、慎重にあたりのにおいを嗅いでいる。ティアの名を呼ぶとスニッカーズが悲しそうに鼻を鳴らしたので、ジェイムズは思わず胸に抱きしめた。

ベッドの後ろから派手な縞々の靴下を履いた細い脚が突きでている様子を説明するうち、ジェーンの顔色は真っ青になってしまった。

「それ以外を見なくて済んでほっとしたよ」ジェイムズはしみじみとつぶやき、水のボウルと餌を用意した。「彼女も普通の女の子だったんだなと思って。信念に燃えていただけで。まだ人生これからだったのに。ティア自身は好きになれなかったけど、あの二匹を動物管理局に任せるのも忍びなくてさ。たまたまあの場に居合わせただけだけど、なにかしてあげないといけないような気がしたんだ」

ジェーンはうなずきながら、ミス・ピクルスの喉もとをなでた。

「ティアのご家族がこの子たちを飼いたいといってきたらどうする？　よかれと思って連れてきたのはわかっているけど、朝になってエリオットがこの子たちを見つけたら、それこそ大騒ぎするでしょうね。なにも目に入らないくらい、夢中になるに決まってるもの。一日かそこらで引き離されるかもしれないのに、エリオットに会わせるのは酷じゃないかしら？」

「そこまでは考えなかった。二匹の顔を見たら、ティアが動物たちのために必死になっていた姿を思いだしてしまって……」キッチンの床に落ちていた輪ゴムで遊びはじめたミス・ピクルスを見て、思わず笑みが漏れた。「ごめん。これ以上面倒を増やすつもりはなかったんだ」

スニッカーズに手をなめられて、ジェーンはくすぐったそうに笑った。

「ううん、ジェイムズのいうとおりよ。里親だからずっと飼えるとはかぎらないと、エリオットにはきちんと説明すればいいことよね」スニッカーズの頭にてっぺんにキスをして、微笑んだ。「子どものころ、ずっと犬が欲しかったの。でも父に動物の毛のアレルギーがあったから、かわりに金魚を飼うことになって。まあ、それほどわくわくするようなペットじゃなかったけどね」スニッカーズがひっくり返ってお腹を丸見えにして、ほめてくれという顔でジェーンを見た。「二匹ともうちの子になれたらいいのにね！　こっちにいらっしゃい、ミス・ピクルス。ママに顔をよく見せてちょうだい！」

ジェーンは二匹と遊ぶのに夢中になっていたが、そのうちもう限界だと寝室に姿を消した。

ぼんやりとテレビを見ていたジェイムズも大変な一日で疲れきっていたが、とても眠れそうになかった。テレビに顔を向けていても内容など意識に届かず、画面が消えて青い光がちらちらするだけになっても、真っ暗の居間でソファに座ったままこの一週間の出来事を思いかえしていた。父親が脳梗塞を起こした夜のこと、エリオットに向かって飛ばされた悪意ある紙飛行機のあれこれ。目を閉じると、ティアの部屋が頭に浮かんだ。ひっくり返ったスタンド、壁のポスター、もう動かないティアの脚。

何時間たったのか、ジェイムズは二匹がそばにいてくれることに心から感謝した。新しい家の探検を済ませ、お腹もいっぱいになり、いまはジェイムズとおなじくいろいろあった一日にくたびれはてて、脚のそばで丸くなっている。ちょこんと膝に載せられた二匹の頭をなでながら、その温かさや静かな寝息に心がなぐさめられた。ようやくうつらうつらしはじめたのは、真夜中をとっくに過ぎたころだった。

いつ移動したのか自分でも覚えていなかったが、六時四十五分に目覚ましが鳴ったときは、ちゃんと寝室で眠っていた。ジェーンが眠たそうな声をあげ、スニッカーズがジェイムズの脚のあいだから跳びおきて元気よく吠えはじめた。

その声を聞きつけたエリオットが部屋に跳びこんできて、ベッドを転げまわった。スニッカーズ、ジェーン、ジェイムズを何度も何度も抱きしめていたが、そこでミス・ピクルスがニャーと鳴き声をあげた。

「え、うそっ！　猫もいるの？　信じられない！」エリオットが大喜びで叫んだ。

ジェーンがすかさず事情を説明したが、エリオットはしばらくでも一緒に暮らせれば大満足のようだ。これまでにない物音が響く朝食のテーブルで、ジェイムズの胸は新たな希望でふくらんだ。

「そんなにコーヒーが美味しかった？」ジェーンがテーブルのほうにちらりと顔を向け、キャットフードの缶を開けた。ミス・ピクルスは後ろ肢で立ちあがり、前肢を伸ばして催促している。

「夏のあいだ、こんなにぎやかな朝のコーヒーが飲めるなんて、本当に幸せだと思ってさ」ジェイムズは居間を手で示した。「小さな我が家だけど――ここにいるかぎり、だれにも手出しされる心配はないと思えるんだ」

ジェーンは自分の胸を指さした。

「それに、心のなかもね」

ジェーンは玄関まで見送り、いってらっしゃいのキスをしてランチを渡してくれた。

それを境に、ジェイムズの日常はなにもかもが好転するように思えた。図書館の仕事は忙しかったが、来館者のほとんどが相談カウンターに立ちよって父親の容態を気にしてくれた。そのうえ午前中には、父親の退院が決まったと知らされた。

「これで何度もミラと電話する必要もなくなったよ！」ジェイムズは休憩室に跳びこんで叫んだ。「今日の夕方、父が退院できることになったんだ！」

口いっぱいにイタリアン・サブマリンサンドをほおばっていたフランシスは、うれしそうに親指を立てた。

「毎日リハビリに通わなくちゃいけないけど、自宅で眠るようになれば、みるみるよくなると思うんだ」自分にいいきかせるようにつぶやいた。

「そのうえ病院食じゃなくて、ミラの手料理が食べられるんですからね」そこでフランシスは難しい顔になった。「でも、教授、階段の登り降りはどうするんですか？　左半身はうまく動かないという話でしたよね」

ジェイムズはこれまで、後遺症がどこまで日常生活に影響を及ぼすのかを考えてみたことがなかった。罪悪感でその場に立ちすくんだ。

「問題がつぎつぎとでてくるね。父が以前とは変わってしまったことを、ちゃんと考えないといけないな」

「心配ご無用です。仕事帰りにスコットとお父さんの家に寄りますよ」フランシスは励ますような笑顔になった。「ふたりでベッドを居間に運べばいいんです」

「さすがだね！」ジェイムズに背中を勢いよく叩かれて、フランシスはライ麦パンにどっさり挟んであるサラミやハムやプロボローネチーズで窒息しそうになった。

双子の昼休みが終わると、ジェーンが用意してくれたランチを広げた。気づけばジェイムズはベジタリアン生活が楽しくなってきていた。塩コショウで味つけし、隠し味としてディジョンマスタードを混ぜた卵サンドにかぶりつく。デザートは生クリームを添えた新鮮なイチゴだった。ランチの入っていた紙袋の底にくっついていた付箋紙をはがすと、ジェーンが紫のクレヨンでハートのなかにふたりのイニシャルを書いていたので、思わず微笑んだ。

まだ昼休みが残っていたのでミラに電話して、寝室の模様替えについて相談した。〈ザ・プライス・イズ・ライト〉の再放送を一日中観られるようにしてしまったら、絶対にリハビリに通わないだろうと冗談ばかりいっていたが、ベッドを動かしてくれるという双子の厚意に感激していた。

「そうそう、ジェイムズ」ミラは内緒話をするように声を潜めた。「ジャクソンお気に入りのナマズの絵が、どういうわけか模様替えのあいだに行方不明になってくれると、もう最高なんだけどね」

父親が抗議しているらしい低い声に続いて、ミラの笑い声が聞こえてきた。

「ちゃんと聞いているかどうか、確認しただけだって」

午後になると、フランシスは読書会の司会を務め、スコットはパソコン・コーナーで来館者に使い方を教え、ファーンは貸し出しカウンターを受けもった。ジェイムズはリニューアルした絵本コーナーで、子どもたちを遊ばせている母親にお勧めの本を教えた。つい最近、双子が人形劇用の小さな木の舞台を作り、カメラの腕のみならず裁縫も得意なファーンが人形をたくさん作ったのだ。大きな悪いオオカミ、三匹の子豚、赤ずきんちゃん、ピーターパン、フック船長、ティンカーベル、ワニ、お姫さま、王子さま、炎を吐くドラゴンなどの人形と、そうした登場人物が活躍する絵本の舞台装置までこしらえてくれた。

ちがう書架に紛れこんでいた本の山を貸し出しカウンターに運び、ファーンに微笑みかけた。

「調子はどう？　なにか困っていることはない？」

ファーンはまばゆいばかりの笑顔になった。

「毎日、楽しくて仕方ありません！　写真は別格として、これまでで一番やりがいがありますし。こうなる運命だったような気がしてきたくらいです」

「ぼくとおなじだね」ジェイムズは微笑んだ。

恥ずかしそうに顔を赤らめた来館者のロマンス小説の貸し出し手続きを終えると、ファーンは一歩ジェイムズに近づいた。

「このあいだお話ししたことを、ずっと考えていたんです」いったん言葉を切り、意を決したように続けた。「やっぱり、スコットのことが好きなんです。もうひとりのひとに会って、友だち以上の関係には興味がないとはっきり伝えることにしました」

ジェイムズはうなずいた。

「それはよかった。きみとスコットは……」なにかぴったりの表現がないかと探した。「そう、まさにお似合いだと思うよ。四人全員、図書館の仕事が一番だと思っているのとおなじことだね。ありそうもない偶然が続いたおかげで、自分でも気づかなかった希望がはっきり見えることってあるんだよね」

「なんだか難しい話をしてますね、教授」年配の来館者がからかった。ジェイムズは控えめに微笑むと、書架に戻す本のカートを押して小説コーナーに向かった。リー・チャイルドの新刊を棚に戻そうとしたところで、だれかに肘をつかまれた。ルーシーだった。疲れたような瞳と力なく落とした肩を見た瞬間、慣れた仕事に集中することで記憶の隅に押しやっていた昨夜の記憶がよみがえった。

「あのあと、どうだった？」ジェイムズは優しく尋ねた。

ルーシーは髪を耳にかけた。

「長くて最低な夜だった。なんの手がかりもなし。たったのひとつも！」口を真一文字に引き結んだ。「たまにこの仕事にうんざりするのよね」

ルーシーがこんなにイライラしているのは珍しかった。疲れきっているせいもあるのだろう。

「ティアは絞殺だった？」声を潜めて尋ねた。

「それがちがうみたいなの。床に押さえつけられて、首を圧迫されたのは事実なんだけど、それが死因じゃないんだって。まだ検屍官が調べている最中だけどね。両親が大物だろうとなんだろうと、これはうちの事務所の最重要事件よ」ルーシーは手近な棚の本の背に指を走らせた。「両親には、今朝ハッカビー保安官が知らせたって。昨夜は携帯のつながらないカリブの無人島に遊びに行ってたので、連絡がとれなかったみたい。とにかく、あと数時間で到着する予定。自家用機があると、こういうときに便利ね」いやみっぽくつけ加えた。

ルーシーの怒りの原因はべつにあるような気がした。

「容疑者はまだ？」

ルーシーはかぶりを振った。

「残念ながら、まったく。犯人は手袋をしていたみたい。首のアザの大きさからすると、男性の可能性が高そうね。部屋の指紋のほとんどはティアのものと一致した。母親の話では、それ以外の指紋は清掃業者のものだろうって。ティアがあそこに引っ越して以来、両親は二階に行ったことがないらしいの。あまり仲がいい親子じゃなかったのね。娘の部屋に入ったことがない親なんて聞いたこともないわ」

「兄弟はいるの？」

「兄がふたり。両方とも父親の会社を手伝っていて、豪邸暮らしで、世界中を飛びまわってる。兄の場合は、ティアの家自体に足を踏みいれたことがないそうよ」ルーシーは腕時計をちらりと見た。「この事件は簡単に解決できそうもないけど、関係あるかどうかもわからない手がかりを追って、時間を無駄にしてる余裕もないの。〈デブ・ファイブ〉に集まってもらって、みんなの意見を聞きたいと思って。それにジリアンに頼みたいことがあるのよ。依頼人のふりをして、ケネスの事務所に電話してもらいたいの。口がかたい弁護士から情報を引きだせるとしたら、ジリアンしかいないでしょ」

ルーシーの肩に腕をまわしてぎゅっと力をこめてから、最新のブッカー賞受賞作家の本を棚に戻した。

「それなら連絡は任せておいて。今日はうちのパトロールなんて忘れて、すこし休んだほうがいいよ」

「サリーが〈ルイージ・ピザ〉からの帰り道に、異状がないか確認してくれることになってるの。今夜は料理なんて無理だから、夕食は大盛りパスタよ。お腹がはちきれるほど食べたら、あとはぐっすり寝るつもり」そこで顔を輝かせた。「そうそう、バタバタしてていうのを忘れてたけど、ルイージとルイスのママは毎日のように会ってるらしいの。ルイージはピザ生地を投げて丸くする方法まで教えてあげたんだって。噂では、アルマはピザ作りの天才らしいわよ」

ジェイムズは目を丸くした。

「お互いに好意を感じてるってこと？　その、ロマンティックな意味で？」

ルーシーは図書館に来て初めて笑顔になった。

「人生、なにが起こるかわからないってことね」スー・モンク・キッドの『リリィ、はちみつ色の夏』をジェイムズに手渡した。「これ、おもしろい？」

「最高だよ。借りていく？」

「残念だけど、いつか時間ができたときにする」ポケットから鍵をとりだした。「とうぶんは検屍報告書やサリーの現場報告書、ティア・ロワイヤルについて発見した情報を読むので精一杯ね」

「なにを読むのも楽しいっていうひともいるからね」軽口を叩きながら、ルーシーを正面玄関まで送っていった。

仕事が終わると双子を連れて実家に寄り、二時間かけて居間からダイニングへ、寝室から居間へと家具を移動した。すべて終わると、スコットがホウキを杖がわりにして、一本足で居間を歩いてまわった。

「おい、なにをやってるんだよ」フランシスは弟を叱った。

スコットはぐいと眼鏡を押しあげ、口をとがらせた。

「ヘンリーさんを馬鹿にしてるわけじゃないよ。杖をついて動きまわれるかどうかを確認してたんだ」スコットがドレッサーに派手に膝をぶつけると、三人は跳びあがった。

「そこまで考えてくれて、本当にありがとう」フランシスとふたりで部屋の隅にドレッサーを移動しながら、ジェイムズはふたりに礼をいった。それから一歩下がってかつての居間を眺め、これなら安心だと胸をなでおろした。これで父親とミラは一階の便利な寝室を使えるようになったし、居間にあったおんぼろの家具はとりあえずテーブルクロスをかけて隠しておけばいい。

ジェイムズは双子に顔を向けた。

「そろそろ帰ろうか。家のなかを歩くのに苦労している姿を、ぼくたちに見られたくないだろうし。新しい寝室に慣れるのに、少なくとも一晩は必要だろうな。さあ、今夜はなんでもごちそうするよ」財布に手を伸ばそうとすると、フランシスがかぶりを振った。

「教授は家族のようなものですからね。そのうえ、ミラはいつも美味しい料理を差し入れしてくれるし。ようやく、ちょっとは恩返しができたってことにしておいてください」

スコットも大きくうなずいた。

「そのとおりですよ。本当なら、ぼくたちのほうがごちそうしないといけないくらいなんですから。〈クインシーズのなんでも屋さん〉に遊びに行っても、いつもおやつをもらっているし。ミラのおかげで、毎日がクリスマスみたいなんです」

ジェイムズはふたりをうながして外にでた。

「ゲーム会社から目の玉が飛びでるような賞金をもらったんなら、だれが本当の友だちなのかよく覚えておいてくれ」冗談をいいながら、フランシスに二十ドル札を渡した。「でも、どうしてもお礼をしたいんだ。これでルイージの特製ピザでも食べてよ」

「そういうことなら遠慮なく！」フランシスは満面の笑みで受けとったが、すぐに難しい顔で考えこんだ。「あの店の一番人気はなんのピザなんだろう。チェックしておけばよかった。もう、いまにも飢え死にしそうなのに。なあ、スコット？」フランシスは意識がどこかに飛んでしまったような弟を肘でつついた。「おーい、スコット。聞いてる？」

スコットはぺたんこのお腹を押さえた。

「ぼくだったら、未来の液晶ディスプレイのモニターより、パイナップルとハムの薄生地ピザをとるね」

フランシスの目が輝いた。

「賛成！〈GALACTICA《ギャラクティカ》〉のシーズン4を観ながら食べようよ。ごちそうさまでした、教授」

ジェイムズはふたりに手を振り、今夜は自分もそんな気分だと思いながら車を走らせた。

しかし、自分の家に着いた瞬間、〈ルイージ・ピザ〉のことなどきれいさっぱり消えてしまった。

「ただいま」家のなかに向かって声をかけ、期待をこめて待った。いつもなら玄関ドアが開く音を聞きつけて、エリオットが腕のなかに跳びこんでくるのだが、廊下はひっそりとしたままだった。

「パパ！　今日はぼくの作ったごちそうだよ！」となりの部屋からエリオットの叫ぶ声が聞こえた。

いそいそとキッチンに向かうと、消防車のエプロンとおそろいのシェフの帽子をかぶったエリオットが、椅子の上に立ってチーズをおろしていた。ジェーンはテーブルをセットしていて、フォークとナプキンを置くとおかえりのキスを頬にしてくれた。

「どんなごちそうが食べられるのかな？」スパチュラを振りまわしているエリオットに尋ねた。

「ピザ風ケサディーヤ！」エリオットは得意顔で小さな胸をふくらませた。「ママとぼくが作ってあげる！」

ジェーンに向かって、目で解説を頼んだ。

ジェーンはカウンターに用意してあるいろいろな食材を手で示した。

「ピザ屋さんでするように、トッピングを選んでくださいな。それをエリオットがトルティーヤに載せて、わたしがフライパンで焼くの。あとはピザカッターを使って、自分好みの大きさに切ってできあがり」

「すごい」驚くほどいろいろ並んだトッピングに思わず歓声をあげた。「ふたりで料理番組ができるよ。そうだな、番組の名前は〈ヘンリー家の今夜の晩ごはん――ベジタリアンの夢〉でどう？」

今夜のヘンリー家特製ベジタリアンのためのピザ風ケサディーヤは、黒オリーブ、マッシュルーム、ベジタリアンソーセージを載せたトルティーヤにおろしたチーズを散らしたものに決定した。三人が最高に美味しいケサディーヤをほおばっているあいだ、ミス・ピクルスは床に落ちたグロサリーのレシートを追いかけて遊んでいた。

「あの子は紙が好きなのね」とジェーン。

それを聞いてエリオットが笑った。

「そうだよ。さっきのぞいたときなんて、トイレットペーパーがすごいことになってたんだから！」

ジェーンは爪をたてて引っかく真似をした。

「あなたがちぎったモッツァレラチーズみたいに、粉々にされちゃったのよね」

スニッカーズは、居間とキッチンにまたがって寝そべっていた。スニッカーズの一日の様子をジェーンに尋ねると、自分の話だとわかったように顔をあげて尻尾を振り、また目を閉じた。

「ちょっと気になっているの」ジェーンはスニッカーズを心配そうに見やった。「あまり食べなかったし、元気もないみたい。ホームシックかしら?」

エリオットはその答えが気になって、ケサディーヤを嚙む口がとまっていた。ジェイムズはたしなめるようにちらりとジェーンを見た。

「疲れているだけだと思うよ」

そのあと、ジェーンと食器洗い機に皿を入れているとき、ジェイムズは小声で尋ねた。

「もしかしたらスニッカーズは病気かもしれない。ホームシックじゃなくて、具合が悪いんじゃないかな。水はちゃんと飲んでる?」

ジェーンは食器洗い機のスイッチを入れ、ささやき声など余裕でかき消す騒音が始まるのを待った。

「一応、飲んだけどって程度よ。それに一日中、ちっとも犬らしいことをしなかったの。ジリアンが勧めてくれた獣医の予約をとってあるわ。心配しすぎだろうけど、念のためにね」

ジェーンはジェイムズの腰に腕をまわした。「ジェイムズはどうなの? 最近、いろいろなことが続いてるから……」

「明日の夜〈デブ・ファイブ〉のみんなで集まって、例の事件について知恵をだしあう予定なんだ。まったく手がかりがないらしいよ。そのうえ、うちのストーカー問題もあるしね。ケネスに尻尾をださせるためには、考えを百八十度変えないといけないのかもしれない。まあ、犯人が本当にケネスならばだけど」ジェーンに微笑んだ。「でもふたりがいてくれるおかげで、つらい思いも吹き飛ぶ気がするよ。パパの病気も含めてね。ふたりがそばにいてくれれば、どんなことでも乗りこえられる」

ジェーンはぎゅっとジェイムズを抱きしめると体を離し、しめったふきんでペンペンと脚を叩いた。

「ここの片づけはわたしがやるから、ジェイムズは料理の鉄人ジュニアに本を読んであげてくれない？　『みどりのたまごとハム』がご希望みたいだけど、ハムはサツマイモやジャムに変えるべきとのご意見ですわ」

「みどりのたまごとジャム？」思いきり顔をしかめてみせた。「我が国が誇る絵本作家ドクター・スースを、ベジタリアンにしようなんてたくらんでるんじゃないだろうな。だれかが注意してあげないと」ラジオのアナウンサーの口真似をする。「今度のクリスマス、エリオットくんはローストビーツを切りわけるでしょう！」

ジェーンは笑いをこらえるのに必死で、ふきんを振りまわしてジェイムズを追いはらった。


アルマとルイージが仲良くしているおかげで上機嫌のリンディは、明日ルーシーの家で開かれる〈デブ・ファイブ〉の食事会に、豆とチーズのエンチラーダを作るとはりきっていた。にこにこと鼻歌を口ずさみながら登場したリンディは、カフェオレ色の頬をほんのりと染めて、まさにご機嫌だった。エンチラーダの耐熱皿をオーブンに入れると、部屋の真ん中でくるりとまわってみせた。黒いスカートをひるがえし、カスタネットを鳴らす真似をしている。

「恋するアルマ、恋するアルマ」リンディは歌った。

「食事会のためにフラメンコのダンサーを呼んだのか、ルーシー？」冷えたビールを開けながらベネットがふざけた。

「六本、全部開けちゃって」とルーシー。「サリーも来るから」

ベネットは最後の一本を開けようとしていた手をとめた。

「食事会に？」

ジェイムズとジリアンは思わず目を見合わせた。これまで食事会はいつもこの五人だけだった。リンディやジェイムズにしても、それぞれの恋人を連れてくることなど考えたこともなかった。メンバーの問題をどう解決したものかと頭を悩ませ、なんとか全員そろってダイエットに成功しようと約束する、まさに五人の友情で結びついている食事会なのだ。五人そろってこその〈デブ・ファイブ〉だし、そこにだれかが割りこめるはずはなかった。

「これはサリーの事件なの」ルーシーは有無をいわせぬ口調で答えた。「それに、わたしたち五人がチームワーク抜群なのもよく知ってる」そこで口調をやわらげ、ベネットを肘でついた。「新聞記事だとわたしのお手柄になっているけど、すべて五人で解決してきたこともちゃんと説明してあるってば。すごく感心してたわよ。たぶん今日も黙って座ってるんじゃないかしら」

ルーシーの最後のひと言はすぐにまちがいだと判明した。サリーはまれに見る社交的な男性で、ジリアンには展開中の事業について質問し、ベネットとは大量に届くＤＭの問題で意気投合し、ジェイムズには図書館の貸し出しカードを作る方法を尋ね、リンディのエンチラーダをベタぼめした――ジェイムズはかっこいい保安官代理がますます好きになった。

「ジェイムズもベジタリアンになったの？」ジリアンがうれしそうに尋ねた。

パパイヤ色の髪にバナナ色のブラウス、ライムグリーンのスカートという格好のジリアンは、色とりどりのトロピカルフルーツを山盛りにしたボウルにそっくりだった。そのうえ、色が足りないとばかりにピンクのベルトとサンダルまで身につけている。

「そういうわけじゃないよ」ジェイムズは皿を流しに運んだ。「とにかく、ジェーンが作ってくれる料理が美味しくてさ。昔はそれほど料理が得意じゃなかったけど、一所懸命エリオットのために練習したんだろうな。そのおかげでぼくもそのご相伴にあずかっているというわけさ」

ベネットが冷蔵庫を指さしながら飲む真似をしたので、もう一本ビールを持っていってあげた。

「ジェイムズがどんどん健康になってるのはまちがいないよな。おれなんて、甘いものをやめるのすら脱落しちゃってさ」ベネットはぼやいた。「昨日、配達しながらドーナツ・ホールを山ほど食べちゃったんだ。あのCDをもっと聴かないと駄目だな」

ジリアンが困ったような顔でベネットを見つめた。

「CDが始まったかどうかも怪しいうちに、ぐっすり眠りこんじゃうんだもの。いびきがうるさすぎて、潜在意識にCDの音が届いてないんだと思う。新鮮なショウガと蜂蜜を混ぜたものを飲むとか、自然薯とか、ハーブ療法を試してみるのが一番だと思うんだけど」

「寝る前に自然薯を食うだって？　勘弁してくれよ」ベネットはしかめ面になった。

一同大笑いし、みんなで分担してテーブルを片づけた。すべて終わったところで、ルーシーが無糖アイスクリームの特大パックをとりだした。

「ウィリーがわたしたちにぴったりの新作を考えてくれたの」ルーシーはアイスクリームをすくう大きなスプーンを振りまわした。「もう甘いものはやめるつもりだって話したら、がんばって砂糖を使わないアイスクリームを考えだしてくれたのよ。後ろめたさゼロのグラスホッパー・パフェだって」

リンディはいそいそと両手をこすりあわせた。

「ミントとチョコレート味なの？　すごく美味しそう！」

「ウィリーの説明を読んであげる」ルーシーは特大パックを傾けた。「後ろめたさゼロのグラスホッパー・パフェは、ミントのアイスクリーム、ファッジ、砕いたチョコミント・クッキーが絶妙のバランスで混ざりあっています。砂糖を使っていない絶品アイスクリームをひと口味わったら、バッタのように町中を跳びまわりたくなることをお約束します」

ベネットはボウルを受けとり、アイスクリームをぱくりとほおばった。

「さすがウィリー、もう芸術家の域に達してるな。これじゃ美味しすぎて、ついつい食べすぎるのは確実だ」

みんなスプーンをきれいになめるのに忙しくて、だれも返事をしなかった。

一番に食べおわったルーシーはボウルを押しやり、フォルダーとペンを用意した。黄色の法律用箋を右手に置き、みんなの顔を見まわす。

「そろそろ本題に入るわね。ティア・ロワイヤル殺人事件には、本当に途方に暮れているの。ティアはたった二十六歳で、動物愛護運動がすべてという毎日だったわけ。首のアザを見るかぎりでは、犯人のほうがはるかに力があったくせに、そのまま絞殺もせずに、ティアを床に押さえつけただけで終わらせてる」

「だけど、ただやられてるというタイプじゃなさそうだよな」とベネット。

この言葉が聞こえなかったように、ルーシーは続けた。

「ティアは働いたことがなかったの。自宅は両親が買いあたえたもので、毎月のおこづかいまでもらってた。親は経済的な援助は惜しまなかったけど、娘とは距離をおいていたようね。父親によると、会社のイメージをめちゃくちゃにしかねない娘だったそうよ。いっぽうの母親は、ティアだけはロワイヤル家の子どもらしくなかったと」

ジリアンが大げさにため息をついた。

「かわいそうに、みにくいアヒルの子だったのね」

サリーが目を丸くしてジリアンを見ているので、ジェイムズはつい笑ってしまった。

「話の途中に悪いけど、ティアのペットのことを訊いてみてくれた?」

「もちろん。ロワイヤル家はペットにはなんの興味もないそうよ。父親はペットの世話をするなんて論外だって」

「これは運命だわ！　めでたく二匹はジェイムズの家の子になったのね！」ジリアンがすっとんきょうな声をあげた。「スニッカーズは獣医さんに連れていった？」まるでダライ・ラマがそばにいるかのように、獣医という言葉を小声でささやいた。利口なダライ・ラマは獣医という言葉を耳にしたとたん、脱走して何日も帰ってこないのだ。

「スニッカーズは簡単な手術をしないといけないそうなんだ。まるで飲み食いしなくなっちゃって。獣医によると腸閉塞なんだそうだけど。まあ、手術はあっという間だから、いまごろはジェーンが迎えにいっているはずだよ」ジリアンに顔を向けた。「二匹がうちの子になってうれしいけど、できれば請求書の支払いはロワイヤル家にお願いしたいよ。手術の費用だけでも、家がもう一軒買えそうなんだ。そのうえミス・ピクルスが紙でできたものを引っかくのが好きでさ。目につくトイレットペーパーをすべて引っかくのをやめてくれないと、落ち葉でお尻を拭くはめになりそうだよ！」

一同、それにには大爆笑した。笑いがおさまるのを待って、ルーシーは事件の説明を続けた。

「犯人は寝室に侵入して、ふたりは揉みあいになった。その際に首にアザが残ったんだと思う。でも死因は心臓麻痺なの。検査結果が届くまで、彼女がクスリかなにかをやっていたかどうかはわからないけど、検屍官によるとドラッグや毒物の可能性は低いって」

サリーがテーブルの向こうで座りなおした。

「ロワイヤル家は知事とも懇意なんだ。だから検査結果は超特急で届くはずだ。それだけはラッキーだったな」

リンディは人さし指に黒髪を巻きつけた。じっくりと考えているときの癖だ。

「抵抗した痕跡が残っていたのは寝室だけなのね。一階？　それとも二階？」

「二階」ルーシーはひと言で答えてから、リンディのつぎの質問を予想してつけ加えた。「窓に無理やり侵入した形跡はなかった。きちんと鍵がかかったままだったし」

「つまりティアは犯人と顔見知りだったということよね。自分で家のなかに入れたんだわ」

リンディは身震いした。

サリーは目を丸くしてリンディを見つめている。

「さすがだな！　おれたちもおなじ意見だよ。ティアはこの男が来るのを待っていて、特に警戒もしていなかったようだ。そのうえティアはこの二週間で、かなりの現金を引きだしていた。それも口座がすっからかんになるくらいの額をね」

「そうなの。サリーは今日、銀行が閉まる前に月々の取引明細書を手に入れたんだって」ルーシーがうれしそうに続けた。「ティアはつぎのおこづかいがもらえるまで、生活するのもやっとという状態だった。なにしろ残高がマイナスなんだから。ゆすられてたんじゃないかと思ってるの」

指先でアイスクリームの残りをこそげおとしながら、ジェイムズは尋ねた。

「ちなみに、その金額は？」

ルーシーは書類をぱらぱらとめくった。

「二万五千ドル近く。五千ドルを五回に分けて引きだしてるわね」

口ひげを引っぱっていたベネットが、それを聞いて口笛を吹いた。

「すごい！　どうして犯人は自分専用のＡＴＭを殺しちゃったんだろう？」

ジリアンは胸に手をあてて、苦しそうな表情を浮かべた。

「かわいそうな若い女性のことを、そんな冷酷な呼び方をするなんて信じられない」

つねに仲裁役のリンディが慌てて手を振った。

「ゆすりの件に話を戻しましょ。どうしてゆすられていたのかしら？　見た目ほど動物愛護に熱心でもなかったのかもね。実は、毎晩ダブルチーズバーガーを食べていたとか、あるいはリスを轢いてしまったショックで、人生観が変わっただけだったとか」

「どうして動物愛護運動に関わるようになったのか、両親は見当もつかないみたい」ルーシーがしょんぼりと説明した。「ペットを飼うことなんて許されなかったし、牧場や家畜にも縁はなかった。ちなみに兄ふたりも似たり寄ったり。兄たちによると、大学を卒業したころは流行を追いかけることしか頭にない馬鹿娘だったけど、気づいたらわけのわからないヒッピー活動に精をだすようになったそうよ」

「大学時代の友人の話を聞きたいね」ジェイムズは提案した。

サリーが手帳に目を落とした。

「二年間ルームメイトだった女性の話を聞いたんだ。ティアはデモ行進しながら大声で叫べるようなグループなら、なんでも参加していたらしい。動物愛護はそのなかのひとつに過ぎなかったようだな。家族がまるで無関心だったので、ティアはみんなの注意を引きたくて、手当たり次第にそうした運動に参加してたんじゃないかといっていた。そのうちすべてに飽きるだろうと思っていたので、最後まで動物愛護運動を続けてたと知って仰天してたよ」

「さすがだわ！　ティアはなんの罪もない動物たちを守るのに、すべてのエネルギーをつぎこんでいたのね！」ジリアンが叫んだ。「もしかしたら、犯人は大きな牧場か食肉処理場で働いていて、口封じをしたかったのかも！」

ジリアンと食肉処理場との悲しい歴史を知っているので、みんな黙ってうつむいた。ベネットが口を開いた。

「なあ、家畜を育てたり、それを食べたりしてる人間が、みんな悪魔ってわけじゃないよ。おれだってそうだしさ。ベーコンはどうやってできたかを考えて、夜も眠れないなんてこともないし。おれはこれからも肉を買うし、食うし、美味しいと思うはずだ。だからって、おれが悪党ってわけじゃないだろ？」ジリアンの手に触れる。「ティアを殺したやつの目的は金だよ。そいつも肉が大好きなのかもしれないが、いま動物は関係ない。鍵は二万五千ドルにあるね」

「わたしもおなじ意見」リンディが優しく続けた。「ティアが隠しておきたかった秘密を知ったのはだれなのか、見つけてあげなくちゃね」

「その秘密がなんだったのかも知りたいところだね」とジェイムズ。「犯人がなにかひとつでいいから、手がかりを残してくれたらよかったんだけどな」

そのときジェイムズの携帯電話が鳴って、小さな画面にメールが現われた。急いで携帯を開き、思わず声をあげた。

一同、心配そうにこちらを見ている。

「なにかあったの？」ジリアンとリンディが同時に尋ねた。

「ジェーンが、スニッカーズのお腹に詰まっていたものの写真を送ってきたんだ。獣医の話だと、ティアが殺された夜にこれを飲みこんだ可能性が高いって。見て！」携帯電話をテーブルの真ん中に置くと、みんな身を乗りだして画面を見た。

「これは木？」ジリアンが写真に目を凝らした。

「そう、金色のモミの木のペンダントだ」声がうわずってしまった。「ようやく手がかりを見つけた！」みんないぶかしげに顔を見合わせるばかりなので、もう一度画面を指さした。

「ほら、なんとなく見覚えあるだろう？　造園会社のスタッフのTシャツや野球帽やトラックに描かれてるモミの木だよ。死んだネッド・ウッドマンの会社だ」

「それじゃあ、おなじ犯人ってこと？」リンディは半信半疑という声だった。「でも接点がないじゃない。若い動物愛護活動家と、中年の町会議員なんて」

「なにかつながりがあるのよ」ルーシーが髪をかきあげた。「わたしたちの手で、なんとしても見つけだしてやる！」

13章

ホワイト
チェダーチーズ味の
ポップコーン

｛ 糖分 1g ｝

食事会がお開きとなって帰宅すると、ジェーンはテレビにくぎづけになっていた。画面いっぱいに押しよせる泡立つ波を見つめながら、ポップコーンを山盛りにしたボウルを抱えている。その足もとではミス・ピクルスとスニッカーズが眠っていた。ジェイムズの足音に二匹は目を開けたが、逃げだす必要もなければ、餌をくれるわけでもないとわかると、すぐにまた眠りに落ちた。二匹の頭をなで、スニッカーズが今朝の小手術から順調に快復している様子に安心した。いまは寝ぼけているが、ぐっすり眠ればもっと元気になるだろう。

「ディスカバリーチャンネルが、今週はサメ特集なの」ジェーンはポップコーンのボウルを差しだした。「今日は《血の海》だって。夢に見そう！」

大きく口を開けたホホジロザメが、ずらりと並ぶおそろしい歯を見せつけながら泳ぐ姿を眺めた。サメの顎のクローズアップが映り、三角形の短剣が並んでいるようなこの凶器が、魚やアザラシや人間にとっていかなる脅威となるのかを説明するナレーションが続いた。畏敬の念さえ覚える深海の王の堂々たる姿に、なにを話そうとしていたのかも忘れそうになって、慌ててチーズ味のポップコーンを口にほうりこんだ。

「スニッカーズのお腹からでてきたモミの木は？」

ジェーンはクッションを胸にしっかりと抱え、瞬きもせずにキッチンを指さした。

「流しの横のカップのなか。ちなみに、きれいに洗ってあるわよ」

金色のモミの木はスニッカーズの消化器官などにはびくともしなかったようだ。まるで新品のようにピカピカに輝いている。掌にペンダントを載せてひっくり返してみたが、裏には十四金で作られていると書かれているだけだった。

「なんとなく、男性用のネックレスみたいに見えない？」コマーシャルのあいだにジェーンに尋ねた。「たとえばネッド・ウッドマンみたいな、造園会社を経営している中年議員がいかにも身につけそうな」

ジェーンがぽかんと口を開けた。

「あのフェスティバルでエリオットが見つけた、亡くなった方のこと？　そのひとのネックレスだと思ってるの？」ジェイムズがうなずくと、ジェーンはネックレスを受けとってまじまじと見つめた。「男性用という感じはしないわね。それに新聞でそのひとの記事を読んだけど、特にこういうものを身につける派手なタイプだとも思わなかったし。どちらかというと、女性のブレスレットにつけるチャームみたいなものじゃないかしら」

ジェイムズはぼんやりと部屋の芳香剤のコマーシャルを眺めた。女性がうれしそうな顔で十代の息子の部屋のカーテンにスプレーしていた。汚れた靴下のにおいではなく、さわやかなオレンジの香りになったことで、満足そうにうなずいている。

「じゃあ、ネッドの奥さんのものかな？」

「かもね」ジェーンはまだネックレスを見つめている。「でも、どうしてそれがスニッカーズのお腹のなかに？　つまりウッドマン夫人が……」

「ティアの家にいたということになるね」ジェイムズはあとを引きとったが、がっくりと肩を落とした。「それこそ、どうして？　ドナ・ウッドマンとティアとのあいだにどんなつながりがあるんだろう？　どうやってその事実を探りだす？　まさかドナを夕食に招待して、厳しく尋問するわけにもいかないし」ぼんやりとポップコーンをほおばりながら、ジャージー海岸でひとり泳いでいる人間に近づくサメの姿に身震いした。ポップコーンのボウルを脇に置いた瞬間、ミス・ピクルスが膝に跳びのったので、太ももに爪があたってチクチクした。

サメは一回、二回と旋回してから、鋭い歯を人間の太ももに突きたてた。

「ひどい！　血の海だわ！」ジェーンは怖がっているのか、喜んでいるのかわからない声をあげた。サメはさらなる攻撃を続け、ジェーンは唇を指でこすっている。「ねえ、ドナから情報を探りだす方法ならあるわよ。新聞にお葬式の写真が載っていたのを覚えてる？」

テレビの惨劇から目を引きはがして、ジェイムズはうなずいた。

「ドナとネッドはジェイムズ・マディソン大学で知りあったと書いてあったのを思いだしたの。ドナに電話して、クィンシーズ・ギャップの同窓生支部を作る手伝いを頼んでも、そう不自然でもないでしょ？」

驚いてジェーンを見つめた。

「そんなことをお願いしてもいいのかな」

「もちろん。ジェイムズがやってみる価値はあると思うならね。ルーシーはいやがらせの犯人を探そうとがんばってくれてるわけでしょう。だからすこしでもその厚意に報いたいの」ジェーンはリモコンの消音ボタンを押した。「とりあえず、今週末のランチの予定は空いているか、ドナに訊いてみる。エリオットと一緒にレゴで遊んでいれば、話は自然と耳に入ってくるわよ」

膝のミス・ピクルスをそっとどかし、腕を伸ばしてジェーンの左手を握った。テレビの光を受けて白く浮かびあがった顔を見つめていると、あとからあとから愛情があふれてくるようだった。気づくと、言葉が勝手に転がりでていた。

「結婚してくれないか、ジェーン」せきこむように尋ねた。「もう一度、ぼくの奥さんになってほしいんだ」

ジェーンの右手からリモコンが滑りおち、音を立てて床に転がった。

「驚いた……どうして急にそんなことを……」

急いでテレビを消し、またジェーンの手を握った。

「ベネットの〈ジョパディ！〉出演をお祝いしたパーティで、人混みのなかできみを見つけた日から、ずっと考えていたんだ」言葉を切って、あえてゆっくりはっきりと話した。「二度と会いたくないと思ったときもあった。でも、傷ついて怒りくるってるときでも、どこかでもう一度やりなおすチャンスを求めていたんだ。時間を戻して、ぼくらが別れなくて済むように」

ジェーンは恥ずかしそうにうつむいた。それでも強く手を握りつづけていると、今度は顔を上げ、じっとジェイムズを見つめた。

「古傷を広げようとしているわけじゃないんだ。自分でも不器用だとあきれるけど、とにかく、やりなおしたいと思うひとはジェーンしかいないんだよ。昔よりいまのほうがずっと気が合うと感じてる。本当の家族になろう。きみと、ぼくと、そしてエリオットと。これからはずっと一緒に暮らしたい」

「エリオットは大喜びするわね！」ジェーンが瞳を輝かせた。

ジェーンの手をさらに力を入れて握った。

「エリオットと一緒に暮らしたいという話じゃないんだ。ジェーン、きみにそばにいてほしい。今日も、明日も、そのつぎの日も。きみがいてくれれば、それだけでいい。もう一度、一緒に年齢を重ねていきたい」

ジェーンは突然のことで言葉がでてこないのか、涙をこらえているようだった。永遠にも思えるあいだ待っていると、ついに、ジェーンは首にかじりついて大声で返事をしてくれた。

「イエス、イエス、イエス！」

ジェーンの涙がジェイムズの頬を濡らした。うわ言のように返事をくり返していたが、その口はキスでふさいだ。ジェーンがジェイムズを引っぱってソファに倒れこんだので、ミス・ピクルスは跳びのいた。不思議そうな顔でもつれあうふたりを眺めていたが、そのうちすごすごとキッチンに退散した。

しばらくして、ジェイムズはふたりの素肌に毛布を広げた。改めて婚約したふたりは気持ちを確かめあい、頬を赤く染めながらワイン片手に将来のことを話しあった。腕を絡ませ、初めて教会のバージンロードを歩いたときにいろいろな事件が起こったことを思いだしては、声をそろえて笑った。

「あのときのオルガン奏者は、絶対酔っぱらっていたわよね」ジェーンはくすくす笑った。

ふらつく音程や、みんなのぎょっとしたような顔を思いだした。

「たぶんね。それより、やけに怒りん坊のフラワーガールがいたよね。弟くんの横を通ったときに、むこうずねを蹴飛ばしたのを覚えてる？」

「あれは結婚式のビデオのハイライトだったわ」ジェーンは笑い、肘をついて身体を起こした。「あのときは大きな教会で式を挙げて、四段重ねのケーキがある豪華なパーティを開いたけど、今度はふたりだけで町役場に行くっていうのはどう？　この町で結婚しましょうよ。善は急げっていうし」

幸せのあまりうとうとしながら、ジェーンの提案を考えた。

「急ぐって、どれくらい？」

「金曜日のお昼休みは抜けだせる？　まずは町役場に行って、結婚許可証を申請しなくちゃね」

ジェイムズは返事のかわりにキスをした。

「とはいえ、立会人は必要だよね。どうやって選ぼうか？　ひとりを選ぶってかえって難しいな」

「だれに頼むかは決まってるくせに」ジェーンが眠たそうにつぶやいた。「〈真昼の決闘〉みたいに、正午に待ちあわせしましょう。いいかしら、カウボーイさん？」

大きく満足のため息をついた。

「そういうふうに呼ばれるのもいいものだね」

ジェイムズは伸びをして立ちあがり、急いで毛布を腰に巻くと、ジェーンをソファから起こした。肩に毛布をかけてやり、ふたりはゆっくりとベッドへ向かった。夜は幸せに満ちた夢であふれていた。


翌日〈デブ・ファイブ〉のメンバーは、昼休みに図書館で集まる予定になっていた。ジリアンがケネス・クーパーの法律事務所に電話する計画をいよいよ実行に移すのだ。いつもは下校のベルが鳴るまで高校に残っているリンディでさえ、なんとか駆けつけることができた。期末試験の準備のために全校生徒が半日で終わりだったので、廊下から人影が消えたとたん、教師や事務員たちも車に跳びのったそうだ。さわやかな春の風に吹かれながら自由を満喫したいのは、生徒も教師もおなじだった。

「未来のお姑さんとルイージの恋は順調なの？」ジェイムズはオフィスに入ってきたリンディをからかった。

リンディは風に乱れた髪をなでつけようとしたが、もつれた黒髪はなかなかいうことをきかない。しまいにはジェイムズの机から輪ゴムをつまみあげ、髪をポニーテールにまとめて笑った。

「いいニュースがひとつ、ルイージはアルマにぞっこんなの。ところが悪いニュースもひとつあって、アルマがあの店のカウンターに妙になじんできたのよ。もうすっかり継母気分で、子どもたちにもいばってるらしいわ」

「それがどうして悪いニュースなんだ？」ちょうど入ってきたベネットが尋ねた。制服のシャツについた紙くずを払いおとし、窓に一番近い椅子に座った。

リンディの笑顔がしぼんだ。

「だって、帰りの航空券をさらに一カ月延期したのよ。もうメキシコに帰らないつもりかもしれない！　アルマがここにいるかぎり、ルイスはいつもなんとなく上の空なのよ！」

人気ミステリ百選が書かれたしおりを眺めていたルーシーが、厳しい顔でリンディを見つめた。

「これはだれかがいってあげないとね。ルイスはなによりもリンディのことを最優先すべきよ。もし、アルマがずっとこの町で暮らすことになったら？　ふたりの関係はどうなるの？」

リンディは真っ青になった。

「神様、お願い。想像するだけでおそろしいわ。アルマがこの町でずっと暮らす？　どこでばったり会うかわからないってことよね？」ベネットの肩をこづいた。「椅子に座らせて。

気が遠くなりそう！」

ベネットはおもしろがっているような顔で、黒い目を輝かせて椅子を譲った。じゃらじゃらうるさいほどの銀のバングルの音にドアを振りかえると、果たしてジリアンが部屋に入ってきた。

「ハーイ！」ジリアンは元気よくあいさつした。「事件解決を目指してみんなで協力していると、わたしの心身のバランスにもいい影響があるみたいよ」

ジェイムズはジリアンには机の椅子を勧めた。

「さて、どんな作戦でいくつもり、ジリアン？」

ゆったりと椅子に身を沈め、ジリアンは両手を合わせて深呼吸をした。

「ベネットとふたりでケネス・クーパー先生についてじっくり調べたの。大手製薬会社などの対個人の民事訴訟や著作権侵害が専門みたいね」言葉を切って、にやりと笑ってみせた。「そうしたら魔法の種をまいたみたいに、ぱっと名案がひらめいたの。ペット御殿を盗作した連中を訴えたいと、クーパー先生に依頼すればいいじゃないって。どうしてもクーパー先生じゃなきゃいやだと主張するつもりよ。なにしろ先生が担当した著作権侵害や特許権侵害訴訟は、すべて勝訴しているんだから」

ルーシーは感心した顔でうなずいた。

「たしかに名案ね！　だけどだれを訴えることにするの？」

「昨日ボウ・リヴィングストンに電話して、この計画について説明したんだ」ベネットがあとを続けた。「そうしたらあっという間に、本物そっくりのペット御殿もどきのサイトを作ってくれたよ」ちらりとジリアンに目をやった。「ボウを事業の共同経営者にできたのは、本当にラッキーだったよな。昔は屋根葺き職人だったけど、あの双子みたいにパソコンに詳しいんだから」

ジェイムズは自分の机のパソコンを示した。

「その偽のサイトを見てみようか」

「驚くわよ。そう聞いてなければ、まさか偽物だなんて夢にも思わないはず」ジリアンがアドレスを打ちこみ、みんなによく見えるように画面を動かした。

「まさにプロの技って感じね」ジェイムズがペット御殿の画像を大きくすると、リンディがつぶやいた。

「お問い合わせを開くと、だれの名前がでてくるの？」ジェイムズは画面を指さした。

ジリアンはカーソルを動かした。

「ペットの城を注文したければ、ジェリー・ブリックマンにメールすればいいの。もちろん、そんなひとは存在しないんだけど、ボウがジェリー・ブリックマンの名前でGメールのアカウントを作ってくれたから、まさか架空の人物とは思わないでしょ。会社の住所はケネスの事務所があるウィリアムズバーグにしたわ。当然、番地は入れなかったけど」

「そのとおり」ベネットが大まじめにうなずいた。「抜け目ない弁護士に偽の番号に電話されたり、空っぽの倉庫を突きとめられたりして、うそがばれるのはごめんだからな」

「ふたりのコンビは完璧だね」ジェイムズはベネットとジリアンを交互に見た。「ところで、ペット御殿のデザインはきちんと特許をとってあるの？」

髪をふくらませながら、ジリアンは大きくうなずいた。

「もちろんよ。ボウとふたりで何時間もかけて、思いつくかぎり登録したんだから。《オカメインコ・コンドミニアム》、《ペキニーズ・ペントハウス》、《シャム猫スイート》……」

ルーシーがジリアンに無理やり受話器を握らせて、延々と続きそうだった話をやめさせた。

「まずはケネスの秘書と話すのが一番だと思う。共同経営者は一筋縄じゃいかないだろうし。ジリアンの話に同情してくれるよう、うまくお芝居してね」

ジリアンは大きく息を吸いこんで目を閉じ、なにかをぶつぶつ唱えはじめた。ジェイムズはにやりとベネットに笑いかけたが、誇らしげな顔で肩をすくめるふりをしている。

ジリアンは言葉巧みに、難関をつぎつぎ突破して、ついにケネス・クーパーの個人秘書にたどりついた。ジリアンが親指を立て、椅子をまわして窓に顔を向けたので、そこまでたどりついたのだとまわりにもわかった。

「クーパー先生はお留守？　では、折りかえしお電話をいただけるかしら？」ジリアンはいまにも泣きだしそうな声をだした。「え、休職中？　そんな！　ええと、お名前はうかがいましたっけ？　キャサリン？　ちょっと相談に乗っていただけるかしら。いまにも溺れそうな気分なの！」

このあと延々と相手の話が続いたようだが、ジリアンの指を見ていれば順調に進んでいることはわかった。電話のコードを指に巻きつけ、いきいきと作り話を始めている。暴力をふるう恋人から逃げたことから始まって、クィンシーズ・ギャップで安心して暮らせるようになったこと、やっと落ち着いて、動物たちのための仕事を始めたばかりだ等々。

「ねえ、ペットを飼っているの、キャサリン？」

どうやら返事はボストンテリアに関係あるらしく、その長所についての話が続いた。そのあとで、苦労しながらなんとか自分の店を開くことができ、最近ようやくペット御殿の会社を立ちあげた話へと持っていった。

「そんな男にわたしのアイデアを盗まれるなんて、いっそ死んだほうがましだわ！　なんとか思い知らせてやりたい……」ジリアンの声が震えている。「ウィリアムズバーグの近くで弁護士を探したの。だって、その犯人もそちらに住んでるみたいだから。どうせ贅沢な暮らしをしてるんでしょうね。こっちは身を粉にして働いてるっていうのに！」言葉を切って、なんとか息をととのえるふりをした。「クーパー先生のご評判は耳にしていたの。負け知らずなんて、本当にすばらしいわ。だから、どうしても先生にご相談したいんだけど、どうすればいいのかしら」

ジェイムズはジリアンにウィンクした。相手に決定権を与えて話を終わらせるとは、さすがジリアンだ。キャサリンはその苦境にたいそう同情して、情報を漏らしてくれるにちがいない。

キャサリンの返答を待っているあいだ、一同も固唾を呑んで見守っていた。ジリアンが机のカレンダーになにか書きつけるのを見て、一斉に大きくため息を漏らした。

「それはそうよね」ジリアンが落ち着いた声で返事をした。「無理をお願いしてごめんなさい。でも、クーパー先生はご自分の内なる悪とも対決なさるなんて、本当に勇気あるすばらしい方ね。え？　事務所の共同経営者を紹介したい？」ジリアンは慌てた顔でみんなを見上げた。「大変、あとでかけ直すわ！　犬がテーブルから跳びおりて、町長の奥さんが石けんの泡だらけになってる！　とにかく、ありがとう！」ジリアンは急いで電話を切った。

ベネットがほっとした顔で座りなおし、パチパチと拍手をした。すぐに全員が笑顔でそれに続き、ジリアンの演技力を口々にほめたたえた。だがジリアンがカレンダーに書いたメモを指さすと、ぴたりと口をつぐんだ。

「ケネス・クーパーはウィリアムズバーグにはいないわ。彼の休職は本当で、カルペパーでなにかの依存症の治療を受けているみたい」ジリアンはパソコンに顔を向けて、てきぱきとなにかを調べている。「やっぱり。治療センターがある。カルペパーなら車ですぐだから、ハリソンバーグやクィンシーズ・ギャップに来るのも簡単ね」

リンディは納得いかないという顔だった。

「でも、そういうところにいったん入院したら、簡単には外出させてもらえないんじゃないの？　自由に出入りして、脅迫状や鳥の死骸を置いてまわるなんてできるの？」

「たしかにそうよね」ルーシーはベルトに手をやった。「そこは任せて。なんの依存症で入院してるのか、その治療センターは出入り自由なのか、そういったあたりを調べてみる」勢いよくドアに向かった。

ジリアンも立ちあがった。

「どうやって調べるつもり、ルーシー？　そういう施設は簡単に個人情報を漏らしたりはしないわよ。モラル的にも許されることじゃないし」

「たとえローマ法王が相手でも、なにをしたのか暴いてやるわ！」ルーシーの鼻息は荒かった。「わたしの友だちを脅かした男の秘密なんて、守ってやる必要ないわよ！」怒りをそのままぶつけたことを恥じるように、つるりと顔をなでて言い訳した。「大丈夫、いいことを思いついたのよ」

ジリアンはそれ以上は聞きたくないという顔をした。

「ルーシーに任せるわ。もちろん同情なんてしないけど、本当はいいひとなのに、ドラッグのせいで別人になったんじゃないかという気がするの」

「そうかもしれないな」ベネットは腕時計に目をやった。「だからといって、ジェイムズの生活をめちゃめちゃにしたり、家族を怯えさせたりしたことは許せないけどさ」ルーシーに顔を向けた。「どうやってケネスの情報を探りだすつもりなんだ？　やつは弁護士なんだぜ。保安官代理殿。主治医にあれこれ質問するあいだ、やつがおとなしくしているわけはないよな」

「たしかにそうね」ルーシーはうなずいた。「クビになる危険もあるから、この件はあるひとに任せるつもり。どうしてもわたしたちの力になりたいという、うってつけのひとがいるのよ」

謎めいた言葉だけ残して、ルーシーは姿を消した。

「じゃあ、この件は結果待ちね。で、ティアの事件はどうする？」リンディはジェイムズに顔を向けた。

そこでドナ・ウッドマンをランチに招待するという、ジェーンの計画を話した。

「まさに、名案ね！」ジリアンが叫んだ。「ジェーンを〈デブ・ファイブ〉の名誉会員にしたいくらいだわ」

昨日の夜に婚約したことを思いだし、ジェイムズは笑顔で答えた。

「それもいいかもしれないね」


金曜日、結婚許可証を申請するために町役場でジェーンと待ちあわせした。職員がカウンターに置いた書類にサインしながら、ジェーンがひそひそとささやいた。

「また二十歳に戻ったみたいな気分！　ドキドキしちゃう！」

「四十歳になんて見えないけどね。優雅で、セクシーで——世界で一番すてきだよ」とっと仕事を終わらせたいのが見え見えの職員には気づかないふりをして、ジェーンの唇にキスをした。

後ろから咳払いが聞こえるので振りかえると、スコットとフランシスがポケットに手を突っこみ、床を見つめてもじもじしていた。

「あら、立会人さんの登場ね！」ジェーンは顔を真っ赤にしている双子を順番にハグをした。

「ぼくたちを選んでくれるなんて、本当に名誉だと感激しています」フランシスがせきこむようにいった。「みんなにはまだ秘密なんですよね。おふたりが再婚するのを知っているのはぼくたちだけとか」

「そうなんだよ。治安判事が公表するまでは絶対に秘密だよ。無事に終わったら、みんなに公表するけどね」双子に笑いかけたが、ふと気づいてスコットの腕をつかんだ。「ちょっと待って。ぼくたち三人がここにいるということは、いま図書館にはだれがいるんだ？」

スコットが壁かけ時計に目をやった。

「ファーンがいます。ぼくらもサインをしたらすぐに戻りますし。ファーンがひとりになるのは十五分だけですよ」

カウンターの向こうで職員がしかめ面をした。

「立会人はひとりでいいんですけどね」

双子はがっかりしたように顔を見合わせた。

「よし、じゃんけんぽん！」真剣勝負の結果はなかなか決まらなかった。

「やった、先に二勝したぞ！」フランシスが宣言し、職員はあきれ顔でぐるりと目をまわした。

ようやくすべての書類がそろった。

「二週間後に結婚許可証が発行される予定です」ジェイムズが手数料を払うと、職員が告げた。

双子はジェイムズと握手し、もう一度ジェーンとハグをすると、慌てて帰っていった。

「ジェイムズもすぐに戻らないといけないの？　それともランチをする時間くらいはある？」腕を絡ませながらジェーンが尋ねた。

「ランチはあとまわしにして、まずは買い物だ！」助手席のドアを開け、うやうやしくお辞儀をした。

ジェーンはそれを聞いて笑いだした。

「珍しいわね。ショッピングなんてだいきらいのくせに！」

「今日は特別さ。結婚指輪を買うなんて、そう毎日あることじゃないからね」

14章

チョコがごろごろ入ったピーナッツバター・クッキー

{ 糖分 19g }

ティア・ロワイヤル殺人事件を解決し、ケネス・クーパーの居所をつきとめるのにもっと真剣になるべきだと反省しながらも、ジェイムズはついついジェーンのことばかり考えてしまっていた。自然と口もとがほころび、うきうきと図書館を歩きまわっている。来館者と顔を合わせるたびに、跳びつきそうな勢いであいさつしていたら、年配の女性たちから頬をつねられ、キューピッドの矢が刺さったのねとからかわれた。

ウィリーが大統領の伝記をどっさり貸し出しカウンターに積みあげて、あきれたように舌を鳴らした。

「噂以上に重症だね。なにをやりだすかわからないってとこかな」

「人生、なにが起こるかわからないもんだね」せっせと貸し出し手続きをしながら、口が勝手に動いていた。「ねえ！　夏はもうそこまで来てるよ。新作は歌をモチーフにしてみたらどう？」

ウィリーがおもしろがっているような顔で眉を上げた。

「なんだか、よくしゃべるようになったね」

「二度目の幸せなんて名前はどうだろう」ジェイムズは本と貸し出し票をカウンターに置いた。

ウィリーは笑いながら分厚い本を抱えあげた。

「今日の午後、いくつか試しに作ってみようかな。ウェディングベル・バタークリームなんて、よさそうだよね」

「最高だね。特にグラスホッパー・パフェみたいに、砂糖を使ってないと文句なしなんだけど」

ウィリーはかぶりを振った。

「それは無理ってもんだよ。永遠の愛の味だよ。砂糖とクリームと本物のバニラビーンズをたっぷり使わなきゃ！　教会の鐘も聞こえてこないよ！」

ウェディングベルと聞いて、のどまででかかった言葉を抑えるのに苦労したが、いい一日をと声をかけただけでがまんした。もちろん双子はもうすぐ結婚式をあげることを知っているわけだが、秘密にしてくれているのだ。誓いの言葉を交わすまでは、両親にも婚約を隠しておかなければいけないのが一番つらかった。

ひっそりと式をしたい気持ちもあるが、そのいっぽうで両親と喜びを分かちあいたい気持ちもあった。ミラは大喜びしてくれるだろうし、多少時間がかかるかもしれないが、父親だって本当の意味で家族になることにいつかは賛成してくれるだろう。父親の元へ駆けつけて、秋になってもエリオットはハリソンバーグに帰らないと、大声で伝えたかった。それを聞いて喜ぶ顔を見たかった。

婚約してから、将来のことについていくつか取り決めをした。ジェーンはすぐに学部長に電話して、オンライン講座だけは続けたいと頼んだ。オンライン講座は人気があるので、三講座は続けられそうだという話だ。教授会に出席したりなんだりで、たまに大学に出向く必要はあるだろうが、もう近くに住む理由はなくなった。

「結婚したら、わたしの家は売りにだすわ」とジェーン。「両親のおかげで、ローンは終わってるの。だからわたしの微々たるお給料はすべて貯金して、これからずっとヒッコリーヒル通り二十七番地で幸せに暮らしましょ」

ジェイムズに異存のあるはずがなかった。図書館の仕事やお気に入りの自宅すら、ジェーンのためならあきらめる覚悟だった。それが大切に思っているすべてを手にしたまま、幸せに暮らせるというのだ。自分は世界で一番幸せな男だと、改めて確信した。

事実、土曜の朝にエリオットを両親の家に連れていったとき、気づくとにやにやしている自分をたしなめたくらいだった。ドナ・ウッドマンが訪ねてくる前にきれいに掃除をしたいと、ジェーンに家から追いだされたのだ。ふたりで慌てて朝ごはんを食べ、九時十五分にはジェイムズが育った家の勝手口をノックしていた。

いつものことだが、ミラはキッチンで忙しそうにしていた。まずは父親の朝食、さらに転んで腰を打った教会の女性のために、鶏のキャセロールと桃のパイを焼いていた。そしていまはカウンターのボウルでせっせとなにかを混ぜていた。

た。

「ピーナッツバターのにおいがする」ミラにぎゅっと抱きしめられたエリオットがつぶやいた。

ミラは鼻にしわを寄せた。

「チョコがごろごろ入ったピーナッツバター・クッキーを焼いてやろうと思ってさ」ミラはエリオットを手招きして、ぼそぼそとささやいた。「朝から泡立て器をなめるのはあんまりお行儀よくないかね？」

「ううん、大丈夫！」エリオットは腹ぺこのような勢いで返事した。

「あたしもそう思う」ミラはジェイムズに微笑んだ。「ジェイムズもなめたい？」

エリオットが金属の泡立て器に向かって舌を突きだすのを見て、ジェイムズは笑った。

「ありがとう。でも、熱々のクッキーができるのを待つよ。パパはどう？」

「もう絵を描いてるよ」ミラは胸を張った。「よくわかんないけど、だれにも秘密なんだってさ」

家の裏の納屋を指さした。

「いまもあそこ？」

ミラはうなずいた。

「歩行器を使うのはいやなんだって。杖であそこまで歩いていって、なかでは片手で描いてるみたい。すぐに仕事を始めたのは、すごくよかったみたいだね。でも、やっぱり疲れやすいらしいよ。ちょっと休憩したほうがいいといってやってくれない？　ほら、コーヒーとクツキーで釣ってさ」

「がんばってみる」あまり自信はなかった。父親を思いどおりに動かすのは容易ではない。納屋のドアをノックして、そのまま返事を待った。父親が絵筆やパレットを置き、ドアまで歩いてくるのに数分かかった。用心深い亀のようにドアの隙間から顔をのぞかせている。その口はきつく引き結ばれたままだったが、目は笑っていた。

父親が退院してから毎日電話をかけるようにしていたが、電話で話すのは前にもまして気が進まないようだった。まだ言葉が聞きとりにくく、ただでさえ口数の少ない父親がますます無口になった。ミラが父親のかわりに、リハビリの様子など病院関係の最新情報を教えてくれたが、父親の目に輝きが戻ったのをまのあたりにする以上に、元気になったのだとしみじみと実感できることはなかった。

「仕事を始めたみたいだね。本当によかった。ちょっとお邪魔してもいいかな。そろそろ休憩にしたらどう？　ミラが美味しそうなクッキーを焼いていたよ」

未完成の絵を見せるかどうか、父親は迷っている様子だった。ようやく口もとに笑みらしきものを浮かべ、なかに入れてくれた。いまとりくんでいる絵が床に置いてあった。以前は垂直に立てたカンバスに描いていたし、こんなに大きなカンバスも使わなかった。最初はなにを描いているのかよくわからなかったが、目を近づけてみると、コラージュのように、いくつもの小さな絵に分かれているのがわかった。

「あいかわらず細かく描きこんでいるね」ついため息が漏れた。さらに目を凝らすと、子ども時代の自分がこちらを見返していた。高校時代の鼓笛隊の制服姿、母親の腕に抱かれた幼児、七歳のハロウィンのまだやせっぽちだったジェイムズ。また父親と一緒に落ち葉を掃いているジェイムズも、まるで写真のように描かれている。笑いながら感謝祭の七面鳥を切りわけている父親。すべて幸せな生活の一場面だったが、悲しみの場面もすこしだがあった。白百合でいっぱいの母親の棺や、妻の結婚指輪を手に、悲しみに顔をゆがめてベッドに座りこむ父親の姿。

「パパの想い出なんだね」ジェイムズは胸が締めつけられる思いだった。「パパの人生の一瞬一瞬を表わしている絵なんだ」

ジャクソンはうなずき、異状のない右手を差しだした。

「ああ、最高の人生だった、それを伝えておきたいと思ってな」

いやな予感がしてこっそり父親を盗み見ると、父親は気づいてかぶりを振った。

「まだまだ、くたばる予定はないぞ。ただ知っておいてもらいたかっただけだ。まあ、おまえはいい息子で、エリオットのとびきりいい父親だからな」

ふたりは抱きあった。今度ばかりは父親もなかなか体を離そうとはしなかった。

クッキーと牛乳という二度目の朝食のあと、エリオットは納屋で祖父と一緒に、二色だけを使った大傑作を描きあげた。最後のひと筆を加えると、どろどろアイスキャンディーと傑作に名前をつけ、そのあとはお昼の時間だった。そろそろジェーンがドナ・ウッドマンを迎えているころだと考え、もうしばらくここにいたほうが安心と判断した。ドナがなにか重要なことをしゃべろうとしているときに、どかどかとうるさく帰りたくなかった。

しかしエリオットはグリルド・チーズ・サンドウィッチと甘い桃を食べおわったとたん、いきなり元気がなくなってしまった。家に帰る時間のようだ。

「うちのレゴで消防署を作ろうか」エリオットのべたべたした顎を拭くと、父親の右肩を愛情をこめて叩き、ミラの頰にキスをした。ミラはクッキーをいっぱい詰めた袋を持たせてくれた。

「これはジェーンのね。会えなくて残念だったと伝えて。またすぐに会えるといいんだけど」ミラはエリオットをぎゅっと抱きしめ、体を離すと微笑んだ。エリオットが父親の首にかじりついてなにかささやくと、父親は顔をくしゃくしゃにして喜んだ。ドアの外へ跳びだしていくエリオットの後ろ姿を、口を開けて見つめている。

「やれやれ」くすくす笑ってジェイムズに顔を向けた。「おれがこんなことをいう日が来るなんて驚きだが、おまえにもっと子どもがいたらな。ひとりじゃ……」言葉を探していたが、なにをいいたいのかは目を見ればわかった。

車を運転しながら、父親の言葉を思いだしていた。もうひとりの子ども？　この歳で？そんなことは考えたこともなかった。子ども部屋やお金も必要だろうし。なにを要求しているのかもわからず、真夜中に泣き叫ぶ赤ん坊の姿が浮かび、どんどん不安になっていった。赤ん坊のことなどなにひとつわからないのだ。エリオットは会ったときから、自分とおなじような食事ができ、ちゃんとした言葉を話し、トイレもひとりでできた。しかし、赤ん坊はちがう！　わからないことだらけだ。

「さっき、大パパになんていったの？」赤信号で息子に尋ねた。

エリオットは肩をすくめた。

「大好きなお友だちだっていっただけだよ」エリオットは赤くなった。「パパはべつだけどね」

「だから大パパはあんなに喜んでたんだ」

ふたりが玄関から家に入ると、女性が洟をすする音が聞こえてきた。

「ただいま！」ジェイムズは大声をあげ、慌ててつけ加えた。「エリオットの部屋でしばらく遊んでいるよ」

エリオットにウィンクして、遊んでいるというのはレゴの時間という意味だと知らせた。

そのとたん、エリオットも叫んだ。

「ただいま、ママ！　あとでね」そういうなり、廊下を駆けだした。

返事はなかったが、忍び足でエリオットを追いかけると、ジェーンが優しく話しかける声が聞こえた。おそらく相手はドナだろうと、あえて居間には入らなかった。泣いている様子だったのだ。

昔からタイミングを察するのだけは得意だった。しばらく廊下に立っていたが、話し声はぼそぼそとしか聞こえない。まるでふたつの楽器がピアニッシモで子守歌を奏でているようだった。

エリオットとふたりでエンパイア・ステートビルのヘンリー家版を作っているうち、女性たちのことは頭から吹き飛んでしまった。そのうち玄関のドアが閉まる音に続いて、ドライブウェイでエンジンをかける音が聞こえた。エリオットに休憩しようと声をかけ、携帯CDプレイヤーと、『ひとまねこざる』のオーディオブックを渡した。エリオットは上掛けのなかにもぐりこんで、ヘッドホンをつけるとCDをかけた。いまどきの四歳児が軽々と電化製品を扱うのに驚き、電子機器にかけては息子にかないそうもないとため息をついた。

ジェーンはキッチンの流しの前に立って、窓から裏庭を眺めていた。

「どうだった?」

ジェーンは大きくため息をついた。

「ドナ・ウッドマンは容疑者リストから消してあげて。本当に夫を愛していて、心から悲しんでいたの」カウンターの金のモミの木を指さした。「あれはネッドのものだったけど、ネックレスやブレスレットのチャームじゃないんだって。キーホルダーだったそうよ」

「やっぱりふたつの殺人は無関係じゃないのか! ネッドを殺した犯人が、ティアの家にキーホルダーを落としたにちがいない。とはいえ、そんなものを落としていくなんて、かなり間抜けな犯人だな」きらきらと輝くモミの木を持ちあげる。「ドナは《すこやか村》のことはなにもいってなかった?」

ジェーンは驚いた顔になった。

「そうそう、忘れてた! ドナが通っているマッサージ師について訊いてみたら、いきなり泣きだしちゃったの。どうやらネッドが《すこやか村》のだれかと浮気してたみたい。《採れたてを食べよう》フェスティバルの日に問いただすつもりだったんだけど、その前に殺されちゃったんだって」

ジェイムズは目を丸くした。

「浮気？」ネッドが殺される直前に不安そうな様子だったのを思いだした。「ドナはどうしてそんなふうに思ったんだろう」

「ネッドの会社が、《すこやか村》の芝刈りや肥料やりを請けおってたそうなの。この近辺で唯一のオーガニックの造園会社だからみたいだけど。でもドナがいうには、ネッドは必要以上に頻繁に通っていたって。車で通りかかったとき、おかしな時間にネッドの車が駐まってるのを見かけたらしいわ」

「でもネッドが客だった可能性もあるよね。ハーモニーやロザリン、あるいは鍼灸師に診てもらってたのかもしれない。単にドナには秘密にしていたとか？」どういうわけか、ネッドの弁護をしてあげないといけないような気がした。

ジェーンは眉をひそめた。

「おかしな時間といったのは、治療が終わってるはずの時間だったそうなの。ネッドが鍼灸師に通っていたのなら、熱い鍼を抜いたあとでなにかエッチなサービスを受けていたとか」

「ふーん」上の空で食器洗い機に皿を並べ、ダイエットコーラの一リットルボトルを開けると、砕いた氷の入ったグラスに注いだ。「ドナ自身が犯人だという可能性は？　なにしろ裏切られたわけだし」

ジェーンは大きくかぶりを振った。

「それはないと思う。かなり怒ってたけど、なんとか結婚生活を続けようと努力してたみたい。子どももいるし。かわいそうに、父親がいなくなっちゃったのね。行方不明のお金についてもちんぷんかんぷんで、ショックを受けてたわ。でもネッドをとりもどすためなら、なんでもする覚悟だったみたい。本当に愛していたのよ」

「ジェーンの目はたしかだからね」ジェーンの頬から髪をはらい、耳にかけた。「じゃあ、浮気相手が犯人とか？」

「それはわたしもずっと考えてたの。でも相手はそれほど本気じゃなかったような気がする。ただのお金目当てだったとか」

ジェイムズはコーラを飲んだ。

「これ以上お金を引きだせそうもないから殺したってこと？　血も涙もないって感じだな」その可能性をじっくりと考えた。「そうだとしたら、ティアが意識を失うまで首を絞めてるんだから、女性にしてはかなり力持ちだよね」

「あるいは共犯者がいたか」

今度はジェイムズが驚く番だった。

「だれもその可能性を考えなかった」ごしごしと目をこする。「どんどん難しい事件になってきたな」

「そろそろハーモニーの予約をとるんじゃなかった？」ジェーンは受話器を渡した。「それまでに《すこやか村》で働く女性たちについて、ばっちり調べておかなくちゃね」

水滴のついたグラスを置き、ハーモニーに電話した。留守番電話の声が聞こえてきたので、家族や友人には秘密にしなくてはいけない問題を抱えていると切りだした。

「それはすばらしい秘密なんですけど」ジェーンに微笑みかける。「そういうわけで、いまも落ち着かない気分は続いています。それに甘いものがやめられないのもあいかわらずですし」今朝、チョコがごろごろ入ったピーナッツバター・クッキーを何枚食べたかを思いだして、ため息をついた。「正直、かなり健康的な生活に戻っているとは思っています。問題は、体重を落とすことにまったく集中できないだけで」夕方ならいつでもいいので、できるだけ早く予約をとりたいと締めくくって電話を切った。

ジェーンはこちらをじっと見つめている。

「そうなの？　結婚することを家族やお友だちに秘密にしてることで、罪悪感を感じているの？」

ジェーンの手を握った。

「罪悪感じゃないよ。単に、どんなに幸せか隠しておくのが大変なだけで。だって町の貯水塔のてっぺんによじ登って、世界中のひとに発表したいくらいなのに」受話器を指さした。「でも、ハーモニーにはすこし漏らしちゃうかもな」

ジェーンはほっとした様子だった。

「あそこに通うもうひとつの理由だけど、わたしにはなんの不満もないってことだけは覚えておいて。もちろん、もっと健康になりたいのは大賛成だけど。それだけ三人で長く楽しく暮らせるわけだし」ぎゅっとジェイムズを抱きしめた。「それに、男性はベッドに押し倒せるくらいたくましくないと。ガリガリのやせっぽちはあまり好みじゃないの」

「本気でいってる?」ジェイムズはにやりとした。「ねえ、エリオットはまだしばらくは『ひとまねこざる』を聴いててくれるよね」

ジェーンが答える前に、ドアベルが鳴った。

「ルーシー!」いまの会話が聞こえたはずはないが、それでも照れくさかった。「どうしたの?」

ルーシーはホルスターに手をやって、うれしそうに身体を揺らした。

「大ニュースよ! 早く知らせたくて、来ちゃったの。お邪魔してもいい?」

ジェーンはふざけるようにジェイムズをつついた。

「もちろん。ちょうどコーヒーを淹れようと思っていたところなの。ルーシーもいかが?」

「ありがとう」ルーシーはキッチンテーブルに腰かけた。「ミステリを読むと、どれも警察のコーヒーはまずいって書いてあるでしょ。またかと思うけど、おそろしいほど本当なのよね。ちなみにうちの事務所のは、ジェット燃料入り」

ジェーンは笑いながらコーヒーメーカーをセットし、冷蔵庫からクリームの〇・五リットルパックをとりだした。砂糖入れ、小さなクリーム入れ、クッキーの皿を手際よく並べる。

「ケネス・クーパーはなんと偽名で治療センターに入院してたの。普通はそんなことできないけど、現金で支払いをしてるから、保険証を見せる必要がなかったのね」ルーシーはさっそくクッキーに手を伸ばした。「美味しい。やっぱり甘いものってほっとするわよね。それはともかく、偽造の運転免許なんて簡単に手に入るし、もし問題になったところで、弁護士としての評判を守るためだと説明するつもりなんでしょうね」

「偽名を使った理由はべつにあると思ってるみたいだね」とジェイムズ。

ルーシーはもう一枚クッキーをとった。

「まあね。ジェイムズたちを脅すためにまちがいないのよ。実はね、外出記録を手に入れたの」最大限の効果を狙っているのか、ルーシーは膝に落としたクッキーのかけらを拾いあげた。「外出した時間と事件が起こった時間が、見事に一致したわ」

マグにコーヒーを注ぐジェーンの手が震えているのに気づき、慌てて交替した。

「とはいえ、ケネスの仕業だと証明するのは難しいよね。どうすればやめさせることができるんだろう」

「そこなのよ。でもこの件を手伝ってくれてる助手が、その治療センターについての記事を書くことになったの。その助手だったら、絶対にケネスを見つけだして質問攻めにするはずよ。結局はケネスの感情的なしこりが原因なんだから、そのあたりを逆撫でして自白させるしかないの」ルーシーはきっぱりと宣言した。

とりあえず自分のコーヒーに砂糖を入れた。

「記事？　ルーシー、まさかと思うけど……」

「マーフィーはわたしたちと仲直りする方法をずっと探してたみたい。お願いしたら、ふたつ返事で引きうけてくれたわ。わたしとしては、彼女のおかげでケネスが二度とこの町に近づけなくなるなら、そろそろ許してあげてもいいかと思って……まあ、少なくとも、つぎの本が発売になるまでは」

ジェーンは半分に割ったクッキーを見つめた。

「ちょっとやそっとじゃあきらめない記者だとは聞いているけど、ケネスに自白させるなんてできるのかしら。頭だけは切れるひとだったから。どれだけ怒っていたところで、記者だというだけで警戒するはずよ」

ルーシーはにやりとした。

「まさに、そのためにお邪魔したのよ。つまりね、インタビューが終わったあとの雑談で、マーフィーがあることないことほのめかしてもいい？　たとえばだけど、来週ふたりがこっそり結婚する予定だとか、そのあと、エリオットをナッシュヴィルの祖父母にあずけて、二度目の新婚旅行にパリに向かうとか」

「いいわね！」ジェーンは大笑いした。「ファーストクラスで行くことにしておいて」

ジェイムズはどんな顔をすればいいのかわからなかった。

「たしかに名案だ。でも行き先はイタリアにしてくれないかな。そのほうが好きな料理が多いから」スニッカーズのお腹からでてきた金のキーホルダーについて、ジェーンが探りだしたことを伝え、現物も渡した。ルーシーは矢車菊色の瞳を丸くして聞いていたが、今後の《すこやか村》を探る計画まで説明すると顔を輝かせた。

「予約がとれたら、できるだけ早く食事会にしない？」ルーシーはキーホルダーを明かりにかざした。「今日、検屍官から最新情報が届いたの。これでティアの殺人とネッドの事故死を結びつけられるかもしれない。ティアの死因は心不全で、毒物検査はきれいなものだったんだけど、胸にやけどが残ってたそうなの。おそらく自動体外式除細動器《AED》をあてたあとだろうって」

ティアの若くてしみひとつない肌に、痛々しいやけどのあとができているのを想像してしまった。

「どうしてそんなことを」

「たぶん、それが原因で死亡したんだって。検屍官の話では、健康な人間に電気ショックを与えると、心臓がとまってしまう可能性が高いらしいの」

「教授室をでたところにＡＥＤがあるわよ！」ジェーンはかなり驚いた様子だった。「命を救うための機械なのに、殺人に使われるなんて」

「新しい機種なら大丈夫らしいわ。最近は、知識のない一般人が使うことを前提として作られているから。だから今回使われたのは古いタイプか、あるいは救急救命士なんかの病院関係者向けのものだろうって。だから置いてある場所をしらみつぶしにあたっているけど、これまでのところ、ネッドとティアをつなげる線が見つからないのよ」ルーシーはまじまじと金のキーホルダーを眺めた。「たしかに、まず《すこやか村》から始めるべきだったわね。ネッドはそこで殺されたんだし。掃除用具入れに隠しておくほど馬鹿な犯人だったら助かるんだけど」

「ネッドの胸にもやけどが残っていたのかな？」とジェイムズ。

ルーシーはかぶりを振った。

「死亡を確認した医師はなかったというし、葬儀社のひとも見た覚えはないって。とはいえ、ネッドとティアは共通点のほうが多いの。ちがいといえば、首を圧迫されたあとがあるかどうかくらい。健康な大人がふたりも急性心不全で亡くなって、殺害の手口も判明した。わからないのは動機だけね」急いでコーヒーを飲んだ。「事務所に戻って、《すこやか村》の従業員のリストを確認するわ。ひとりくらいはAEDに慣れてるひとが見つかるかもしれない」

「知らせに来てくれてありがとう、それに……マーフィーにも、ご協力に感謝していると伝えてくれる？」ジェーンは穏やかに微笑んだ。

ルーシーは立ちあがり、シャツに新しいチョコレートのしみを見つけてしかめ面をした。

「ふたりに赤ちゃんがいれば助かるんだけど。ほら、よだれかけを貸してもらえるから。見て、またやっちゃった」

ジェーンが頬を染め、ジェイムズがテーブル越しにその手を握ったことには気づかなかったようだ。気づいたとしても、サリーという最高のパートナーを得たいま、なんの関心もないだろう。サリーはいまも保安官事務所で、何度目かもわからないが捜査報告書を見直しているはずだ。この流れを変えるような、なにか重要なことを見落としていないかと。

「重要な手がかりを手に入れたわ、サリー」茶色のパトカーへと急ぎながら、ルーシーは口笛を吹いた。「今夜は徹夜かもね」

15章

冷たいホワイトチョコレート・モカ・ラテ

{ 糖分 54g }

ちょうどパソコンの電源を落としたとき、ファーンが白い綿のスカートをひるがえして、滑るようにやってきた。ガーゼの長いスカートなので脚が見えるわけではないが、滑るようにという表現がぴったりだった。

「なにがあったと思います、教授？」ファーンは目を輝かせた。「《すこやか村》の男性が、わたしの写真を十枚も買ってくれたんです！　週末にメールをくれて、今日には欲しいって。見てください！」

二十ドル札を扇のように広げた。

「それはすごいね！」いままではヘンリーさんだったが、双子の真似をして教授と呼ぶことにしたようだ。かばんを閉め、真鍮の留め金の指紋を拭いた。「《すこやか村》の男性？　あそこでは、働いているのもお客さんも女性ばっかりみたいだけど」

「レノンという名前なんです。ビートルズのジョンとおなじレノン。写真を絶賛してくれて、恋人の誕生日に贈りたいって。すてきなプレゼントですよね」

ジェイムズはうなずいた。

「その恋人なら知ってるよ。スカイなら、まちがいなくあの写真を気に入るはずだ」かばんを手に机をまわり、作品がたくさん売れて感激しているファーンの横に立った。「レノンとも何度か話したことがあるけど、なかなかの好青年でね。お似合いのふたりなんだ」

「実は、もうひとつお話があるんです！」まさにこぼれ落ちんばかりの笑みだった。「以前、ある男性にきちんとお断わりしないと、スコットとつきあうわけにはいかないと話しましたよね」

急いでいるのにどうしていまなのかとも思ったが、それだけ大事な話なのだと自分を叱りつけた。そもそもハーモニーに予約を入れてあるために、急がないといけないこともファーンは知らないのだ。それに、大切な館員がこれほど喜ぶ知らせならば、ぜひとも教えてほしい。しかしファーンは口を開きかけたまま、貸し出しカウンターを見つめている。

「あら、ハニーカット夫人がいらしたわ。お嬢さんも一緒ね。お勧めの児童文学を教える約束をしたんです。話の続きはスコットから聞いてください」ファーンはスキップで姿を消した。

ロビーでばったりスコットに会った。

「まだ帰らないでください！　一日中、教授にご報告したくて仕方なかったんですけど、約束したからファーンが来るまで待ってたんです。でもいまは一緒に報告できそうもないので。ハニーカット夫人のお嬢さんは六年生なんですが、一週間に五冊も本を読むそうなんです。そして夫人としては、おもしろいけど、深く考えさせるところもある、あまり大人向けじゃない本を読ませたいそうで。ファーンは中等学校のころ、ちょうどそういう本ばかり読んでいたので、お勧めをリストにして渡してあげるといっていました」

「さすが、シェナンドア郡図書館が目指すものをよく理解してくれてるね」改めて感心してファーンを眺めた。スコットもほれぼれと見つめている。「スコット、話があるなら手短かに頼むよ。十五分後には《すこやか村》に行かなくちゃいけないんだ」

スコットは早く話したくてうずうずしているようで、両手をすりあわせた。

「ファーンに会う前ですが、オンライン・ゲームで知りあった相手が、会ったことはないけど気になってると話しましたよね。なんとか会いたいと思ってたんですが、なかなか実現しなくて」

「覚えてるよ」

「その彼女のゲーム上のIDがCAPTRDMMTだったんです。ほら、こうやって書くとわかりやすいんですけど」ハーレクインの新刊案内の裏に大文字で書いた。「どういう意味だと思います？　あててみてください」

そういう言葉遊びは昔から大好きだった。

「瞬間をとらえろ、とか？」

スコットは口をぽかんと開けた。

「さすが！　大正解ですよ！　やっぱりぼくはまだまだですね。ゲームなら得意なので、ドラゴンも、魔法使いも、人間も、トロールも、すべて捕まえろ（Capture Dragons Mages Men & Trolls）の頭文字だと思いこんで、てっきり邪悪な魔法使いだとばっかり」

「それで？　実は助けてくれる妖精だったとか？」すこしからかってみたくなった。ただのゲームなのに、スコットはまじめに考えすぎてるような気がする。

「すごい、その通りなんです。邪悪だなんてとんでもない。そのうえプロのカメラマンだということもわかって。そう、そうなんです。まさかのまさかですよ。なんとファーンだったんです！　この半年、ずっと一緒にゲームをしてた相手が、たまたまこの図書館で働くことになったんです！」

ジェイムズもその偶然には驚いた。時間が迫っていることも忘れて、貸し出しカウンターに寄りかかった。

「ずっと会いたかった相手がファーンだったのか！」

「そうなんです！」ささやき声が喜びに弾んでいる。「一度目は会うのが気が進まない様子で、土壇場でキャンセルされて、二度目は、立会人というなにより大切な用事ができたので、ぼくが断わりました」だれかが聞き耳を立てていないかと、きょろきょろしている。「昨日の夜、フランシスがウィローの家に行くというので、ついていったのは……」スコットは真っ赤になった。

「ファーンが好きだから」ジェイムズが引きとった。

スコットは眼鏡を押しあげた。

「そうなんです！　とにかく、パソコンのスクリーンセイバーがそのゲームだったので、尋ねてみると、自分のキャラクターについて教えてくれて。すぐにわかりました。目の前にいるファーンが、一緒に戦ってきた美しいドルイド司祭だって。ファンタジイの世界の仲間に、現実でも恋をするなんて信じられません。小説みたいな話ですよね」

にっこりとスコットの背中を叩いた。

「本当にそうだね。じゃあ、もうつきあっているのか？」

スコットはうっとりと答えた。

「日曜の夜十時十三分。なにより大切に思っている優秀な図書館員にキスした時間です。半年以上、ゲームのなかのドルイド司祭に夢中でした。そして二週間前からは、あそこのドアからやってきた、才能あふれる写真家にすっかりのぼせあがっていました」ロビーを指さす。

「まさか、おなじ女性に二度も心を奪われるとは思いませんでしたよ」

「スコット、そんなすてきな話を聞いたのは生まれて初めてだよ。本当によかった」スコットの手を力をこめて握り、夕方の陽射しのなかに跳びだした。

春のさわやかな風はいつのまにか姿を消し、暑い夏がそこまでやってきていた。車を走らせているだけで、町中が期待に浮きたつのを感じることができる。全開にした窓から重低音のヒップホップを響かせ、腕をみせつけるようにして運転するティーンエイジャー。メイン・ストリートの歩道に並んだプランターには、ペチュニアの花がいまを盛りと太陽に顔を向けている。ひとつの季節が終わり、新しい季節がやってくるのだ。

若者にとっては自由の季節の到来だが、ジェイムズはのんびりするなとお尻を叩かれた気分だった。スコットの新しい恋も、自分の式が間近に迫っていることもしばし忘れ、《すこやか村》の店主たちから情報を引きだす計画に集中することにした。だが案内図の前に立った時点で、すでに予約の時間までにすべてをまわるのは不可能だとわかった。

「どうしたの、そんな難しい顔しちゃって？」脇の歩道からリンディが現われた。

こんなところで都合よくリンディに会えるとは思わなかった。

「リンディこそ、どうしたの？」

「ジェイムズがこの村を嗅ぎまわっているあいだ、あのルーシーがおとなしく待ってるわけないでしょ」リンディはぐるりと目をまわした。「全員で分担することになったの。わたしは〈癒しの手〉の担当。ホットストーン・マッサージを予約したから、マッサージ師からあれこれ聞きだす時間はたっぷりあるわよ。ついでに腕のいいマッサージ師だとうれしいんだけど。背中がかちかちで、硬貨があたっても跳ねかえしそうなのよ」

「まだアルマのことで悩んでいるの？」

リンディはため息をついた。

「そういうわけでもないの。最近はほとんどルイージと一緒だしね。いまはルイス本人がよくわからなくなっちゃって。ここ何日か満足に顔も見てないし。アルマとおなじ意見に変わったんじゃないかと心配で……わたしは不合格だって」

「そんなふうに考えるのはよくないよ、リンディ。学校は一年で一番大変な時期だろう？期末試験や論文の採点、進級を認めるかどうかや、だれを夏の補習に通わせるかを決める会議だってあるだろうし。補習をやってるころ、リンディたちはビーチでのんびりしてるんだろうけど」なんとか励ましてあげたいと、ちらりとリンディの反応をうかがった。

リンディの黒い瞳がきらりと光った。

「ちょっと！　夏休みのあいだだって、ずっと教えなくちゃいけないの！　三カ月ものんびり日焼けしてられるほど、お給料をもらってないし！」ジェイムズの腕をバンと叩いた。

「もう、わざと怒らせたでしょ。たしかに教師は忙しいけど、それにしてもルイスは忙しすぎると思わない？」

「スター紙で読んだけど、この郡全体の学校で足並みをそろえて、インフルエンザ流行を防ぐ計画があるらしいよ。秋から始めるなら、いまからおそろしい数の会議に出席してるんだろうな」もう心配ないのはわかっていたが、とりあえず最後まで続けることにした。「校長ともなると、ルイスの生活の半分は、そんなお役所仕事でつぶされるんじゃないか。大変だな」

「たしかに職員会議はカーニバルみたいに楽しいわけじゃないわね」リンディは大笑いした。

「ほら、ふたりも来たわ」

振りかえると、駐車場からベネットとジリアンがこちらに歩いてきた。

「自分でも信じられないな」ベネットはぼやいた。「プレッツェルみたいな格好が得意なヨガ教師を相手に、身体をありえない方向に曲げるのに興味があるふりをするなんてさ。人間には二百六本の骨があるんだけど、あんなふうに曲げるようにはできてないんだよ」

ジリアンはどこ吹く風だった。

「鍼灸師とゆっくり話ができるなんて、もう楽しみで。ちょうどうちの店でも始めたいと思っていたところなの」

ジェイムズとリンディがぽかんとしているのに気づき、ジリアンはまくしたてた。

「鍼はすばらしい可能性を秘めた治療なのよ。たとえば関節痛に苦しんでいるひとが、痛み止めを飲むかわりに鍼で治療するとか。副作用の可能性を考えると、薬を飲まなくて済むならそれが一番なの」小さく息をついて続けた。「まだ少数だけど、動物にもホリスティック療法を試みている、意識の高い獣医もいるのよ」

「じゃあ関節痛の犬を押さえておいて、熱い鍼を脇腹に刺したりしてんのか?」ベネットは勢いよくかぶりを振った。「どうかしてるよ!」

一同大笑いして、それぞれ調査を開始した。結局、ハーブ療法のロザリン・ローズの話を聞いてから、スカイとハーモニーにAEDがあるかどうか確認すればいいことになった。もちろん、いつも穏やかな三人は暴力など無関係とわかっているが、念のために確認だけはしておくことにしたのだ。

ロザリンは診療中だった。ひとりでやっているようで、ドアにかけてある札に、たいてい三十分以内に終わるのでなかでお待ちくださいと書いてあった。

ハーモニーの予約の前には終わるだろうと、ジェイムズは待合室に腰をおろした。十分ほどハーブ園の雑誌記事を読んでいたが、なんだか落ち着かないので、こっそりとあたりを調べてみることにした。

最初に開けたのは、エリオットと一緒にネッド・ウッドマンの死体を見つけたトイレだった。あのときはよく見なかったが、もう一度調べても特に怪しいところはなかった。ふたつの個室にふたつの洗面所、ゴミ箱、ペーパータオル入れがあるだけだ。

診療室の閉まったドアをうかがいながら、トイレのとなりのドアも開けようとしたが、びくともしない。鍵がかかっているようだ。

診療室とおなじ側の奥に、もう一枚ドアがあった。忍び足で近づくと、今度は簡単に開いた。電気をつけると、そこはどうやら倉庫のようで、さまざまな大きさの箱やガラス瓶がずらりと並んでいる。甘草、オオアザミ、ビルベリー、グレープシードエキス、フェヌグリーク、黒蔓とラベルを読んでいるうち、診療室から音が聞こえた。

慌ててドアを閉めて待合室に戻り、適当に雑誌を手にとった。電気を消したかどうか思いだせずに冷や汗をかいたが、心配いらないと自分にいいきかせた。ロザリンと初めて会った日に、物忘れがひどいといっていたのを思いだしたのだ。

「どうもありがとう。最近、まるで十代に戻ったような気分なの」ロザリンと女性が笑いながら待合室に歩いてくるのが見えた。「結婚して二十二年もたつと、ベッドでもかなりマンネリ――いやだ！」そこでジェイムズに気づいて、女性は足をとめた。頬を赤らめ、バッグを肩にかけなおして出口に急ぐ。「またね！」と肩越しにあいさつしただけで、そそくさと姿を消した。

「気をつけて！」ロザリンは明るく返事をして、ジェイムズに微笑みかけた。「いらっしゃい。息子さんはお元気？」

「おかげさまで。エリオットはわりとすんなりベジタリアンの食事に慣れたようです。いまでは家族全員が右にならえなんですよ。ぼくはまだ肉を食べてますが、たいてい息子がいない昼だけですね」

ロザリンはうなずいた。

「わたしもしばらくは肉が食べたいと思ったものだったわ。でも、ベジタリアンとして生きていくと決心したから。最初のうちは何度か誘惑に負けたけど、そのうち肉の味を思いだすこともなくなったわね。気づいたら毎日が楽しいし、体調もよかったの」

「息子がベジタリアンになったおかげで、ロザリンとも知りあいになれましたしね」人体の消化器系、循環器系、神経系の各システムを表わしたポスターを指さした。「いまは家族三人で身体にいい食事に変えて、たしかに体調もいいようです。ただ《リンゴ祭り》で疲れたせいか、息子が風邪気味なんですよ。できればハーブ療法を受けさせたいんですが、なにかお勧めはありませんか？」

「山ほどあるわよ！」ロザリンは診療室に手招きした。「エキナシアはどう？　風邪の症状を和らげ、快復も早めてくれるわ。そうそう、すばらしい水溶性ビタミン剤もたくさんあるの。エステル型ビタミンCやエルダーフラワーがお勧めよ。サンプルを試してみる？」

「ええ、お願いします」ロザリンに続いて廊下にでた。「ぼくもご一緒していいですか？　これまでまったく知らなかった世界なので、実は興味津々なんですよ」

ロザリンは先に立ち、さっき開かなかったドアを指さした。

「冷蔵しておく必要があるものは、ここの小さな冷蔵庫のなかにしまってあるの。でもほとんどはここにあるわ」倉庫のドアを開けて、首を傾げた。「あら、電気がつけっぱなし」

ジェイムズは精一杯、無表情を心がけた。

「すごい、こんなにたくさんの種類があるんですね！　知らない名前ばかりですよ。すべて自然のものなんですか？」

「もちろん」ロザリンは誇らしげに答えた。

「昔からハーブ療法ひと筋ですか？　それとも初めは現代医学を学んだとか？」サリーとルーシーが一日かけて全員の身元調査をしたので、その答えは知っていたが尋ねてみた。公式のプロフィールにすべて書くとはかぎらないし、もうすこし探ってみたところで害はないだろう。

ロザリンは銀の混じった長い髪を三つ編みにしているが、その毛先に人さし指を巻きつけた。

「もちろん、最初はそうよ。薬学部を卒業したんだけど、大手の製薬会社が原価を下げるために、かなり品質が劣るものを混ぜている実態を知ったの。自分で研究した結果、純粋なエキスだけを凝縮すると、驚くほど効果があることもわかったし。結局、大手の製薬会社はなによりも利益が優先なんだと痛感して、ハーブ療法を始めたのよ」

「つまり、普通の薬剤師の二倍の知識があるわけですね。現代医学もホリスティック療法にも詳しいんだから。グッドビーさんも大変だ」町に一軒しかなかった薬局の店主の名をだした。「でも植物の種類は多いし、効果もいろいろなんでしょうね」黒蔓茶の箱を指さした。「たとえば、あれはなにに効くんですか?」

つけっぱなしの電気から気をそらせようとまくしたてたが、なんとか成功したようだ。

「黒蔓の根のエキスは、慢性関節リウマチのような、炎症性の病気に効果があるの。最近では、慢性の皮膚病にも効くんじゃないかと研究が進んでいるし」白い花々から緑の蔓が伸びた絵が描いてある、茶色の箱を差しだした。小さな花の中央はきれいなカナリア色だ。「ハーブとはそういうものなんだけど、悪用したら大変なことになるのよ。古代中国では、農夫が殺虫剤として使っていたし、おそらくは人殺しにも」

「ぼくのパスタソースには入れないでくださいよ!」ジェイムズはふざけた。「とはいえ、なかなか興味深い事実ですね。正直いえば、AEDで殺されるよりは、黒蔓のほうがまだましだという気がします」

ロザリンは箱を棚に戻した。腕で隠れて表情は見えなかったが、こちらに向きなおったときはきょとんとしていた。

「ええと、なんの話?」

「べつにネッド・ウッドマンのことじゃないんです。つい、口が滑っただけで」精一杯、しまったという顔をする。「秘密が苦手なんですよ。でも、きっとネッドもそうだったんでしょうね。警察の捜査によると、ネッドには秘密の恋人がいて、町の予算もすべてその恋人につぎこんだそうですよ」

ロザリンの目がきらりと光ったが、一瞬のことだったので、その意味するところはわからなかった。つぎの瞬間、ロザリンは大きくかぶりを振った。

「奥さまもお気の毒に。ご主人を失っただけでも大変なのに、そのうえ世間からの好奇の目にさらされるなんて。本当に言葉もないわ」

それは本心からの言葉のように聞こえたので、これ以上探りを入れる必要はないと判断し、実際に飲むかどうかは不明だがお勧めのハーブを買った。エリオットが風邪気味というのはただのでまかせだし、食品医薬品局が認可していないものを息子に飲ませるつもりはない。

外にでると、まだ夕方だというのに暑いくらいだった。見るとベネットが近くのベンチで、最新の『世界年鑑』に夢中になっていた。

「また〈ジョパディ！〉に挑戦するのか？」ジェイムズはからかった。

「まさか。でも、最新の統計を知るのが楽しいんだよ」ベネットはページの端を折って、本を閉じた。が、ぎょっとしたのが顔にでたのか、慌てて折った場所を元に戻した。「おい、だれかを殺したんじゃあるまいし、端を折ったくらいでそんな驚くなよ！」分厚いペーパーバックを叩いた。「それにおれの見たところ、ヨガ教師は無実だな。いつもにこにこ幸せそうで、生まれてこのかた悪口なんていったことがないって感じだよ。ずっと専業主婦で、ご主人が開業資金をだしてくれたらしい。それで夢がすべてかなったそうだよ。ひとを殺せるタイプじゃないな。で、なにか成果はあったか？」

ジェイムズはかぶりを振った。

「ロザリン・ローズも隠しごとをしてるようには見えないな。ヨガの師匠じゃないけど、ここが自分の場所だという感じだし」ためらいながら続けた。「でもネッドに愛人がいると聞いたとき、顔色が変わったような気がするんだ。一瞬だったから、気のせいかもしれないけど」

「ジェイムズの予感はあたるからな。もしかしたら、いまごろこっそりと裏口から例の機械を持ちだしてるかもしれない」

ベネットは半分冗談でいったようだが、それを聞いたとたん、むくむくと疑いがふくれあがってしまった。

「ここを動かないで、心配そうな顔とか、まさかとは思うけど大きな箱を持ってでてこないか、見張っててくれないかな。ぼくはハーモニーに予約を入れてるんだ」

「任せとけ」ベネットは胸を叩いた。「ジリアンはどうせ鍼灸師と延々おしゃべりをしてるだろうし。だからこの本を持ってきたんだ」

〈心穏やかな日々〉を訪れると、スカイは鼻歌を歌いながら植木に水をやっていた。例によって温かく迎えてくれ、前の患者が予定より遅れているので、すこしお待たせすることになると謝った。

「構いませんよ」スカイの机脇の椅子に座って、レノンのこと、夢中になっているランニングのこと、ここで働くことになった経緯など、ただのおしゃべりのふりをしてあれこれ探ってみた。しばらくすると妻のために催眠療法のギフト券を買いに来たという客が現われた。

「妻はタバコをやめたがっていてね。十一年もタバコの煙に悩まされたんだから、やめさせるためならなんでもするよ！」客はそういいながら、スカイにクレジットカードを渡した。

その客が帰ると、ギフト券から誕生日のプレゼントに話をふくらませた。双子の傑作、本棚の形をした郵便受けをもらったときの感激から始め、写真のプレゼントを受けとったのかをそれとなく尋ねた。気に入ってくれたなら、それをファーンに伝えてやれば喜ぶだろう。

「スカイはもうすぐ誕生日なんだよね？」

スカイはかぶりを振った。

「いいえ、先月です。レノンがすてきなランニングシューズをプレゼントしてくれました。とても軽くて、履いている感覚がないくらいなんです」

「それはよかったね」その場を離れてグラスに水を注いだが、頭のなかはあれこれ考えるのに忙しかった。あの写真はスカイに贈るのではなかったのか。どうしてレノンはうそをついたのだろう。

しかしその問題をじっくり考えている時間はなかった。ハーモニーが前の患者と一緒に待合室に現われたのだ。ハーモニーはかわいらしい女性にあいさつすると、ジェイムズに向かって微笑んだ。

「ようこそ」

リクライニングチェアに腰を落ち着ける前に、携帯電話にメールが届いたことを知らせる音が聞こえた。急いで内容を確認する。

「ルーシーからのメールでした」ハーモニーに伝えた。「どうやら今日は療法を受けるのは難しいようです」

ハーモニーは首を傾げてこちらを見ている。

「どういうことですか?」

「警察が《すこやか村》に向かっています。すべての診療所の捜索令状を持っているそうです」

「それはウッドマンさんが亡くなったことと、なにか関係があるんですか?」内心では興味があったようだ。

ジェイムズはうなずいた。

「ティア・ロワイヤル殺人事件もだと思います」その名前になにか反応するかと期待したが、見事にはずれてしまった。ハーモニーはこちらを見つめたまま、心配そうに表情を曇らせただけで、動揺している様子はまるでなかった。

「その事件のことはよく覚えていないんです」

このチャンスを逃すわけにはいかない。

「ネッド・ウッドマンとティア・ロワイヤルは、おそらくおなじ犯人に殺されたんです。警察では、犯人は《すこやか村》となんらかの関わりがあると確信しているようですね」ちょっと間をおいた。「これ以上詳しくは説明できませんが、警察は重要な証拠を探しているようです」

この診療所にどかどかと大勢の警官がやってくるとわかっても、ハーモニーの様子に変化はない。穏やかに待合室までついてくるよう手で示した。

「そういうことであれば、延期にしたほうがよさそうです。スカイに頼んで、今夜の予約はすべてキャンセルしてもらわなくてはいけませんね。患者さんがいなければ、捜査に協力できますから」

これでハーモニーがなにか隠しているとしたら、それこそ天性のうそつきだろう。とはいえ、どうやら無関係らしいとわかって内心ではほっとしていた。

二台の茶色いパトカーがとまり、なかから捜索令状を持った六人の保安官代理が降りてきた。ルーシーは〈デブ・ファイブ〉のメンバーに合流し、今日のそれぞれの成果を手短かに報告しあった。

「身元調査でもなにもでてこなかった」まずはルーシーが口を開いた。「交通違反、大昔の万引き容疑、税金の滞納は何人か。めぼしいものはゼロね」

一同は順番に成果を報告した。ジェイムズはロザリンとの会話をざっと説明し、診療所を見張っていたベネットは、出入りした者はいないとつけ加えた。

「診療所にはそれぞれ裏口がある」周囲を調べていたサリーが戻ってきた。「裏口にはゴミの収集容器が置いてあって、そこに業者が回収に来るようだ」ルーシーに顔を向ける。「すでに回収済みで、容器は空だった。なにか証拠があったとしても、いまごろは埋立地の山のなかだな」

ルーシーは顔をしかめた。

「どうやらロザリンが一番怪しいわね。AEDなんかより、お得意のハーブを使いそうだけど、それでもそこから始めましょう。問題の鍵のかかったドアの向こうになにがあるかを確認したいし。みんな協力してくれてありがとう。なにかわかったら、すぐに報告するわね」

ルーシーとサリーはそのまま姿を消した。赤毛のドノヴァン保安官代理が仏頂面で指示を待っているのに気づき、思わず笑ってしまった。いつもはルーシーにいやみばかりのくせに、サリーがそばにいるときだけは借りてきた猫のようにおとなしいのだ。ドノヴァンの外見はブルドッグそっくりだが、サリーのほうがはるかに背も高くてたくましいせいだろう。サリーのいまにもはちきれそうなシャツをあこがれのまなざしで眺め、ジェイムズは急いで駐車場に向かった。帰宅する前に、もうひとつ大事な用事があった。

三十分後、地元の宝石店をあとにした。手にした小さな袋には、金の結婚指輪を収めた赤いビロードの箱が入っている。実は店員が指輪を磨きあげてくれるあいだ、となりの喫茶店にふらりと入り、冷たいホワイトチョコレート・モカ・ラテを買ってしまった。しかしひと口飲んで、口中に押しよせる甘さに驚いた。こんなに甘いものを口にするのはずいぶんと久しぶりで、最初は自分の味覚がどうかしたのかと思ったほどだ。なんと、甘すぎると感じたのだ。

いますぐ飲むのをやめるべきなのはわかっていたが、四ドルもしたので捨てるのはもったいない。頭のなかはついに指輪を買ったことでいっぱいだったが、ふと気づくといつのまにかこの甘さに慣れていた。結局、通りを渡って駐車場に向かうころには、プラスティックのカップは空になってしまった。

自分の意志の弱さに腹を立てながら、すこし離れたゴミ箱に向かってカップをほうり投げた。すると拍手の音が聞こえてきたので跳びあがった。

「ナイスシュート！　来年、バスケ部の二軍チームのコーチをやらないか？」振りかえると、笑顔のルイス・チャベス校長が立っていた。「今シーズンは一度も勝てなかったんだよ」

ジェイムズも笑顔で握手した。リンディの恋人のルイスはハンサムなだけでなく、だれもが魅了されてしまう知的な黒い瞳とすてきな笑顔の持ち主だった。宝石店の袋を慌てて背中に隠し、ふたりで駐車場に向かった。

「もうすぐ夏休みだね」とジェイムズ。「なにか予定は決まってるのか？」

「母親をメキシコに送りかえす以外に？」ルイスは大声で笑った。「計画だけは完璧なんだけどな」どういう意味かと尋ねようとしたら、ルイスはポケットからチケットをとりだした。

「図書館まで届けるつもりだったけど、ばったり会えてよかったよ。今度の金曜のミュージカルのチケットなんだ。家族や友人を誘ってくれないか。そしてなにより〈デブ・ファイブ〉のみんなには、なんとか都合をつけてぜひとも全員に来てほしいんだ。お願いしてもいいかな？」

なにかが起こる予感でわくわくしながら、チケットを受けとった。

「特別な公演なの？」

「もちろん！」ジェイムズの背中をパシンと叩いた。「なにしろうちのかわいい生徒たちが演るんだからな！　シェイクスピアの『空騒ぎ』をミュージカルにアレンジしたんだよ。この町の歴史に残る公演になるね」

ますます興味をそそられた。

「そこまでいわれたら、なにがあろうと駆けつけるよ」

ルイスは手を振って、足どり軽く反対側に歩いていった。ルイスが口ずさむ歌声が、淑女のかぐわしい残り香のように温かな夜気のなかに漂っている。ジェイムズは思わず微笑んだ。歌詞までは聞こえなかったが、愛の歌であることだけはまちがいなかった。

16章

ウェディング・カップケーキ

{ 糖分 33g }

警察が《すこやか村》の一斉捜査に乗りこんだが、残念なことに空振りに終わった。ロザリンは静かに書類仕事をしていて、差しだされた捜索令状をなおざりにちらりと眺めると、オーガニックのハーブをしまった小さな冷蔵庫も喜々として開けたそうだ。

「あんなに熱心に協力してくれる人間に会ったのは初めてよ」ルーシーは新刊コーナーに並べたばかりのジェイムズ・パタースンのハードカバーを指さした。「このひと、いつ寝てるのかしら？　半年毎に新刊がでてるような気がするんだけど」

「その意見に賛成する批評家もいそうだな」ジェイムズは例の〈空騒ぎ〉のチケットを、ルーシーに二枚渡した。「ルイスからぜひ来てくれと頼まれたんだ。サリーも一緒に誘えば？」

ルーシーは肩をすくめた。

「ミュージカルが好きかどうかは知らないけど、ほかにも行きたい理由があるしね」

どういう意味かと聞きかえそうと思ったところで、来館者の手伝いを終えたファーンがふたりの前に立った。

「お呼びですか、教授」

「実は、わたしが頼んだの」ルーシーがにこやかに答えた。「制服を着てるけど、気にしないで。ただの個人的な興味だから」

ファーンは見るからにほっとした様子だった。

「〈クィンシーズのなんでも屋さん〉の前に路上駐車したのを、見られてたのかと思いましたよ。あれはウィローの配達を手伝っていただけなんです」

ルーシーはそれを聞いて大笑いした。

「駐車違反チケットを切る仕事は、ドノヴァン保安官代理に任せようかと思って。車のワイパーにチケットを挟むだけの退屈な仕事なのに、ドノヴァンときたら大好きなのよね。実は、レノンが買った写真について知りたいの。どんな写真で、どんなやりとりがあったのかを教えてくれる?」

「ええ」相談カウンターの奥のパソコンを指さした。「写真ならすぐに見られます。スコットが立派なウェブサイトを作ってくれたから」

ジェイムズも興味があったので、貸し出しカウンターはフランシスに任せて、後ろからのぞきこもうとふたりについていった。スコットはしばらくパソコン・コーナーから離れられないだろう。ウィザーズ夫人が、トートバッグからはみだしそうなぬいぐるみとデジカメ持参でやってきたところを見ると、とうぶんかかるのはまちがいない。

「これをオークションサイトで売りたいの!」ウィザーズ夫人はやってくるなりジェイムズの肘をつかみ、勢いよく宣言したのだ。

ちょうど通りかかったスコットが助け船をだしてくれた。

「こういうお手伝いは任せてください、教授。オークションサイトができたころからのお得意さまですからね。できるだけ高値で売るためのコツだって、いっぱい知ってますよ」

パソコンの前に座ると、夫人は子どもにするようにスコットのもじゃもじゃの髪をなでた。

「スコットは本当にお利口さんね。いつも親切なふたりのために、感謝の気持ちをこめてピーナッツバター・ブラウニーを焼いてきたのよ。とにかく、もうちょっと太らないと。いつになったら、美味しいものを食べさせてくれるいい娘が見つかるのか、もう心配だわ」

「実は、見つかったんですよ、ウィザーズさん」スコットはうれしそうに白状した。「料理が得意かどうかは知りませんが、それ以外は文句のつけようがないほど完璧なんです！」

ついさっきのことを思いだしていたジェイムズは、はっと我に返ってルーシーの肩越しにパソコンの画面をのぞきこんだ。ファーンのウェブサイトはさすが見事なデザインだった。背景は淡いモスグリーンで、大きな紫のシャクナゲの写真が目に鮮やかだ。ファーンが写真の一部をクリックすると、その部分がクローズアップされた。

「公園局で森林警備員をしていたころに撮った写真です。だから、すべてヴァージニアに自生する植物なんですよ」ファーンは説明した。

「レノンは何枚買ったの？」とルーシー。

「十枚です。それもすべて、一枚百五十ドルの写真専用プリントで。自分の写真であんなに稼いだのは生まれて初めてです。そのうえ小切手ではなく、現金で払ってくれたんですよ」

ルーシーはゆっくりと顎をなでた。

「千五百ドルか……。《すこやか村》の管理人にしては大金よね。で、写真は恋人の誕生日プレゼントにするとメールに書いていたのね？」

「ええ。きっと喜んでくれるとわくわくしている様子でした」ファーンはルーシーの顔をのぞきこんだ。「どうしてそんな意味のないうそをついたんでしょう？　もしかしたら、もうひとり恋人がいるとか？」

「残念ながら、ふたりどころか何人いようが違法じゃないのよ」ルーシーはファーンに礼をいった。ふたりになるとジェイムズにささやいた。「こっちも怪しいわね。レノンの周辺も探ったほうがよさそうだわ。じゃあ、金曜の夜に」数歩でまた戻ってきた。「ジェイムズの自宅のパトロールはちゃんと続けてるわよ。この事件で大忙しだけど、ケネスのことも忘れてないから安心して」

ジェイムズも忘れられないでいた。実はつい昨夜も、おびただしい数の凶悪なカラスに襲われる夢を見たのだ。アルフレッド・ヒッチコック監督の〈鳥〉さながらに、木の枝、電話線、エリオットお気に入りのツリーハウスの屋根に、不吉な黒い影のようにカラスが鈴なりになっていた。ギャアギャアとがなりたてながら縦横無尽に羽ばたき、ジェイムズの寝室の窓を黒い目で凝視している。カラスたちは合図を待っている様子だが、肝心の合図がどこからどうやって送られてくるのかがわからないのだ。どこか遠くの木の陰にボスカラスが隠れており、こちらをじっと見つめてタイミングを計っているような気がした。

「ジェイムズ！」しびれを切らしたジェーンに揺りおこされた。「のたうちまわるのをやめてくれないと、明日にはアザだらけになっちゃう」

内心では不安もあったが、平日はなにごともなく過ぎていった。家族のだれひとり脅されることもなく、庭に鳥の死骸をほうりこまれることもなかった。金曜が近づくにつれ、頭のなかは自分の結婚式でいっぱいになっていった。金曜の午後に、治安判事の前で誓う予定なのだ。結婚許可証は水曜に郵送で届いていて、ジェーンはすぐさま治安判事の予約を入れてくれた。

「ぎりぎりね」水曜の夜にジェーンはいった。「五時半ぴったりに始めてもらいましょう。実はね、うそみたいだけど治安判事の名前はフランク・ラブなの。判事の話では、六時には夫婦になれるって。それから急いで食事をして、七時には学校に行かないと」

「結婚指輪をして初めての外出だね」しみじみとつぶやいた。「そうそう、誓いの言葉はどうしようか？」

ジェーンはパスタソースを混ぜていた手をとめた。

「自分で考えてみるのはどうかと思って。前回はありきたりだったけど、二回目なんだから、好きなようにやるのも楽しそうじゃない。忘れてたけど、お式はこの家でするのよ」

「それは最高だな！　きみと、ぼくと、エリオットと、スニッカーズと、そしてミス・ピクルス。スニッカーズの首輪に指輪をつけて運んでもらおうか」

「ティッシュペーパーの花を入れたバスケットを床に置いておけば、ミス・ピクルスが盛大に撒きちらしてくれるわ！」ふたりでくすくす笑い、ジェーンはソースの味見のために木のスプーンを差しだした。「ねえ、ご両親もお招きしない？」

「でも、ジェーンのご両親が気を悪くなさるかも」

ジェーンはかぶりを振った。

「大丈夫。うちの両親は結婚しただけで大喜びするだろうから。それに今回は写真も撮らないし、ケーキやなにやらもないから、あとで話を聞いて悲しむこともないわよ。わたしは空の色とおなじ青と白のサンドレスにサンダルの予定だから、ジェイムズも気楽な服でいいのよ」ジェーンはジェイムズの腰に腕をまわした。「今回は飾りはなしで、ふたりで誓いの言葉を口にするだけ」

しかし金曜に双子が昼休みから戻ってきても、ジェイムズはまだこれという誓いの言葉を思いつけないでいた。昼休みのあいだも結婚サイトというサイトにくまなく目を通し、誓いの言葉がたくさん載っている本もめくったが、どれもしっくりこない。

午後の休憩のころには、ほとんどパニック状態になっていた。双子も様子がおかしいと気づいたようで、コーヒーを淹れようと休憩室に向かうと、フランシスがあとを追ってきた。

「教授、なにかお手伝いしましょうか？　あるいは話を聞くとか、泣くための肩を貸すとか、サンドバッグがわりになるとか？　今日は一日中落ち着かないようですね」

もしかしたらなにか参考になるかもしれないと、わらにもすがる思いでコーヒー缶にじっと目を凝らしていたので、フランシスの声に文字どおり跳びあがった。おまけにスプーンに山盛りにしたコーヒーの粉を、床に盛大にぶちまけてしまった。

「しまった！」慌ててペーパータオルを濡らし、手でフランシスに下がるよう伝えた。「フランシスのせいじゃないよ。もう頭のなかがぐちゃぐちゃでね。実はあと二時間で結婚するのに、まだ誓いの言葉が思いつかないんだよ！」

「えーっ！」フランシスはしゃがんで、床に落ちた粉を集めるのを手伝ってくれた。「でも言葉を考えるなんて、得意中の得意じゃないですか。ジェーンを愛しています、一生、なにがあろうと大事にしますじゃ駄目なんですか？」

とんでもないとかぶりを振り、ゴミ箱にペーパータオルを捨てた。

「そんなんじゃ全然足りないんだ。ジェーンは世界にひとりしかいない約束された相手で、ぼくが女性に夢見るすべてを兼ねそなえていて、おかげで第二の幸せをつかむことができると、きちんと理解してほしいんだ」すぐそこにいるジェーンに話している気持ちになってきた。「ふたりの愛は天からの授かりもので、これからずっと、そう、未来永劫変わらない。ぼくの友人であり、パートナーであり、心から愛する女性であるジェーンと、これからの人生を一緒に歩いていきたい。ジェーンがそばにいてくれれば、なにが起ころうとも希望を忘れず、感謝と喜びを持って毎日を迎えられると思うんだ」

フランシスは掃除の手をとめ、のけぞるようにしてまじまじとジェイムズを眺めた。

「さすが、教授。そんなことをいわれたら、ぼくだって教授と結婚したくなりますよ」

「そうかな。こんな誓いは聞いたこともないし、文法的にもどうかと――」

「そんなことはどうでもいいんですって！　すごい、すごい！」フランシスは休憩室を跳びだしていき、ペンとメモ用紙を手に戻ってきた。「いますぐ書いてください！　世界のもてない仲間のために、ユーチューブに投稿してあげましょうよ」

いわれるままに腰をおろし、笑顔でいまの言葉を書きとめた。ようやく安心してピーナッツバターとジャムのサンドウィッチにかぶりつき、食事を終えると両親に電話した。予想どおり、ミラは大喜びして三十秒以上叫んでいた。

その午後はまったく仕事にならなかった。不安になっていたわけではなく、いますぐ誓いの言葉を口にしながらジェーンの指に指輪をはめたくて、それ以外のことを考えられなくなっていたのだ。これで帰宅すればすぐ式だと思うと、心ここにあらずもいいところで、ビーチでの軽い読み物を探している女性に『カラー・パープル』を勧め、陰謀物がきらいな相手にダン・ブラウンの『ロスト・シンボル』を差しだす始末だった。さいわい、スコットがすぐに気づいてくれたのでことなきを得たが、そのあいだにまちがった延滞料金を徴収してしまった。

四時半になると、フランシスに肩を叩かれた。

「スコットもおなじ意見でしたが、もう帰宅したほうがいいと思いますよ、教授。人生の大切な用事が待ってますからね。では、今夜ミュージカルで会いましょう。図書館のことはぼくたちに任せてください」

思わず苦笑いした。

「そうだな。いたところで迷惑かけるだけだろうし、お言葉に甘えるよ。そのうち七歳の子どもに、ローレル・K・ハミルトンのロマンス小説を勧めそうだ」

いつのまにかやってきていたスコットともハグをした。

「おめでとうございます、教授。さあ、さあ、早く帰ってください」ふたりは笑顔でドアまで送ってくれた。

帰宅すると、ジェーンは裏庭でひなぎくの花輪を作っていた。エリオットのためにいくつも作ってあって、自分の頭にも王冠のように載せている。ジェイムズに気づくと、ちょうどできあがった花輪を首にかけてくれた。思わず抱きしめてそっとキスをすると、草と太陽のにおいがした。ツリーハウスにいるエリオットが海賊のような雄叫びをあげ、こちらに向かってプラスティックの剣を振りまわした。

「そろそろ着替える？」ジェーンに尋ねた。「このままもいいけどね。タンクトップに素足でも、女王さまのようにきれいだよ。ひなぎくの王冠がぴったりだ」

ジェーンは声をあげて笑った。

「このままでいようかしら。でも往年のヒッピーみたいだから、一輪だけ耳の後ろに挿すくらいがよさそうね。じゃあ、祭壇で」

「いま行くぞ」ジェーンを見送ってから、ツリーハウスに登ってエリオットを抱きあげた。

「捕まえた！　こんなぼんやり海賊は見たことない！」

それから三十分、敵同士として戦ったり、埋められた財宝を探す海賊仲間になったりして、ふたりで庭中を走りまわった。

「ちくしょう！　あのお宝はどこにあるんだ！」ジェイムズはうなり声をあげ、ちらりと目配せした。

エリオットは長い棒で巣箱の根元をつついた。

「こんなところにどろぼうが隠れてたぞ！　お宝を盗んだやつらだ！」

ジェイムズは腰に手をあててピンと背筋を伸ばし、おそろしい目つきで庭を見まわした。

「どろぼうは板の上を歩く刑だな！」

舷側から突きだした細い板の上を、プラスティックのヴェロキラプトルと、ぜんまい仕掛けのロボットを歩かせた。地面には青いタオルを広げ、ハロウィン用の吸血鬼の牙をつけたゴム製のワニが置いてある。

「裏切り者は報いを受けなくてはならない！」ジェイムズはどなった。

「そうだ！」エリオットは大喜びで叫んだ。

海の怪獣が裏切り者をやっつけてくれたので、家に入って勝利を祝って冷たい水で乾杯した。ジェイムズがシャワーを浴び、洗いたてのチノパンと水色のポロシャツに着替えたところに、ちょうど治安判事が到着した。エリオットを紹介していると、すぐにミラとジャクソンもやってきた。予想どおり、ミラは大きな段ボール箱を抱えている。

「無理しないでよかったのに」ついジェイムズはたしなめた。「ただ来てくれるだけでうれしいんだから。贈り物も料理もなしで、シャンパンで乾杯するだけにしようと思って」

「馬鹿も休み休みにしておくれ！」とミラ。「こんなに天にも昇る気持ちなのに、だれが手ぶらなんかで来るかね。あたしたちが結婚したときに、あんたはそりゃあよくしてくれたからね。ふたりのために腕を振るうチャンスだってのに、ぼんやりしてるわけないだろ。だけど簡単なものを焼いただけだから、たった二時間で終わったよ」

父親が鼻を鳴らした。

「なにが簡単だか。披露したらどうだ」

「ねえ、箱を持ってくれない」ミラが笑顔で頼んだ。

父親は異状のない右腕で箱の底を支え、カップケーキでできた小さな塔をとりだすミラを誇らしげに見つめた。カップケーキにはバニラのフロスティングがたっぷりとかかっていて、縁はきらきら光る白い砂糖の結晶が飾ってある。真ん中には銀のフロスティングでハートが描いてあるが、一番上のカップケーキだけは、新郎新婦のイニシャルＪ＆Ｊが優雅な銀の絵文字であしらわれていた。

「すてき！」キッチンにやってきたジェーンが歓声をあげた。「ありがとう、ミラ！」

ミラは未来の義理の娘を抱きしめ、父親の脇腹を肘でつついた。

「さあ、ジェーンになにか話があるんじゃなかった？」

父親はゆっくりと時間をかけ、ひと言ひと言はっきりと発音してくれたので、聞きとるのにはなんの問題もなかった。

「息子と一緒に人生を歩むと決心してくれて、とてもうれしく思っている」ジェイムズにちらりと顔を向けたが、感無量という表情で瞳が潤んでいた。「この老いぼれにとって、三人がそばで暮らしてくれることは、なによりの贈り物だ。きみたち三人とミラのおかげで、こんなになっても朝起きだす気力が湧いてくる」すこし時間を置き、なんとかスピーチを締めくくった。「つまりは、招待してくれてありがとうといいたかった」

ジェーンは父親に抱きついてそっと頰にキスをすると、そのまま居間に案内した。ジェイムズはミラにささやいた。

「また一段と、自然に歩けるようになったね」

ミラはうなずいた。

「真剣にリハビリをがんばってるからね。四つんばいになってエリオットと遊びたいんだって。あの年齢でこれほどの早さで快復する患者は初めて見たって、看護師さんにも感心されてるんだよ」

事実、父親はほとんど脚を引きずらずに居間に行き、ラブ判事と握手をした。スニッカーズはソファのエリオットの膝でくつろぎ、ミス・ピクルスはその後ろ、ソファの背にガーゴイルよろしく鎮座している。二匹の首輪がひなぎくの花輪に替わっているのに気づいて、思わず笑い声をあげた。

「ご準備はよろしいですか？」ラブ判事が尋ねた。

ジェイムズとジェーンは顔を合わせて微笑んだ。

「ええ、ようやくこのときを迎えられました」ジェイムズは花嫁の手を握った。

高校の講堂でミュージカルの開幕を待ちながら、ジェイムズは左手の薬指にはめた指輪をいじっていた。結婚指輪をするのはずいぶんと久しぶりだが、肌にあたる金の温かさに驚くと同時に、これでもう秘密にする必要もないと思うと、踊りだしたいほどうれしかった。となりには頰をバラ色に染めたジェーンが座っている。いつにもまして美しく、ジェイムズは顔を寄せて耳元にささやいたり、頰にキスしたりをくり返していた。

「はい、そこのふたり！　公衆の面前でいちゃいちゃしないの」ジェイムズのとなりの予約席に座ったルーシーがふざけた。

真っ赤になったのをごまかしたくて、首を伸ばして会場の後方を眺めた。ほとんどの席は埋まっていて、場内のざわめきはうるさいほどだった。

「サリーは一緒じゃないの？」

「駐車場でちょっと用事があるって」ルーシーは謎めいた答えを返してきた。「エリオットは？」

「両親とお留守番。今日は大人だけでデートなんだ」

ベネットとジリアンがじゅうたん敷きの通路を元気よく歩いてきて、ジェーンのとなりに座った。女性ふたりは早速、明日の朝市でどんな野菜を買うかを相談している。ベネットは案内プログラムを見て顔をしかめた。

「野球が観たかったんだけどな！」ぼやく声が聞こえてきて、つい笑ってしまった。

「ルイスによると、歴史に残る公演になるそうだよ」とジェイムズ。

「そうなの？」リンディが列の最後に残った席に座りながら、ルーシーの前に手を伸ばしてジェイムズの脚をつついた。「いつルイスに会ったの？　そもそも、どういうつもりでみんなを誘ったのかしら？」会場を見まわした。「それはそうと、アルマはどこ？　またご機嫌斜めだったらどうしよう」

「右手の真ん中あたりで見かけたわよ。ルイージや子どもたちと一緒だった」ルーシーが反対側を指さし、かぶりを振った。「信じてもらえるかわからないけど、ルイージの子どもたちにかこまれてすごく幸せそうだった」

リンディはぱっと顔を輝かせた。

「あの子たちは救世主かも！　アルマがそっちに夢中になれば、わたしのことなんてどうでもよくなるわよね」

客席が徐々に暗くなり、聴衆のざわめきも静かになっていった。教師が舞台袖のピアノに歩みよって陽気な曲を弾きはじめると、赤い緞帳が開き、現代風衣装のかわいらしい少女の歌が始まった。すぐに観客は、クラウディオとヒーロー、変わり者同士のベネディックとベアトリスの二組のロマンスの行方に夢中になった。すべてがハッピーエンドになるかと思われたとき、悪役のドン・ジョンが客席後方に現われ、クラウディオとヒーローの結婚式をぶち壊す計画を見事なバリトンで歌いあげた。そのまま舞台に向かって通路を進むドン・ジョンを、スポットライトが追いかけていく。そのときジェーンがはっと息を呑んで、爪が食いこむほどの力でジェイムズの腕をつかんだ。

「ケネスがいた！」ジェーンの声は震えていた。「非常口のあたりをライトが照らしたときに見えたの」

必死で最後尾に目を走らせたが、スポットライトなしの暗がりではとうてい顔の区別などつかない。ルーシーに顔を近づけた。

「ジェーンがケネスを見たって！　非常口の近くらしい。どうすればいいと思う？」

となりでルーシーは身体をこわばらせた。

「さすがサリーね。今夜ケネスが現われるかもしれないといってたの。あれで終わりのはずはないって。みんなはここを動かないで。いかれたやつは任せといて」

ルーシーが姿を消すと、その席にリンディが移ってきた。

「いったいどうしたの？」

とうとう後ろの年配の女性から、お静かにとたしなめられてしまった。舞台ではヒーローとその父親レオナートのデュエットが始まった。メイドのマーガレットがウェディングドレスの裾を持ち、ふたりはバージンロードをゆっくりと進みながら朗々と歌いあげる。しかし新郎のクラウディオは憎悪に燃える目で拳を握りしめており、楽しげな曲が一転して不安を煽るメロディに変わった。

ジェイムズはいてもたってもいられなかった。

「帰ろう」ジェーンにささやく。「ケネスが家に向かったら大変だ」

「エリオット！」ジェーンは恐怖で目を見開いた。後ろの女性の渋い顔には気づかぬふりをして、ジリアンとベネットに事情を説明して通路に跳びだした。

「彼の席にはだれもいなかったわ」五人がロビーにそろうと、ジェーンが報告した。

リンディは怒りくるっていた。

「あの最低男はでていったのよ！　うちの高校の近くでなにかしたりしたら、絶対に許さない。一生、刑務所からでてこられなければいいのに！」

倉庫から拝借したアルミの野球バットを手に、だれもいない廊下を進んだ。ひとつひとつ教室のドアも開けてみたが、どこもきちんと鍵がかかっていた。

外にでると、夜空には星がまたたき、半月が明るく輝いていた。建物をL字にかこむ駐車場は、不気味なほどに静かだった。車内の暗闇に潜んでいないかと、ジェイムズは目に入る車を必死でのぞきこんだ。駐車場の照明が車のフロントガラスにあたって、星が映りこんでいるのが紛らわしい。何度か視界の端でなにかが動いたと思ったが、すべて勘違いだった。

静かにする必要はないと気づいて叫んだ。

「ルーシー、どこにいる？」

「ジェイムズの車！」ルーシーの声が駐車場に響いた。

それを聞いて走りだすと、みんながついてくる足音が聞こえた。車はフットボール場の近くに駐めたが、そちらに近づくと懐中電灯の光が見える。サリーは携帯電話に向かっててきぱきと指示をだしていて、ルーシーは車のボンネットを調べていた。

「どうし……」ベネットの言葉がとぎれた。

ケネスはボンネットに黒い羽根でハートを描いていた。しかし女性陣が恐怖で息を呑み、ジェイムズとベネットが言葉を失ったのは、羽根の上に血が撒かれていて、それがフロントガラスにまでジグザグに跳ねていたからだった。

「これだけじゃないの」ルーシーが車の後ろを指さした。三羽のカラスの死骸が、バンパーから首吊りのようにぶら下がっていた。頭はぐんにゃりと垂れ、黒い目はなにかを凝視しているようだ。

ジェーンにしっかりと腕をまわした。

「新婚ほやほやの車に、空き缶をぶら下げる真似でもしたつもりかしらね！」リンディが吐きすてた。

ぎょっとしてジェーンと顔を見合わせた。

「まさか知っているとか？　あそこにいたのかしら？」

ルーシーがジェーンに顔を向けた。

「あそこって？」

「こんな形で報告したくなかったんだけど」ジェイムズは両手を広げて、全員に話しかけた。

「今日の夕方、治安判事の前で結婚したんだ」ジェーンの手をとって、ふたりの指輪を見せる。「大騒ぎにしたくなかったから、結婚するまでは秘密にしてたんだけど」

「三度目の正直っていうけど、まだ二度目だしね」ジェーンがかたい声で冗談をいった。

その知らせをすぐに理解できなかったようで、一瞬沈黙が流れたが、すぐに全員が笑顔になった。

「おめでとう！」ジリアンが叫び、ふたりを抱きしめた。

つぎに声をあげたのはリンディだ。

「夏が終わっても、一緒に暮らすわけね！」

「やったな！」ベネットはジェイムズの肩を叩き、ジェーンの頬にキスをした。

ルーシーはふたりの腕に触れた。

「本当におめでとう」

サリーも笑顔だったが、すぐに仕事の顔に戻った。

「なるほど、それで逆上したんだな。まだ近くにいるはずだ。どこかに隠れてるんだろう」腕を組むと力こぶが盛りあがった。「開演後に出入りした車はいないんだ。ほかの観客に紛れて入りこんだんだろうが、まだでてこないということは、だれもいなくなるまで待つつもりだな」

「そう甘くはないわよ。こんな馬鹿げたことは今日で終わりにしないと」ルーシーが断言し、ジェーンに顔を向けた。「きつく聞こえるかもしれないけど、原因はジェーンにあるのよね。そもそもは心変わりが許せなくてこんな行動にでたわけだし。だから引きずりだすのに協力してもらえない？」

「駄目だ！」ジェイムズは即座に反対したが、ルーシーは落ち着いていといいたげに手を上げた。

「わたしが一緒についているから。遠目には無防備な女性ふたりだけに見えるだろうけど、わたしならどんな事態にも対処できる。サリー、リンディとジリアンを連れて、バス停近くを確認して。ジェイムズとベネットは駐車場全体をお願い」ルーシーはジェイムズに懐中電灯を渡した。「車の下も忘れないで。最近の車高の高いＳＵＶ車なら、大の男でも余裕で隠れられるから」

「見つけたらどうすればいい？」ベネットは尋ねた。リンディはバッグを引っかきまわし、笛をとりだした。

「これを使って。いつも持ってるの」

散らばる前に、ルーシーのホルスターに手が触れた。銃はジープに置いてきたようだ。

「ケネスは武器を持ってるかな？」

ルーシーはかぶりを振った。

「持ってないと思うけど、念のためにバットは構えていて。じゃあ、みんなお願いね。シェイクスピアはあまり詳しくないけど、もうすぐ終わるみたいよ」

ルーシーは正しかった。一同が懐中電灯とバットを手に解散したころ、舞台ではふたつの結婚式がおこなわれていた。全員で最後の曲を歌う前に、ルイス・チャベス校長がマイクを手に舞台の中央に現われた。

「ミュージカルの途中に申し訳ありません。しかし寛大な生徒たちの好意に甘えて、この最高傑作の最終幕に私情を挟むことをお許しください。クラウディオやベネディックのように、わたしの人生にもパートナーが必要です」ルイスは観客に向かって微笑んだが、スポットライトを浴びているので客席の様子はほとんど見えなかった。「リンディ・ペレス先生、ここに来てもらえますか？」

生徒たちは互いに目配せし、観客はなにが起こるのかと期待に固唾を呑んだ。しかしリンディは現われない。ルイスはまぶしいライトを手で遮り、ついさっきまでリンディが座っていたあたりを探した。

「恥ずかしがらないで、リンディ。ひとつだけ尋ねたいことがあるんだ」

「リンディはでていったよ！」ルイージの大声が会場中に響いた。

ルイスはがっくりと肩を落とした。笑みも目の輝きもすっかり消えうせている。掌のダイヤモンドの指輪に目を落とし、生徒たちにミュージカルを続けるよう身振りで指示すると、舞台の右手に引っこんだ。呆然としたまま、出番を待っている合唱隊や大道具の脇を通りすぎる。かわいい生徒たちが熱唱する声が聞こえてきた。校長の気まずい一幕を吹き飛ばそうとしてくれているようだった。

本当ならルイスはいまごろ、誇りに胸をふくらませているはずだった。ピアニストや演劇指導教官に、感謝のしるしとしてバラの花束を贈っているはずだった。花束は自分の席の下にきちんと用意してあるのだ。そのあと観客全員を握手で送りだすつもりだった。そう、今夜は結婚を申しこむつもりだったのだ。しかし見事に失敗して、もうなにも考えられなくなっていた。舞台でリンディを待っているときにようやく、どうしてもっと早くに行動を起こさなかったのかと後悔した。母親の許しなどそれほど重要ではなかった。いつのまにかそばにいてくれるのがあたりまえになっていたが、リンディの前でひざまずいてプロポーズする以上に大切なことなど、この世に存在しないのだと痛感した。

新たな目的を胸に、ルイスは裏手にある非常口の重い鉄の扉を勢いよく開けた。とにかく一刻でも早く恋人と会いたかった。ところがまさかという偶然が重なり、ちょうどその瞬間になかに入ろうとしていた人物がいた。当然大きなハンマーにぶつかったようなもので、その人物は地面に投げだされた。

「大変だ！」ルイスは意識を失っている男を助けようと駆けよった。携帯電話で助けを呼ぼうと男のポケットを探ったが、ねばねばする黒い羽根しか見つからなかった。

17章

グラノーラ・バー

{ 糖分 17g }

ルイスは驚いて地面に羽根を落とし、自分の指についた血をまじまじと眺めた。扉にあたった衝撃で出血したのだと思いこんで、声をかぎりに叫んだ。

「助けてくれ！」

こちらに近づいてくる足音が聞こえて、ルイスはほっと胸をなでおろした。カメラを肩にかけた女性が建物の陰から現われ、地面に倒れている人間に気づいて立ちどまった。

「携帯電話を持っていますか？」ルイスはマーフィー・アリステアに尋ねた。「外にでようとして、うっかりこの扉をぶつけてしまったんです。気を失っているようなので、救急車を呼ばないと」

マーフィーは落ち着いた様子でバッグから携帯をだし、救急車を高校の裏口にまわすよう手配した。それから倒れている男に駆けより、近くで顔を見た。

「うそ！　ケネス・クーパーじゃない！」マーフィーはすぐにカメラを構え、倒れている男の写真を撮った。当然、まわりに散らばっている黒い羽根のクローズアップも忘れるはずがない。

ルイスは予想外の展開に驚いて動けずにいたが、微動だにしない男に容赦なく向けたストロボの明るさに、慌ててレンズを手でおおった。

「なにをするんです。怪我をしているひとに向かって！」

マーフィーはカメラを下げた。

「ちょっと事情を説明してもいいかしら。この男はね、ここ一カ月というもの、ジェイムズ・ヘンリー一家を脅かしてきた犯人なのよ」ルイスはその知らせに息を呑み、ケネス・クーパーからあとずさった。「それに指についてる血はなんだと思う？　この男が殺して、ジェイムズの車に吊るしたカラスの血よ。あそこまでやると、ある意味芸術に近かったけど。この男を野放しにしたら危険なの。扉をぶつけてくれて本当に万々歳だわ」

ルイスはあっけにとられていたが、すぐにどやどやと大勢の足音が近づいてきた。最初は息を切らせたジェイムズとベネットで、続いて現われたのはルーシーとジェーンだった。ジェーンは怯えているようだったが、ケネスを目にした瞬間、ルーシーの瞳がきらりと光った。

「さすが、ルイス！」

事情を聞いたルーシーは歓声をあげ、即座にサリーに連絡した。サリーはすぐに現われ、救急車を案内していたリンディはすこし遅れた。ルイスがリンディに話しかけようとしたとき、講堂から大きな拍手喝采が聞こえた。ミュージカルが終わったようだ。救急車がすぐにでられるように交通整理をしなくてはいけないと気づき、ルイスはサリーに応援を頼み、ふたりは懐中電灯を手に姿を消した。

「リーダーシップが発揮できる男性ってすてきよね」マーフィーがふたりの背中を眺めてつぶやいた。「黒髪で、ハンサムで、尊敬される仕事をしてる。なにがなんでもルイス校長の独占インタビューを実現しようっと」

ジェイムズは思わず顔をしかめた。

「ルイスに恋人がいるのは知ってるくせに。リンディとは……」

「あら、指輪はなかったわよ」マーフィーはにやりと笑い、救急救命士のために場所をあけた。ルーシーに顔を向けてカメラを指さす。「病院まで乗っていくの？　ケネスの意識が戻ったら、すぐにコメントをとりたいんだけど」

「こっちが先よ」ルーシーはきっぱりと答えた。

マーフィーは小さく会釈した。

「もちろん。それまでのあいだ、共同作戦の相談をするのはどう？」

ルーシーは眉をあげた。

「共同作戦？」

「そう。ケネスと弁護士は、情況証拠ばかりだから有罪にできないと主張すると思うの。保安官代理が強制的に自白させるわけにはいかないけど、ちょっといいことを思いついたのよ。わたしたちの町から最低の男を追いはらうために協力しない？」

「そういうことなら、話を聞くわ」とルーシー。

ベネットは立ち去るふたりの背中を眺めた。

「町中のドーナツ・ホールをくれるといわれても、どうしてもマーフィーを信用する気にならないんだよな」

ジリアンはベネットと腕を組んだ。

「信頼をとりもどそうと努力してる最中だと思うの。わたしたちの町といってたじゃない？いつかは本当の親切ができるようになるかもしれないんだから、温かい目で見守ってあげないと」

「つぎの本が出版されたらはっきりするさ。さて、無事にケネスも逮捕されたことだし、新婚さんも家に帰りたくてうずうずしてるだろ」ベネットはジェイムズを指さした。「まさか、内輪のパーティもいやだとかいわないだろうな。みんなで集まってお祝いするくらいならいいだろ？」

ジリアンは顔を輝かせた。

「賛成！　せめてささやかなパーティを開きましょうよ。派手にしないで、〈デブ・ファイブ〉と、図書館のみんな、ご両親、それにエリオットだけでお祝いするの。美味しいベジタリアン・パーティよ！」

「すてきだわ、ありがとう」ジェーンはジェイムズの胸にもたれかかった。「いろんなことがいっぺんにあって、ちょっと疲れちゃったわ。家族の顔を見て、あとはパジャマでのんびりしない？」

数時間前に結婚したばかりのジェーンの手を握って、大混雑のなかを車に向かった。そのにぎやかさにほっとしながら、でていく車の行列のあいだを進んでいくと、みんなが車の窓から手を振ったり、声をかけてきた。どうやら住民の半分が観劇に来ていたようだ。

「すごい、映画スターの奥さんになった気分」ようやく車までたどりつくと、ジェーンがからかった。

幸せのあまり大きなため息をついた。

「小さな町の図書館長でよかったよ。ぼくもあれやこれやでくたびれちゃって、ジェーンを家のなかまで抱いていける自信がないんだ」

「それならおんぶでがまんしてあげる」ジェーンはにやりと笑い、背もたれに倒れこんで目を閉じた。「ケネスが捕まったから、これで安心して暮らせるのかしら」

赤いテールランプの行列に車を入れてもらいながら、大きくかぶりを振った。

「まだこの町には殺人犯が大手を振って歩きまわってる」車はまったく進みそうもないので、前方に黒くそびえたつ山々を見上げた。「とても安心して暮らせるとはいえないな」

ふたりが足音を忍ばせて帰宅すると、家は静かだった。父親は見たこともないほどすさまじいカーチェイスの番組を観ていて、ミラはエリオットのためにクリスマス用靴下を作っていた。とりかかったのは二月だが、クリスマスイブまでに完成したら奇跡だといまから宣言している。見せてもらうと、驚くほど細かいステッチで、サンタが袋からおもちゃをだしている模様を丁寧に刺繡していた。

「ミュージカルはどうだった？」ミラはじゃれつくミス・ピクルスから絹糸を引っぱりあげた。

「驚いたなんてもんじゃないよ」ジェーンはエリオットの様子を見にいったので、はらはらドキドキの一部始終を両親に説明した。話が終わると、父親はテレビを消して立ちあがった。

「そのケネスとかいう野郎がまたのこのこやってきたら、何発か殴ってやれ」眉間に深いしわを寄せている。「それとも、散弾銃を貸してやろうか」

家に銃を置くつもりはなかった。

「ありがとう。でもルーシーに任せておけば大丈夫だよ」

「そうだね、あの子ならまちがいないさ」ミラはジェイムズの背中をポンポンと叩いた。

「これでようやく安心して夏を楽しめるね」荷物をまとめ、玄関の前で足をとめた。「そうそう、忘れるところだった。すてきな女性がハーブのアイスティーを持ってきてくれたよ。エリオットの風邪に効くんだって。でも、まずは苦くないかをあんたが確認したほうがいいと思って、あの子には飲ませてないけどね」

「ロザリン・ローズがここに？」

ミラはうなずいた。

「そうそう、そんな名前だった。エリオットは元気だといったら、たぶんこのあいだ買ったものを飲ませたおかげだろうって。今度のお茶はあんたにもいいらしいよ。図書館の本にはおそろしいほど細菌がうようよしてるから、抵抗力を高めてくれるこのお茶を飲んだほうがいいってさ」

ロザリンが家を訪ねてきたのは驚いたが、両親を送りだしてそのままベッドにもぐりこんだ。疲れすぎていて、冷蔵庫を開けてロザリンの手土産を味見する元気もなかった。

翌日は土曜日だった。カートゥーンネットワークを見てもいい日、パジャマのままコーヒーを飲んでも、朝ごはんを食べてもいい日、そしてジェイムズ自慢の焼きたて熱々の美味しいパンケーキの日だ。ジェイムズは一番に起きてコーヒーを淹れ、エリオットのためにオレンジをしぼってジュースを作った。パンケーキの生地にブルーベリーを混ぜたとき、エリオットが寝ぼけ眼をこすりながらキッチンに入ってきた。まずはおはようのハグをする。エリオットはそのままカウンターに座り、熱いフライパンにお玉で生地を落とすのをじっと見ている。

「今日はエイリアンのパンケーキ？」とエリオット。

「そう、青いぶつぶつのあるエイリアンだよ」大きな卵形のパンケーキ一枚と、小さいものを二枚焼いた。大きいほうはエイリアンの顔、小さいほうは目に使うのだ。三角に切ったイチゴはおそろしい口に、半分に切ったバナナは長い鼻になる。黒目のチョコチップを置いて、派手な仕草で息子の前に皿を置いた。

「地球は青いぶつぶつエイリアンに侵略された」ロボットのような声を真似した。「地球を救えるかどうかは、たったひとりの少年にかかっている。エリオット・ヘンリー、おそろしいぶつぶつ顔のエイリアンをやっつけて、わたしたちの惑星を救ってください」

「よしきた！」エリオットは勢いよくフォークでバナナの鼻を突きさした。痛い痛いと騒いてみせ、ふたりで大笑いする。ジェーンがキッチンにやってきて、コーヒーに直行した。しばらくのんびりコーヒーを飲ませてあげようと、微笑んだだけでパンケーキを焼きつづけた。

「ジェイムズは世界一すばらしい旦那さまね。ふんわりパンケーキも焼けるし、濃くて美味しいコーヒーも淹れてくれる」

ジェーンはエリオットの頭にキスすると、コーヒーカップを持ったまま新聞をとってきた。そのあと、一日をどう過ごすかを三人で相談した。ジェイムズは芝刈り、ジェーンは野菜を買いに朝市に行き、その後洗濯、そして夏の講義内容を決めなくてはいけなかった。

「今日は妖精のお家を建てたい！」エリオットは自分の部屋に走っていった。そして図書館から借りてきた本を抱えて戻ってきた。「ほら、こんな小さな女の子がお家を作ったら、妖精たちが気に入ってくれたんだって。でもね、お外で見つけたもので作らないといけないんだ。買ってきたもので作っても、妖精にはわかっちゃうんだよ」

松ぼっくり、小枝、石でできた小さな家のイラストをじっくりと見た。

「よし、一緒に妖精のお家を作ろうか。でも今日は暑くなりそうだから、涼しいうちに材料を探そう。スニッカーズも喜んでついてくるんじゃないか」

自分の名前が聞こえたのか、スニッカーズが尻尾を振って跳んできた。ジェーンが朝市にでかけたあとで、スニッカーズとミス・ピクルスを従えて材料探しを始めた。エリオットが妖精の家のための材料を探し、それを入れる麻の袋を運ぶのがジェイムズの任務だった。

「石はもう充分だと思うよ」エリオットが重い石ばかり入れようとするので、慌ててとめた。「今度は小枝を探そうか？」

一時間かけて家を作ると、エリオットは満足そうに手の泥をはたいた。

「できた！　妖精はいつ引っ越してくるの？」

ジェイムズは肩をすくめた。

「恥ずかしがり屋さんだから、会うのは難しいよ」

エリオットは口をとがらせた。

「じゃあ、ぼくのお家を気に入ってくれたかどうか、わからないの？」

「どうにかして、知らせてくれるはずだよ」必死に考えた。「たとえば、花びらでハートを描いてくれるとか。ああ、なにかプレゼントを残してくれるかもしれないね」

「どんなプレゼント？」エリオットの目が輝いた。

ぐっと言葉に詰まった。もっともらしい答えをひねりだそうと、ミス・ピクルスをなでながら庭を見まわす。

「わからないけど、幸せの四葉のクローバーかな？　雛が巣立ったあとの、空色のコマツグミの卵かもしれないね。自然からのプレゼントだ」

「うわあ、いいな！」エリオットはその答えで満足してくれたようだ。「いつプレゼントを探したらいいの？」

あとで妖精の家になにか置くのを忘れないようにと自分にいいきかせ、エリオットを手招きした。

「明日かな。まずは新しいお家を見つけてもらわないとね。それに妖精はとっても早起きさんで、お陽《ひ》さまと一緒に目を覚ますんだって。そろそろ戻って、ママが朝市でなにを買ってきたか見てみようか」

セロリとピーナッツバターのおやつを食べ、大甘のおじいちゃんに変貌した父親に買ってもらった電車セットで遊ぶと、エリオットは自室に引っこんだ。ジェイムズは野球帽をかぶって、芝刈りを始めた。

「靴を脱いでから、家に入ってね！」ジェーンの声が聞こえた。「ふたりがいない隙に、掃除機をかけてモップで拭くつもりだから」

ヘンリー一家はそれぞれ充実した午前中を送った。ジェイムズは家の正面と脇の芝刈りを終え、気づくとシャツは汗でびしょびしょだった。水筒も空になってしまったし、裏庭の芝にとりかかる前に軽くなにか口に入れたかった。それにルーシーに連絡して、ケネスは起訴されるのか、それとも病院で一晩過ごしただけで、自分の事務所から跳んできた弁護士と協議中なのかを教えてもらおうと思いついた。

ジェーンの言葉を思いだし、フロント・ポーチで靴を脱いで靴下の草を払った。白い靴下が足首だけうっすらと緑色に染まっているのに眉をひそめ、ジム用のタオルとして使っている古いふきんで顔を拭くと、涼しい家のなかに入った。

まずはキッチンで水筒に水を補充した。カウンターに、茶色の液体が入った見慣れないプラスティックのピッチャーが置いてあった。おそらくロザリンがくれたというお茶だろう。そのとなりにはお茶が入ったグラスがひとつ。手にとって中身のにおいを嗅いでみた。いつもならロザリンが寄ってくれたと聞いても特に驚かなかったはずだ。ここは住民たちが助けあうのがあたりまえの南部だった。しかし、すでにお勧めのハーブを買ったのに、どうしてわざわざお茶を持ってきてくれたのかと不思議ではあった。

エリオットはまだ部屋で遊んでいた。部屋いっぱいに電車を走らせていて、図書館の本や積み木でいくつもトンネルが作ってあった。

「あと、もうちょっとだけ」エリオットはお昼の時間だと思ったようだ。

「ママはどこ?」エリオットは肩をすくめただけで、すぐに遊びに夢中になった。

寝室をのぞいたところで、洗濯するといっていたのを思いだした。ガレージ横の小部屋に向かうと、たたみかけの服が乾燥機の上に置いてある。Tシャツは洗濯かごのなかだったが、靴下や下着は床に散らばっていた。洗ったばかりの服がタイルに落ちているのを見て、ますます不安が募った。ガレージをのぞいたが見つからないので、急いでテラスに向かった。

ようやく姿を目にしてほっとしたのもつかのま、なんとジェーンは手すりにもたれ、苦しそうに吐いていた。

「大丈夫か?」

とても答えられる状態ではなかった。激しい発作のように胃のなかのものをもどす合間に、酸素を求めて必死にあえいでいる。片手で手すりをつかみ、もう片方の手はお腹にあてていて

た。

「大変だ!」真っ青になってジェーンの顔をのぞきこんだ。「あのお茶を飲んだのか?」ジェーンはなんとかうなずいた。ジェイムズは家に跳びこんで通報し、震える声で妻が毒入りのハーブティーを飲んだようだと告げた。

「どんなハーブですか?」女性は冷静に尋ねた。のんきな声にいらいらする。どうすればいいかをてきぱきと指示して、もう大丈夫だと保証してほしかった。

「わ、わかりません」どもりながらも、ロザリンの棚に並んでいたものを必死で思いだそうとした。

オペレーターがまたなにかいったようが、その意味を理解するのに時間がかかる。

「奥さんの症状は?」

突然、こんな質問に答えているのは時間の無駄だと気づき、受話器を叩きつけた。

「エリオット! 車に乗れ!」

「でも、ぼく……」

「すぐにだ! いますぐに乗りなさい!」声を荒らげることなどめったにないので、エリオットは驚いたように黙りこんだ。

キッチンの流しの下にあったバケツをつかむと、テラスに戻ってジェーンをそっと抱きあげた。

「大丈夫だよ」そう声をかけ、車の助手席に運んで膝にバケツを抱えさせた。エリオットのベルトも締め、もう一度家にとって返すと、カウンターのお茶のピッチャーをつかんで車に跳びのった。

永遠に病院にたどり着かないような気がした。エリオットは恐怖に目を大きく見開き、黙って座っている。ジェーンは何度かもどしたが、その後は足もとにバケツを置き、お腹を抱えて苦しそうにうめいていた。

赤信号でとまるたび、のろのろ運転の車の後ろになるたび、ジェイムズは頭がおかしくなりそうだった。後部座席のエリオットがおとなしいのは助かったが、どれだけいまは考えるなと自分にいいきかせても、おそろしい疑問がつぎつぎと頭に浮かんでしまう。お茶に入っていた毒はどれくらい強力なのだろうか。ジェーンはどのくらいの量を飲んだのだろうか。手遅れになる前に病院にたどり着けるのだろうか。

病院の救急入口で急ブレーキをかけた。エリオットのシートベルトをはずし、そばを離れないよう伝えると、ジェーンを抱きあげて車のドアは開けたまま病院内に跳びこむ。キーが差したままなのを知らせる警告音が聞こえてきた。

ガラス窓の受付も、名前などを記入する書類も素通りして、自動販売機の近くにいた手術着の男性のところへ急いだ。

「家内が毒を飲んだようなんです!」

さすが、対処は早かった。壁のボタンを押して処置室に続く両開きのドアを開け、廊下のストレッチャーに寝かせるよう身振りで示すと、首にかけていた聴診器をはずしてジェーンにあてた。

「なにを飲んだか、わかりますか？」医師はこちらに顔を向けずに尋ねた。

「ハーブティーです。それに毒が入っていたんじゃないかと疑っています。一応、持ってきて、車に置いてあります」

医師はふたりの医師を呼びよせた。

「それはすばらしい。それを持ってきてもらえますか？」

エリオットの手を握って車に戻ろうとして、はっとひらめいて足をとめた。

「黒蔓だ。黒蔓を調べてください」

医師は聴診器を右耳からはずした。

「黒蔓？」驚いていたが、すぐに納得した様子だった。「わかりました。とにかく実物を持ってきてください」

エリオットを落ち着かせながら、車からとってきたピッチャーを看護師に届けた。

「車を移動して、奥さんの入院手続きをしていただけますか」看護師が指示した。「それが済んだら戻ってきてください」

心配のあまり、なにも見えなくなっていた自分が恥ずかしくなった。緊急救命室に運ばれてくる急患は、ジェーンひとりではないことすら失念していた。慌てて一番近い駐車場に車を移動し、ひどい殴り書きになってしまったが、書類にもきちんと記入した。受付に書類を差しだし、両開きのドアを指さした。

「あちらに戻っていいですか？」

「べつの場所に移動しているかもしれません。いま確認しますので、そのままお待ちください」看護師は受話器に素早く数字を打ちこんだ。「医師を呼びましたので、わかり次第お知らせします」

ふつふつと湧きあがってくる怒りをなんとか抑えこんだ。なんの役にも立たない自分に腹を立てているだけだと自覚していたからだ。それでも正気を保っていられたのは、エリオットの小さな手のぬくもりがあるおかげだった。とりあえず自動販売機に連れていき、プレッツェルとリンゴジュースを買った。

「ママはどうしたの？」おやつには見向きもせず、唇を震わせている。

エリオットを膝に載せてささやいた。

「ママは病気なんだ。でもお医者さまが治してくれるから、なにも心配はいらないよ」

だれかに怒りをぶちまけたくなって、携帯でルーシーに電話した。

「犯人はロザリンだよ！　ぼくたちを殺そうとしたんだ！　ぼくかジェーンを狙って……もしかしたら、三人とも殺すつもりだったのかもしれない」自分の言葉のおそろしさに思わず身震いした。「信じられない。エリオットが飲むかもしれないとわかっていながら、毒を入れるなんて！」

「許せない！」ルーシーは詳しく事情を聞くと、大声で叫んだ。「ジェイムズになにかを見つけられたと思いこんでるのね。それこそ、命とりになるようななにかを。どうしてそう思われたのか、落ち着いて考えてみて。有罪にするための情報は多いに越したことがないから」

ルーシーはいまにも電話を切りそうだった。

「待って！　ケネスはどうなった？」

「予想どおり、すべて否定してる。羽根を持っていたのは、ジェイムズの車からとっただけだって」ルーシーは鼻で笑った。「でも、もう大丈夫よ。コカインが検出されたの。月曜の朝一番に、ジェイムズ一家への接近禁止命令をとるつもり。だから二度と悩まされる心配はないわよ」

受付の女性が受話器をとり、こちらに顔を向けた。壁のボタンを指さし、大きくうなずいている。

「行かなくちゃ」電話を切って、両開きのドアに向かった。看護師の案内で処置室に向かったが、まずはふたりを廊下に待たせたまま、看護師だけがドアのなかに入った。しばらくすると医師が現われ、ジェーンは活性炭で胃を洗浄したので、もう心配いらないと説明してくれた。

「奥さんはお茶を飲む前に、食事をとっていたのがさいわいしました。それだけ毒物の吸収が遅くなるんです」医師は透明の使い捨て手袋をはずした。「あと数時間は目を離せませんが、もう大丈夫ですよ。のどが痛むでしょうし、頭痛や痙攣にも悩まされるかもしれませんが、命の心配はありません」

「いま、会えますか？」たまらずに尋ねた。

医師はエリオットに目をやった。

「すこしお待ちになったほうがいいでしょうね。とにかく、すべて有害物質をだしきってしまうしかないんですよ」ジェイムズの肩を叩いた。「だれだって、そういう姿は見られたくないものです。おふたりがおなじ部屋にいると、奥さんがつらいでしょう。いま、しなければいけないことはひとつだけなんです」

医師の助言に従って、なんとも落ち着かない気分ではあったが、覚えているかぎりのイソップ物語をエリオットに話してきかせて時間をつぶした。『すっぱいぶどう』のラストにさしかかったとき、またルーシーから電話がかかってきた。

「ロザリンは行方をくらましたわ。自宅や治療院から、めぼしいものがあらかた消えてるの」ルーシーは舌打ちした。「ネッドとティアをゆすって手に入れたお金もすべてね。いまごろは飛行機のファーストクラスで、どこか楽園に向かってるみたい」

「つまり、どこからもＡＥＤが見つからなかったってこと？」当然、地団駄を踏みたい気分はおなじだった。

「いまロザリンの自宅にいるんだけど、なかなか抜け目ないわね。ちゃんと飛行機のチケットも用意してあったの。待って、ここの電話が鳴ってる」ルーシーが応答する声が聞こえたが、内容までは聞きとれなかった。ガサガサ音がして、ルーシーが電話口に戻ってきた。

「ニューマーケットの画廊からだった。ロザリンが注文した額縁ができたって。十枚セットの風景写真の額縁を特別注文してたみたい」

それを聞いて急に立ちあがったので、勢いあまって床に転がりそうになってしまった。

「ファーンが撮った写真のこと？　レノンが恋人にプレゼントするために買ったっていう？」

「ロザリンが恋人？　なんかぴんとこないわね。どちらかというと、母親のほうがしっくりすると思わない？」

ジェイムズはあることを思いだした。

「レノンのぴかぴかの新車！　気前のいい親戚がぽんとだしてくれたなんて説明してたけど、金の出所はロザリンだよ、ネッドから巻きあげた金をレノンにつぎこんでたんだ。自分の息子に……」

「レノンも殺人に関係してるかもしれない。ティアの首についていたアザ、大きな手だったわよね。相手がレノンなら、ティアも警戒せずに家に入れたかも。ほら、いかにも優しいヒッピーにしか見えなかったから、みんなだまされてたのよ。でも、まんまと逃げられたと思ってるなら甘いわよ！　絶対見つけだしてみせる！」

緊急救命室から離れる気になれなかったので、エリオットを連れてまた自動販売機に向かった。エリオットにはイチジクのジャムを挟んだクッキーを、自分にはグラノーラ・バーを買った。そこに受付の女性がやってきて、エリオットに塗り絵とクレヨン、緊急車両のシールをくれた。

「ママの具合はどう？」女性がエリオットに尋ねた。

シャツに消防車のシールを貼って、エリオットは礼をいった。

「パパが大丈夫だって。パパのいうことはいつも正しいんだよ」

女性はジェイムズにウィンクした。

「そうね」

エリオットが三ページ目まで色を塗ったところで、ジェーンの病室からでてきた看護師に面会できると知らされた。

「軽い脱水症状を起こしていて、のどが痛むようですが、明日には退院できるでしょう」看護師は声を潜めた。「警察が詳しい話を聞きたいそうです」

「もちろん、いくらでも説明します」ベッドに近づくと、ジェーンは弱々しく微笑んだ。その笑顔を目にすると、改めて今回の事件のおそろしさが身に染みたが、かぶりを振って病室をあとにした。

その晩、エリオットを寝かしつけたあとで、留守番電話に残っていた仲間たちの心温まる伝言を聞いた。かたわらで眠る二匹のペットを眺めながら、暗い居間でゆっくりと事件のことを考えてみる。しかし、まだすっきりと収まらないパズルのピースが残っていた。そもそもネッドはどうしてロザリンのいいなりになっていたのだろうか。そしてロザリンはどうやってAEDを手に入れ、それを実際に使用したのはだれなのか。これほどおそろしい犯罪に手を染めたきっかけはなんだったのか。単に息子に金をつぎこみたい一心だったのか。そしてなにを材料にティアをゆすっていたのだろうか。

冷静に考えようとすればするほど、復讐してやりたいという嵐のような思いにとらわれそうになる。なにしろロザリン・ローズはジェーンに毒を飲ませたのだ。ひと口であれほど苦しんだのだから、エリオットが飲んでいたらどうなっていたか、想像することすら耐えられなかった。

「自分の息子のために、ぼくの大切な息子を殺そうとしたわけか」我を忘れるほどの怒りに身体が震えた。

なんとか頭を冷やし、ルーシーに電話した。万事、解決したというひと言が聞きたかったのだ。町の住民をふたりも殺し、さらにもうひとり殺そうとした犯人は無事逮捕された。動かぬ証拠も発見され、犯人は長いあいだ刑務所からでてこられないと。

「いい知らせを報告したかったんだけど」ルーシーは開口一番そういった。「でも知事は州内の警察を総動員して、この事件の解決に全力を尽くすって。ニュースで一度でも写真がでれば、あとはマスコミが勝手に大騒ぎしてくれるだろうし。すでに六時のニュースで、この事件についてちょっと報道されてた」

「車は？」いらだちを抑えようとしても、つい声ににじんでしまう。「ナンバープレートについては報道された？　レノンの車は一発でわかるよ。モスグリーンのＳＵＶの新車で、《野菜に夢中》と書いてあるんだ」

「中古車業者の駐車場でレノンの車を発見したの。四日前に車を売ったらしいわ。売値は二万ドル以上だって。どこまでもこざかしいのね」苦々しく吐きすてた。「で、小切手が現金化できるまで待って、全額引きだしてる。少なくとも四万ドルは手に逃亡中というわけ」

つい大きなため息をつくと、スニッカーズが不安そうに頭をもたげた。

「それくらいなら隠すのも簡単だな」

「ねえ、たしかにいまは苦戦してるけど、このまま逃げられたりしたら、まさに面目丸つぶれだわ！　絶対にふたりとも逮捕してみせる。明日からすべての所持品、すべてのメール、すべての知りあいを徹底的に調べるつもり。だから、ジェイムズにも頼みたいことがあるの」

「なに？」

「ロザリンやレノンと交わした会話をなんでもいいから思いだして。どんな情報でも構わないから。なにが手がかりになるかわからないもの」

スニッカーズの首をなでた。

「わかった。さっきもずっと考えてたんだけど、もう一度じっくり思いだしてみるよ。ロザリンとケネス。あのふたりは絶対に許せない」電話を切った。

外では夏の嵐が激しくなっていた。木立のあいだを風が吹きぬけ、月は厚い雲におおわれている。木の枝が窓にあたり、スニッカーズがうなり声をあげた。暗い居間でひとりきりのジェイムズも、似たようなうなり声をあげた。

18章

ジリアンの禅カクテル

{ 糖分 18g }

一週間後、ヘンリー一家はカラフルなヴィクトリア朝住宅を訪れた。今日はジリアン主催の《魂の結びつき》パーティなのだ。ポーチの手すりには白と銀の風船が並んでいて、玄関脇にある燭台にはクレープペーパーで作ったキスをする鳩が飾ってある。真鍮のノッカーに小さな紙が貼ってあって、直接裏庭にまわるよう書いてあった。ロマンティックですてきな飾りつけだった。あずまやにはたくさんの風船と白いリボンがひらひら揺れ、梁からきれいな花飾りでぶら下げた白いライトがあたりを照らしている。

最高の夏の夕暮れだった。さいわい湿気もそれほどではなく、山からさわやかな風が吹いてくる。今年最初のホタルが、神秘的な光の会話を交わしながら飛んでいた。

女性陣は涼しげなサンドドレス、男たちはポロシャツに短パン姿だった。双子は芝生でクロッケーに興じ、リンディは小型ラジオのボリュームを調整している。トニー・ベネットの歌声が響くなか、それぞれにぎやかにおしゃべりしていると、ジリアンが乾杯しようと声をかけた。

テーブルのしつらえもすばらしかった。双子とベネットが手を貸し、苦労してダイニングテーブルを裏口からだしたそうだ。そこに真っ白なクロスがかけてあり、淡い藍色の空の下で新月のように輝いていた。真ん中には背の高いグラスのなかで揺れるキャンドルと、銀の花瓶にどっさりといけられた香りのいい白バラが交互に並んでいる。それぞれの席には、ツタのつるで結んだ白いナプキンと、銀のコースターに載せた鮮やかな緑の飲み物が入ったグラスが並んでいた。グラスにはミントの小枝があしらってある。

「みずみずしい緑で乾杯！」ジリアンが高らかに叫んだ。「夫婦の、そして親子の絆に！三人の未来がわくわくする出来事や喜びにあふれ、永遠の愛で包まれますように！」

新婚ほやほやのふたりはみんなとグラスを合わせた。大人とおなじグラスにライムジュースを入れてもらったエリオットも、大喜びでせっせと乾杯している。

ベネットがひとつ咳払いした。

「おれの一番の親友ジェイムズ・ヘンリー、そしてジェイムズに幸せを運んできてくれた女神ジェーンに乾杯。絶対に幸せになれよ！」

「愛は永遠だと信じさせてくれるふたりに！」とリンディ。

それから優に五分間は乾杯が続いた。ついに女性たちは感極まって涙を浮かべ、父親ジャクソンの目も潤んでいた。

「この飲み物はなんだ？」父親は照れかくしのつもりか、仏頂面でグラスを掲げた。

その言葉を合図に、ジリアンがおかわりを注いでまわった。

「抹茶のリキュール《禅》を使ったカクテルよ。シャンパンみたいなありふれたものじゃつまらないと思って。ふたりが結婚したことで、まさに家族全体を結びつけたんだし、緑にすることでエリオットも仲間入りできると思ったの。このチビちゃんのおかげで、みんなが健康的なベジタリアンになったんだもの」エリオットにうやうやしくお辞儀した。

ベネットはグリルを指さした。

「まさか、全員が腐葉土バーガーを食べさせられるのか？」

ジリアンは肘でベネットの脇腹をつついた。

「ご希望なら、ありきたりのハンバーガーだって用意してあるわよ。でも、お肉を焼く前に、まずはお豆バーガーを焼きたいわ」

「焼くのは任せてくれ」とベネット。「これ以上発ガン性物質を食べたくないんだ」

ふたりがパティを焼く温度と時間について議論しているあいだ、ファーンとウィローがエリオットを蹄鉄投げに誘ってくれた。ジリアンは野外で遊ぶ幼児向けおもちゃをいくつも用意してくれていた。とはいえ、パターゴルフやお手玉投げ、それにクロッケーに一番熱くなっているのは双子だった。

あとの面々はテーブルに腰を落ち着け、さわやかな緑のカクテルを楽しんだ。自然と会話はケネス・クーパーと未解決の殺人事件のことになった。

「もうケネスに悩まされる心配はないと思うとほっとするわ」ジェーンはしみじみとつぶやいた。「厳しい接近禁止命令もでたし、事務所もクビになったみたい」

「弁護士資格も剝奪されればよかったのに」とジェイムズ。

ミラが顎の先をなでた。

「いったい警察はなにしてるんだい？　どうして刑務所にも入らず、そこらをうろうろしてるんだか理解できないよ」

ルーシーはグラスのミントの枝をいじった。

「麻薬所持では起訴できなかったの。体内から検出されただけ。車も徹底的に捜索したけど、どこからもコカインは発見できなかったから。ジェイムズやジェーンに鳥の死骸でいやがらせしたくらいじゃ、たいした罪にはならないし。とはいえ、なんのおとがめもなしなんて許せないから、マーフィーの案を実行に移すことにしたの」

「わかった。それって、いってみれば公開処刑みたいなものでしょ」リンディが笑った。

「一面全部を使ってケネスのコカイン歴を記事にしてたじゃない。あれを通信社が全国に配信したら、もう弁護士としてのキャリアはおしまいね！　それにしても、ルイスがあの場所にいたのは本当に神様の思し召しとしか思えないわ。どういうわけか、本人はそうじゃないといいはるんだけど。ミュージカルの最後を見逃した件も妙に歯切れが悪いのよ。生徒たちの態度もおかしくて、ミュージカルを話題にするのもいやがるの。まあ、期末試験が近いせいだろうけど」

ジェイムズはうなずいた。学期末試験中は、ウィリアム&メアリー大学の構内も驚くほど静かだったことを思いだした。

「マーフィーといえば、どうやって治療センターから情報を引きだしたんだろう？」

ルーシーが苦笑した。

「そのあたりは教えてくれないの。作家になるのが夢だという、仕事のできる若者がいたとしか聞いてない。どうやらその彼はスター紙の社員になったみたいだけど」

「ほら！」ジリアンは鼻高々だった。「わたしたちのためにがんばってくれたのね。マーフィーの力がなければ、町からケネス・クーパーを追いはらえなかったかも」

ベネットもしぶしぶ認めた。

「たしかに、以前とは変わったみたいだな」

マーフィーを信頼したのは正しかったと満面の笑みを浮かべているジリアンは、今度は心配そうにジェーンの手を握った。

「先週は本当に大変だったわね。もうすっかりいいの？　ハーブティーを飲むのが怖くなっちゃったわ」

ジェーンは笑い声をあげた。

「カモミールやペパーミントが悪いわけじゃないもの。万が一にも黒蔓が混ざる心配はないんだから。本当にもうなんともないのよ。すべてジェイムズのおかげなの。わたしのスーパーマンね」

「悪いやつらといえば、あのふたりは逮捕できそうなんですか？」テーブルに駆けよったスコットは、禅カクテルをごくごくと半分飲んでしまった。「美味しい！　緑もいいものですね」

みんなの目がルーシーに集まった。

「まだ、なんともいえないわ」これを認めるのはルーシーにとって死ぬほどつらいはずだ。「集まるのはうその情報ばかりだし。ティアの両親が五万ドルの懸賞金をかけてくれたので、電話やメールが殺到してるの。べつの事務所にも応援を頼んで、必死で情報を整理してるんだけど、有力な手がかりはひとつもなし」

ルーシーは笑い話として、どんな馬鹿馬鹿しい情報が集まるかを教えてくれた。ふたりはエイリアンに拉致されたと真剣な声で電話してくるひともいれば、プレスリーの扮装をしてデニーズでモーニングを食べていたという目撃情報もあったそうだ。

笑い声がおさまると、ルーシーは視線を落として、ナプキンを結んでいるツタをいじった。「ハッカビー保安官からも、かなりきついお小言をいただいちゃった。サリーとわたしはずっと休みなしで働いてるのに。実は、今日は今週初めてのお休みなの」申し訳なさそうにジェイムズとジェーンに顔を向けた。「文字が二重に見えるまで、何度も何度も捜査報告書を読んだんだけどね。なんか落ち着かなくて、夜もあまり眠れないの。まあ、どうせ夢にも事件がでてくるんだけど」

ジリアンはルーシーの肩に腕をまわした。

「生身の人間なんだから、できることにはかぎりがあるのよ。自分を信じてあげて。思いがけないときに、ポンとひらめくから大丈夫よ」

「うん、絶対にあきらめないわよ。今回の事件では大失敗してるんだから」ルーシーはジリアンの穏やかな笑顔を見つめた。「《すこやか村》の従業員について調べたのに、なにも気づかなかった。あのとき、レノンが十八歳で名前を変えてるとわかっていれば！　補導歴の有無を確認しただけで、あとは前の雇い主とか、大人になってからのことしか調べなかったのよ。レノンは大学には行ってなくて、保守管理のような仕事を転々としてたんだけど、どこでも評判は上々だったし、経済的な問題も抱えてない。容疑者の可能性は低いと思ったら、まさか犯人だなんて！」

「大勢をいっぺんに調べないといけなかったんだから、仕方ないよ」ジェイムズはなぐさめた。

一同うなずき、それぞれ苦労をねぎらった。

「ルーシーなら絶対逮捕できるさ。ああいうやつらを野放しにしておくと、またどれかがゆすられるかもしれないんだ」ベネットの黒い瞳が怒りに燃えていた。「事件をきちんと終わらせられるのはルーシーしかいない。頼んだぜ」

ジリアンとベネットは料理の準備を始めた。だれともなく事件の話はおしまいという雰囲気になり、全員が禅カクテルのおかわりをして、どんどんにぎやかに盛りあがった。みんながジリアンお勧めの黒インゲン豆バーガー、フルーツサラダ、枝豆を楽しんだが、ベネット、ルーシー、そして双子だけは普通のハンバーガーを選んだ。珍しいことに、いつもなら味覚を開拓するべきだと演説しそうなジリアンが、今日はそれを聞いてもおとなしく口をつぐんでいた。食事が終わると、ウィローとファーンがデザートをだしてくれた。ホワイトチョコレートの鳩を飾った、ホワイトチョコレートのムースだ。口に含んだ瞬間にとろけてしまい、まさにくらくらするほど美味しかった。

「わたしたちも、なにかしたかったんです」ウィローは恥ずかしそうに微笑んだ。

ファーンが茶色の紙で包んだ四角い包みをジェーンに渡した。

「ふたりからのプレゼントです」

ジェイムズが買うつもりだった紫のシャクナゲの写真だった。

「すてきな写真！」ジェーンは歓声をあげた。

ジリアンとベネットはふたりで使えるマッサージ券、リンディはお手製のすてきな陶器の果物鉢、ルーシーは〈ドリーズ〉のギフト券をプレゼントしてくれた。みんなの贈り物やカードを開けるのが一段落すると、双子がおもむろに、ジョークが描かれた紙できれいに包装した靴箱を差しだした。

「わかった。ふたりそれぞれに靴片方ずつだろ」ベネットがからかった。

箱を開けるとティッシュが詰まっていたが、靴は入っていなかった。底にきれいな写真のついたパンフレットが見える。開いてみると、なんと豪華客船「大海原」号のチケットが二枚挟まれていた。ノーフォークからバミューダに向かう五日間クルーズのチケットだ。

ジェイムズは目を丸くした。

「バミューダ行きの豪華クルーズのチケット？」

例によって、ふたりそろって大きくうなずいた。

「そんな高価なプレゼントはいただけないわ」ジェーンが答え、ジェイムズも慌ててうなずいた。

「スコット、フランシス、心の底から感激している。だけど気持ちだけ……」

「払い戻しはできませんよ、教授！」スコットは満面の笑みで告げた。

フランシスは父親とミラを手で示した。

「ベビーシッターの予約はこちらで受けつけています。それに図書館のシフトも調整済みですからね」

「そうそう、夏の講座がいつから始まるのかも、学部長に電話して教えてもらいました、奥さま！」フランシスはいたずらっ子のように、にやりとした。「学部長からの伝言です。よい旅を、だそうです」

「なんといえばいいのか……」ジェイムズは感動のあまり言葉がでてこなかった。ジェーンとパンフレットをのぞきこみ、ピンク色の砂のビーチの写真に胸を躍らせた。何度も何度も双子を交互に抱きしめていると、しまいには逃げられてしまった。

「まじめな話、このために家賃に困るわけじゃないんです。ようやくゲーム会社から賞金が届いたんですよ」フランシスは説明した。「で、かねてからの計画どおり、盛大に無駄づかいしたというわけです。ゲームばかりで引きこもりにならないように、最新型のマウンテンバイク二台、どでかい液晶テレビ、それとペンタゴンのデータベース全体より大容量のパソコンを二台買いました」スコットとハイ・タッチしてこちらに顔を向けたが、ジェイムズは考えるのに忙しかった。「教授？」

フランシスのひと言であることを思いだしたのだ。スコットの袖をつかんだ。

「この近くのマウンテンバイク専用コースの地図はある？」

「ネットにたくさんありますけど」双子は不思議そうな顔で、声をそろえて答えた。「どうしてですか？」

ジリアンに顔を向ける。

「パソコンを貸してもらえる？」

あとに続いた双子はどれがいいかを相談していたが、フランシスの意見が通ったようで、パソコンの前に座った。緑の自転車マークがたくさんついた、ヴァージニア州の地図が画面に現われた。

「この地域を大きくできる？」尋ねると、フランシスの指が素早く動いた。

コースの名前を順番に読んでいくうち、ひとつが目にとまった。

「これだ！　ブランディワイン湖！」ぽかんとしている双子を残して外に跳びだし、ファーンとお手玉投げの真剣勝負をしているルーシーを呼んだ。

「ブランディワイン湖だよ！」ルーシーの肘をつかんだ。

ルーシーはしかめ面している。

「やめてよ。勝負してるんだから！」

「レノンはマウンテンバイクが大好きだった。スカイから聞いたんだけど、週末はかならず乗りにいってたらしい。まさに、それなしじゃ生きていけないんだよ。ストレスも吹き飛ぶと誘われたことがあるんだ。お気に入りのコースはブランディワイン湖だといっていた」

ルーシーはお手玉を握りしめた。

「この地域のすべてのコースに顔写真を送らなきゃ。たとえ変装していてもわかるように、ドレッドヘアのものと、髪型を変えた場合と、ちゃんと両方用意してあるの」いまやその目をらんらんと輝かせている。「さすが、ジェイムズ。ありがとう！　これであのふたりを逮捕できるかも！」

ジリアンにパーティの礼をいうと、ルーシーはそのまま跳びだしていった。ジェイムズはテーブルに戻り、みんなに事情を説明した。

「ひとつ疑問があるの」にぎやかなおしゃべりが始まると、ジェーンがつぶやいた。「ロザリンがネッドをゆすってたのなら、どうして《採れたてを食べよう》フェスティバルのときにあんなに動揺していたのかしら？」

ゆっくりと考えた。

「わからない。ネッドにもう金は払えないと断わられ、レノンを巻きこむしかなくなったとか」ロザリンの慌てた顔が目に浮かぶようだった。「あるいは本当にネッドを愛してたのかもしれない。そもそも殺すつもりなんてなかったのかもな」

ジェーンも考えこんでいる。

「《リンゴ祭り》のとき、ティアもなにかに怯えてるようだった。レノンにゆすられているせいだったとしたら、あとで訪ねてこられても家に入れるわけないと思わない？　ロザリンが訪ねてきたのでドアを開けたけど、レノンが物陰に隠れていたとか？」

「ロザリンはティアにも危害を加えるつもりはなく、ただ金を受けとろうとしただけかもしれない。ティアとロザリンなら気が合いそうだしね。ふたりともベジタリアンで、動物愛護に熱心だったから。まさかレノンの母親とは思わずに家に入れたんだろう。顔も似てないし、苗字もちがうから」

ジリアンが運んできてくれたカフェイン抜きのコーヒーを、ふたりとも黙って飲んだ。リンディ、ウィロー、ファーンはクロッケーで遊び、エリオットと双子はホタルを追いかけている。ミラと父親はあいさつして帰っていった。父親はさっとハグして、結婚祝いを描くので忙しいんだと耳もとでつぶやいた。どんな絵なのか想像するだけでわくわくしたが、身体も心配なのでふざけて答えた。

「のんびりやってよ。居間の壁を空けて待ってるからさ。我が州が誇る大画伯さまの傑作を」

ジェーンとふたりでキッチンまで皿を運んだが、ジリアンに追いだされてしまった。

「まさか、こんな最高に気持ちのいい夜に、皿洗いなんかするつもりじゃないでしょうね。もう、絶対にやめてちょうだい。外でのんびりしてて！」

裏のポーチに籐の揺り椅子がふたつ並んでいた。芝生から聞こえてくる笑い声に、ふたりで耳を澄ませる。エリオットの甲高い声と双子の低い声。女性三人が木槌でボールを打ち、楽しげに笑いさざめく声も木立のあいだを抜けてくる。

ジェーンの手を握り、藍色の空を見上げてため息をついた。

「ジリアンのいうとおりだね。まるで天国にいるみたいだ」

後日談

二週間後、ストラスバーグ南東にあるエリザベスファーネス・コースにいた男性から、一週間前に森林警備員からもらった写真の男を見たと通報があった。深緑のジープ・コンパスから自転車を降ろしていたそうだ。

「そいつが犯人なら、戻ってきたときに逮捕できるぜ」通報を受けた警官に親切に説明してくれたらしい。「八十キロ近くあるかなり厳しいコースで、どんなに経験豊富なやつでも給水のために休憩するはずだから、時間はたっぷりかかるだろうな。そいつも池でひと浴びするかもしれないし。あれが最高なんだよ。だが駐車場が警官ばっかりだったら、だれかがやつに知らせるかもしれないぜ。殺人犯がかっこいいと思うやつはいないだろうけど、警官が好きなやつも珍しいからな」

ルーシーはこの通報を聞くなり、サリーの運転するカマロで北へ向かった。

「絶対レノンだわ」ルーシーはうずうずしていた。

「犯人を追跡しているときが、一番セクシーだよ」サリーはささやき、屋根の回転灯を点滅させると、車のスピードをあげた。

ふたりは期待で胸をふくらませながらコースの入り口に到着した。すぐに地元の保安官代理と相談して、万が一にも逃げられないように作戦をたてた。

あとでルーシーは〈デブ・ファイブ〉のメンバーに一部始終を教えてくれた。駐車場で自転車から降りたレノンは、若々しい顔を紅潮させ、いかにも堪能した様子だったそうだ。この甘く爽快な自由をとうぶん味わえないのが、気の毒に思えるほどだった。

レノンは頭を見事なスキンヘッドにして、日に焼けて金に見える淡い茶色の無精ひげをはやしていたそうだ。ミラーサングラスをかけ、滑らかな肌に汗が光っていたが、ルーシーとサリーが近づくと、まさに脱兎のごとく逃げだした。もちろん、それを予想して大勢の警官が待機していたので、大学時代は陸上の花形選手だった若い保安官代理にとりおさえられた。もみあっているうちにサングラスが飛び、あらわになったレノンの目は激しい怒りでギラギラしていたらしい。

通称レノン、本名カート・スナイダーはすべてを否定したが、レノンが逮捕されたことでロザリンは逃亡を続ける気力をなくしたようだ。ハッカビー保安官みずから保安官事務所に連行するロザリンの写真が、スター紙を華々しく飾った。

「ロザリンはすべての罪をかぶろうとしたの」ルーシーはみんなに説明した。「ネッドとは短いあいだだけど、つきあってたそうよ。で、別れを切りだされたときに、お金を払わなければ奥さんやマスコミにばらすと脅した」

「それでゆすりが始まったわけね」とリンディ。

「そう。そのうちネッドはばれてもいいから、もう終わりにしたいといいだしたんだって。ドナにすべてを話してから、町の予算を横領した件で自首するつもりだと。《採れたてを食べよう》フェスティバルの日に、もうロザリンのいいなりにはならないと宣言したそうよ。だからロザリンはあんなに動揺していたのね」

ベネットは鼻を鳴らした。

「金づるを失いそうだったから、慌ててたってわけか」

「でもロザリンは一セントも自分のものにはしてなかった」とルーシー。「お金は全部レノンに渡してたの。シングルマザーだし、ハーブ療法がそれほど儲かるわけはないし、長年経済的には苦労したんでしょうね。で、とうとう苦労することにうんざりして、もっと息子に贅沢させたくなったみたい。どうしてシングルマザーになったと思う?」

「ゆすりの常習犯だったとか?」ジェイムズは思いつきを口にした。

ルーシーは劇的な効果を狙って、しばらく間を置いた。

「なんと元夫は三十年の刑で服役中だって! バーのけんかで相手を殺しちゃったみたい。なんでもスポーツのことでいいあらそいが始まって、そのうち殴りあいになったらしいわ。ここまではよくあるケースだけど、レノンの父親はさらにエスカレートして、相手の頭をジュークボックスに叩きつけたの」

「うわ!」一斉に声をあげた。

ジリアンは不満そうに舌を鳴らした。

「どうしてあんなに怒りっぽい若者が、レノンなんていう偽名を使ったのかしら。ジョン・レノンは平和のシンボルなのに。あんなゆがんだ魂に名前が使われたなんて、ジョンの想い出が汚されたような気がする」

「大丈夫よ」リンディは慌ててなぐさめた。「マーフィーはカート・スナイダーという本名で記事にしてたから、ほかのマスコミもそれに倣うでしょ。だって、二件の殺人なんていう記事に、レノンという名前を使いたくないのはみんなおなじよ」ルーシーに顔を向ける。

「AEDについてはなにかわかった？」

「何年も前にネットの医療品オークションで買ったそうよ。病院なんかが新しい機種に変えるとき、古い機種を売りにだすのは珍しくないんだって」

ベネットがルーシーの腕に手を置いた。

「つまり、おれもネットで血圧計を買えるってことか？　マクドゥーガル夫人のブラッドハウンドは、おれは犬用ビスケットだと勘違いしてるみたいでさ。その直後に血圧を測ってみたいんだよ」

「血圧計より、聴診器のほうがいいかもね」ジリアンがにやりと笑ってウィンクした。「ベネットに必要なのは犬の訓練士よ。探してあげましょうか？」

ベネットの配達ルートにいるすべての犬と仲よくすべきかどうかという、おなじみのけんかになる前に、ルーシーは慌てて説明を続けた。

「ロザリンがハーブをしまっていた冷蔵庫のなかに、レノンはAEDを隠してたの。だから鍵のかかったドアが怪しいというジェイムズの勘は大正解。レノンはゆすられてることを知ってるとネッドに近づき、ロザリンが現金を隠してる場所を教えてやると診療所に誘いこんだみたい」

「そりゃあ、ついていくわよね！」とリンディ。「そのお金を町に返せば、離婚も警察もなにも心配いらないんだもの。だけど、どうしてそうあっさりとレノンを信じたのかしら？」

ルーシーは肩をすくめた。

「レノンはマスターキーでどこでも出入り自由だった。いっぽうのネッドは、ロザリンと密会するのはたいてい診療室だったから、すべてを知られていても不思議はないと思ったんじゃない？　で、お金はトイレのタンクのなかだといって、トイレに誘いこんだ。そっと鍵をかけて、なにも疑ってないネッドの胸にＡＥＤをあて、あとは機械をもとの場所にしまい、なに食わぬ顔でフェスティバルに戻ったというわけ」

みんな黙りこんだ。自分を救ってくれるとばかり思っていた人物が、電気をバチバチさせて襲ってきたときの、ネッドの心境を思うと胸が痛んだ。

心臓をとまらせてしまうほどの電流を身体に流されるなど、ジェイムズは想像もできなかった。あっけなく死が訪れ、ネッドは裏切られたことすら知らないのかもしれない。あるいは驚愕し、それが恐怖に変わるだけの時間はあったのだろうか。

場の雰囲気が変わったのを感じて、ルーシーは表情を引きしめた。

「ロザリンは、ネッドが殺されてひどく動揺したらしいわ。恋人が死んだことではなく、レノンが父親の凶暴性を受けついでることがショックだったって。すぐに町から消えるようレノンに頼みこんだけど、すでにティアをゆすりはじめていたし、スカイへの気持ちは本物だったそうなの」

「なにを材料にティアをゆすっていたんだろう?」ジェイムズは尋ねた。「まったく見当もつかない」

ルーシーはかぶりを振った。

「信じられないでしょうけど、ティアは十代のときに、ファストフードのCMに出演してたの。わたしも見た覚えがある。ティアはチーズバーガーを三口かじって、カメラに向かって微笑んでた」

「レノンはどうしてそんなことを知ったんだろう? うちのシャワーカーテンより古いCMだぜ」ベネットは首を傾げた。

「インターネットよ。おなじCMに出演してたひとりが、グレイトフル・デッドのカバーで有名になった歌手なんだって。それでそのCMが山ほどでまわったみたい」ルーシーは答えた。「金持ちのロワイヤル家の一員だと知って、いろいろ嗅ぎまわってるうちに見つけたってわけ」

「かわいそうに」ジリアンはつぶやいた。「そんな過去がばれたら、だれも動物愛護運動を支持してくれないと思いこんじゃったのね。そんなことないのに。ほんの子どものときにCMに出演してただけなんだから!」

「殺されたときだって、まだ子どもだった」ルーシーの声に怒りがにじんだ。「ロザリンは町を離れるよう警告しようとティアの家を訪ねたけど、かわいいかわいいレノンちゃんにあとをつけられてたの。そのうえ、うっかりネッドのモミの木のキーホルダーを落としたのもロザリンだった。スカートのポケットに小さなチーズと一緒に入れてたので、スニッカーズが飲みこんじゃったのね。ふたりが話しているあいだ、レノンはこっそり忍びこんでクローゼットに隠れてたらしいわ。まだまだ絞りとるつもりだったので、これきりだと聞いてかっとした。で、その場で揉みあいになって、そのうちティアがぐったりしたので、ＡＥＤを使ったらしいわ」

ジェイムズは気づくと口のなかがカラカラだった。

「よく、そんなひどい仕打ちを」

「やりたい放題よね。とにかく、あの親子は健全な関係だったことがないの。小さいころから、レノンにだけはいいものをそろえてやったそうよ。よかれと思っての行為だったのに、結果的には、甘やかされて手のつけられない怪物を育ててしまった」

「ロザリンがかわいそうになってきた」リンディはつぶやいた。「これから一生、その重荷を背負って生きていくのね」

ルーシーはうなずいた。

「少なくとも、ロザリンは深く後悔してるわ。レノンは逮捕されたことに激怒してるだけだけど」

「刑務所に行けば、さすがに目が覚めるんじゃないか」ベネットが満足そうに締めくくった。「平和も愛もそこらには転がってないからな。鉄格子のはまった窓から空を見上げれば、すこしは自由のありがたみを感じるだろう。あたりまえだと思ってた生活を突然奪われたら、自分がネッドやティアにしたひどい仕打ちも、すこしは反省できるかもな」

そのあとは会話もとぎれがちで、すぐにお開きになった。みんな疲れていたのだ。ストーカーや脅迫状や殺人事件で散々なまま春は終わってしまったが、熱い夏の陽射しがこのもやもやした思いまできれいに焼きつくしてくれそうで、だれもが新しい季節を心待ちにしていた。それぞれハーモニーの予約を入れたが、甘いもの中毒の治療にはだれひとり興味はなかった。それよりも、レノンの犯行をいち早く見抜けなかった、なんとも後味の悪い思いを忘れたかった。全員が目指すものはおなじだった。心身ともに健康で、輝かしい未来に胸をふくらませて、夏を迎えたかったのだ。

「それに冷静さをとりもどしたいと感じています」ジェイムズはハーモニーの新しい助手に伝えた。スカイは辞めてしまい、その行方はだれも知らなかった。事件で深く傷ついたことはまちがいないが、一日でも早くその傷が癒えることをジェイムズは祈っていた。

六月になり、ジェイムズは書斎として使っている小さな部屋でメールを読んでいた。壁にはずらりと本棚が並び、本が隙間なくびっしり詰めこまれている。机やサイドテーブルにも本の山ができているし、クローゼットも本の箱が胸の高さまで来ていた。

そこにジェーンが笑顔でやってきた。

「フェイ・サンレイのメールを転送したわ。ナッシュヴィルのライブでエリオットを動揺させたことで、苦情のメールをだしたといってたでしょ」

「いや、聞いてないな。でもぼくも手紙を書こうと思ってたんだ」ジェイムズはメールリストの最新のあたりを表示した。「あった」

「親愛なるヘンリー夫人」と始まっていた。「お宅のお坊ちゃまはもちろん、ライブにいらしてくださったすべてのお客さまにお詫びをしなくてはなりません。あのような場でベジタリアンになることを勧めるのは、あまりにも配慮に欠けていたと反省しております。今後はこのようなことのないよう気をつけます。ライブDVDから問題の場面をカットしたものと、サイン入りの写真と、フェイ・サンレイのお友だち人形を郵送いたしました。そんなものでお詫びのかわりになるとは思っておりませんが、これからもずっとお坊ちゃまに笑顔を届けられるよう、本業に邁進いたします。これからも応援していただければ、これ以上の幸せはありません。フェイ・サンレイ」

「やけに神妙だな」メールを読みおえて、つぶやいた。「まさにティアとおなじタイプだね。残念ながらティアは最後まで理解できなかったけど、フェイ・サンレイは大事なことに気づいたようだ。自分の主張を伝えるのに、荒っぽいやり方をするのは逆効果なんだよ。かわいい人形を使ったり、優しい声で伝えたほうが、よっぽどうまくいくんだから」

ジェーンは笑った。

「そろそろパソコンを消して、荷造りしなくちゃね。明日は早いんだから」

「わかってる」なんとなく上の空で答えた。「あのふたりから豪華クルーズをプレゼントしてもらうなんて、どうもピンと来なくてさ」笑顔でジェーンを見上げた。「素直に好意に甘えればいいんだろうけど」

「いまのうちにのんびりと休暇を楽しみましょ」白いティッシュでくるんだ小さな包みを差しだした。

「なに？」ティッシュを破くと、電子書籍のリーダーが現われた。「ジェーン！」思わず大声をあげた。「図書館長のぼくが、機械を使うなんて……やっぱりできないよ。この手に持って、ページをめくって、しおりを挟まないと落ち着かないんだ」そう説明しながらも、ジェーンのせっかくの好意を無にして気持ちを傷つけたんじゃないかと、心配で仕方なかった。

「自宅か、旅行専用にすればいいかと思ったの」ジェーンはなだめるように説明し、まわりの本を指さした。「この山をどうにかしないといけないから」

それを聞いて椅子から跳びあがった。

「えっ？　どうして？」

ジェーンは抗議の声が聞こえなかったように、人さし指を顎にあててポンポンと叩いている。

「壁は黄色に塗りかえるのはどうかしら。落ち着いたモスグリーンもいいわね」

「どうして壁を塗りかえないといけないんだ？　このままでいいじゃないか！」どういうこ

とかと、腹を立ててまくしたてた。

ジェーンは夫を抱きしめた。

「子ども部屋にベージュはつまらないでしょ。やっぱり緑がいいわね」ジェイムズの手をお腹にあてて微笑んだ。ジェイムズもようやく理解して顔を輝かせた。「思いきってピンクにする？　今度は女の子だという気がするの」

ヘンリー家特製
ベジタリアンのための
ピザ風ケサディーヤ

材 料

小麦粉のトルティーヤ(小型のものでも可)……8枚

マリナラ・ソースの小瓶……1個

ちぎったモッツァレラチーズ……2.4カップ
(ジェーンとエリオットは市販のピザ用チーズを使うことも)

マッシュルーム……0.6カップ

黒オリーブ……0.6カップ

バター……大さじ2杯

作 り 方

1. トルティーヤに大さじ2杯のマリナラ・ソースを塗り、0.6カップのチーズを載せる。
2. 食べやすい大きさに切ったトッピングの野菜を散らす(黒オリーブとマッシュルームにかぎらず、好きな野菜をなんでも載せよう)
3. もう1枚トルティーヤを重ね、上から軽く押さえる。
4. フライパンにバターを塗り、チーズが溶けてトルティーヤに焼き色がつくまで、こんがりと焼く。
5. ひっくり返し、裏もきつね色になるまで焼く。
6. 皿に移してすこし冷まし、ピザカッターで4等分する。

ドリーの
世界一のブルーベリー・パイ

材料

室温に戻したクリームチーズ……110g
（ドリーのお勧めはフィラデルフィアのクリームチーズ）

粉砂糖……0.6カップ

かために泡立てたホイップクリーム……0.6カップ

焼いたタルト生地……1枚（直径23センチ）

グラニュー糖……0.8カップ

コーンスターチ……0.3カップ

水……0.6カップ

レモン果汁……0.3カップ

新鮮なブルーベリー……3.6カップ

作り方

1. 小さなボウルでクリームチーズと粉砂糖を滑らかになるまで混ぜ、そこにすこしずつホイップクリームを加え、タルト生地に流しこむ。
2. 大きめの鍋にグラニュー糖、コーンスターチ、水、レモン果汁を入れ、木のスプーンでよく混ぜる。そこにブルーベリーも加え、中火で2分、かき混ぜながらとろりとするまで煮る。そのまま冷まし、クリームチーズの上に広げ、冷蔵庫で冷やしておく。（お好みで）ミントの葉を飾る。

ミラのコーヒー・フロスティング

材料

粉砂糖……4.8カップ

室温に戻した無塩バター……0.6カップ

濃いめに淹れたコーヒー……大さじ6杯

天然バニラ・エッセンス……小さじ2杯

作り方

粉砂糖、無塩バター、コーヒー、バニラ・エッセンスを滑らかになるまで混ぜ、とろりとしたらできあがり。ゆるすぎる場合は粉砂糖を増やす。

ミラの
チョコレート・モカ・ケーキ

材料

小麦粉……2.4カップ
グラニュー糖……2.4カップ
無糖の粉ココア……0.8カップ
サラダ油……0.6カップ
卵……2個
バターミルク……1.2カップ
ベーキングパウダー……小さじ1杯
重曹……小さじ2杯
塩……小さじ1/2杯
インスタントコーヒー……大さじ3杯
お湯……1.2カップ

作り方

1. オーブンを180度に温めて、23センチのケーキ型2個に油を塗っておく（ミラのお気に入りはPAMのベーキング・スプレー）。
2. 小麦粉、グラニュー糖、粉ココア、サラダ油、卵、バターミルク、ベーキングパウダー、重曹、塩をボウルに入れる。お湯で溶かしたインスタントコーヒーも加え、粉類がすべて溶けるまで泡立て器で2分ほど混ぜ、ケーキ型に流しこむ。
3. オーブンで35分焼き、爪楊枝を挿してなにもつかなければ焼きあがり。そのまま10分置いて粗熱をとり、ラックで冷たくなるまで冷ます。
4. ミラのコーヒー・フロスティングを塗り、削ったダーク・チョコレートで周囲を飾る。

ジリアン自慢の黒インゲン豆バーガー

材料

黒インゲン豆（水気を切っておく）……420g

小さめのタマネギのみじん切り……1個ぶん

ハラペーニョ（トウガラシ）のごく細かいみじん切り……大さじ1杯

パン粉……0.3カップ

溶き卵……1個ぶん

すりおろしたチェダーチーズ……0.6カップ

ニンニクのみじん切り……2かけぶん

黒こしょう……小さじ1/4杯

サラダ油……0.3カップ

作り方

1. 大きなボウルで黒インゲン豆をつぶし、タマネギ、ハラペーニョ、パン粉、溶き卵、チェダーチーズ、ニンニク、黒こしょうも加えてよく混ぜる。4等分して平べったい円形にまとめる。
2. 大きなテフロン加工のフライパンにサラダ油を引き、片面6分から8分、中火でこんがりきつね色になるまで焼く。お好みでチーズを載せたり、タコ・ソースをかけるのも楽しい。

ジリアンの禅カクテル

抹茶のリキュール《禅》と倍の量のクランベリージュースを混ぜる。氷を入れたグラスに注ぎ、ミントの葉を飾る。

ジリアン特製フルーツサラダ

材料

蜂蜜……0.3カップ

ライム果汁……大さじ4杯

ケシの実……小さじ2杯

ふたつに切った新鮮なイチゴ……1.2カップ

角切りにした新鮮なパイナップル……1.2カップ

新鮮なブルーベリー……1.2カップ

種をとって角切りにしたスイカ……1.2カップ

香ばしく焼いたアーモンドの薄切り……0.3カップ

作り方

蜂蜜、ライム果汁、ケシの実をミキサーにかけてドレッシングを作る。大鉢に果物を入れ、ドレッシングをかけてそっと混ぜあわせる。最後にアーモンドを散らしてできあがり。

訳者あとがき

お待たせしました。〈ダイエット・クラブ〉シリーズ第六弾『カップケーキよ、永遠なれ』をお届けします。

お久しぶりではありますが、デブ・ファイブのメンバー五人は元気いっぱいですのでご安心ください。それこそ《デブ・ファイブよ、永遠なれ》といいたくなるほどのかたい友情で結ばれていますし、もちろん、美味しいものだって大好き！　あらら、ダイエットはどうしたの？　とつっこみたくなるのもあいかわらずです。さて、そんな五人が今度は甘いものを好きな気持ちを根本から忘れようと、なんと全員で催眠療法に挑戦することになりました。いかにもそういうことを提案しそうなジリアンではなく、しっかり者のリンディがいいだしたのが意外ですよね。思うように進展しない恋にやきもきして、それもこれもまた太ったせいにちがいないと、わらにもすがる思いのようです。いつもほがらかでみんなの調停役を務めるリンディも、自分の恋の行方となると心配性ですね。

そしてまたもや殺人事件が起こり、すわ、五人の出番だと、ルーシーを中心に抜群のチームワークで大活躍します。前作ではルーシーが保安官代理となったために、これまでのようにはいかないと痛感させられる場面もありましたが、今回は公明正大にお手伝いしている様子で、ほっとした読者の方も多かったのではと思います。

さて、このシリーズ、毎回なにかサプライズがありましたが、今回も期待を裏切りませんよ！ジェイムズは甘いものでもチートスのおかげでもなく（おそらく初めてのことではないでしょうか）、天にも昇る心地を味わいます。デブでバツイチの負け犬だと気の毒なほどに落ちこんでいたのは、ついこのあいだのことのような気がしますが、ようやく本当の幸せをつかむチャンスがめぐってきたようです。リンディをやきもきさせていたルイス校長も、最後の最後で行動で示してくれました。そしてルーシーにもようやくすてきな相手が現われ、これでひと安心です。これだけ長いつきあいになると、ほとんど我が子を見守る母の心境ですね（笑）。

さて、ご存じの方もいらっしゃるかと思いますが、このシリーズは本書から出版社が変更になりました。個人にはどうしようもない事情で一時は出版をあきらめたものを、こうして無事にみなさんのもとにお届けできることになって、訳者としてはまさにこれ以上の喜びはありません。そのために尽力してくださった方々にこの場を借りて感謝の気持ちをお伝えし、今後とも五人の活躍をお楽しみにと筆を置きたいところですが、ここでひとつ残念なニュースをお知らせしなくてはなりません。このシリーズは本書が最終巻となります。訳者としてもとても愛着があるので心の底から残念ではありますが、原作が終わってしまったのではどうしようもありません。そういう意味でも本当に感無量です（いま、ちょっと泣きそうになっています）。

思いおこせば、第一弾『ベーカリーは罪深い』が刊行されたのは二〇〇九年六月でした。あのころのジェイムズは離婚したばかりで、大好きだった英文学教授の職も辞め、父親の面倒をみるために生まれ育った町に戻ってきたばかりでした。いわば失意のどん底だったわけで、なんだか暗い物語なのかとちょっと不安になったものです。しかし、リンディに誘われて、勇気を出してデブ・ファイブへの参加を決めたことで、どんどん人生が変わっていきます。いつもほがらかな楽天家のリンディ、最初は保安官代理を目指すただの事務員だったルーシー、地球に優しくがモットーの個性的なジリアン、雑学の王者で、あこがれの〈ジョパディ！〉出演も果たすことになるベネット。まったくの初対面で、性格も職業もまちまちの五人でしたが、あっという間に意気投合しました（ジェイムズにいわせると、いまとなっては彼らのいない人生なんて想像もできない大切な存在です）。そして、ジェイムズは矢車菊色の瞳のルーシーにひと目惚れし、読者のみなさんをやきもきさせながら、ようやく気持ちを伝えることに成功しました。そのままふたりはゆっくりと愛を育むのかと思いきや、思いがけない結果をむかえることになり、あれには訳者は仰天したものです（笑）。その後もジェイムズの恋はなかなかうまくいきませんでしたが、どうやら本書で落ち着くことができそうです。

殺人事件の捜査も、最初は見ていてはらはらドキドキどころか、見守るこちらの心臓がとまりそうなド素人集団でしたよね。それがすこしずつ経験を積み、最近では五人それぞれの得意分野を生かし、まさに八面六臂《はちめんろっぴ》の大活躍！　頼もしいかぎりと感心してくれた読者の方も多いのではないでしょうか。

また南部の田舎町が舞台なので、人情にあふれているのもこのシリーズの魅力でした。忘れがたいレギュラー登場人物もたくさんいます。うわさ話が大好きな町のダイナーの店主ドリー。甘いものを焼かせたら世界一のベーカリー店主ミーガン、ここは第一回の事件の舞台となりました。アイスクリーム店主のウィリーもどんどん存在感を増していきましたが、こちらは第二回の事件の舞台になったんでしたね。もちろん忘れるわけにいかないのは、頼りになる図書館員、双子のフィッツジェラルド兄弟です。本当に感心するほどの好青年で、もじゃもじゃの髪をくしゃくしゃしたい、具だくさんのサンドウィッチを差しいれしてあげたいと、訳者も何度思ったことか。そして、最初はどうしてこんなに意地悪なのかとびっくりした父親ジャクソンも、不器用なだけでその気難しさにはちゃんと理由があることがわかり、それもいつしか時間が解決してくれたようでほっとしました。料理上手で社交的なミラという、これ以上は望めないパートナーも見つかり、ミラに任せておけばこれからも心配ありません。

そんなクィンシーズ・ギャップの住民たちにもう会えないと思うと寂しいですが、いつかまた、これに負けないくらいおもしろいシリーズを見つけ、みなさんにお届けしたいと思っています。楽しみに待っていてくださいね。

またどこかでお会いしましょう！

最後になりましたが、本書を訳すにあたっては、原書房編集部の相原結城さんにお世話になりました。どうもありがとうございました。

コージーブックス

ダイエット・クラブ⑥

カップケーキよ、永遠《えいえん》なれ

著者　J・B・スタンリー
訳者　武藤崇恵《むとうたかえ》

2014年2月20日　初版第1刷発行

発行人　成瀬雅人
発行所　株式会社　原書房
〒160-0022 東京都新宿区新宿1-25-13
電話・代表　03-3354-0685
振替・00150-6-151594
http://www.harashobo.co.jp
ブックデザイン　川村哲司(atmosphere ltd.)
印刷所　株式会社東京印書館

落丁・乱丁本はお取り替えいたします。
定価は、カバーに表示してあります。
 ISBN978-4-562-06024-5 Printed in Japan